丹心一片付詩聲

——黃雍廉會長紀念集

何與懷◎主編

本書榮獲澳大利亞 MCM HOME LOANS 贊助，特此鳴謝。

黃雍廉會長（1932年12月－2007年12月）

黃雍廉會長在澳洲悉尼文學活動剪影

黃雍廉會長追思會於2008年4月26日在悉尼Erskineville舉行，由何與懷博士主持。

黃會長（前右二）2007年6月22日參加蔣維廉伉儷金婚慶祝會後合照。這是他生前最後一次公眾活動。

黃會長（前右一）在2007年6月17日端陽詩會後與部分與會者合照。這是他生前最後一次舉辦的文學活動。

悉尼華文作協舉辦悉尼文藝界2006年慶聖誕迎新年詩歌朗誦會。朗誦會於2006年12月16日在悉尼孔府酒家舉行。

黃會長（最後排右二）和眾文友參加在新州作協蕭蔚會長（前坐右三）家中舉行的一次文學集會（2006年3月4日）。

黃會長（前排右起第四）在澳洲多元文化藝術協會成立新聞發佈會上（2003年10月27日）。

歡迎北京著名作家劉心武來訪。前排左起：許耀林、黃雍廉、劉心武、劉湛秋、何與懷；後排左起：弘妃、舒懷、王富榮、麥琪、陳積民（2002年12月1日）。

在悉尼卡市的茶會。左起：胡濤、黃雍廉、劉湛秋、麥琪、何與懷（2002年11月20日）。

黃會長與悉尼作協英文秘書羅甯女士合照
（2002年6月16日）。

「藝海游龍」：黃會長在一次文藝晚會上
（2001年6月10日）。

黃會長在李潤輝副會長（左二）新書發佈會上
（左一為李夫人陳美萍，2000年7月8日）。

黃會長與文友在曾夏兒（左三）畫展開幕式上
（1998年8月21日）。

黃雍廉會長移民澳洲前在臺灣文學活動剪影

1978年蔣經國先生在臺灣出任第六屆總統時，當時尚為年輕的黃雍廉便受各界所託，以〈繼往開來的擎天者〉為題，撰寫長達百餘行的頌詩一首，作為獻禮。總統府秘書長蔣彥士（右三）在總統府接待室與臺灣工商文教各界頭面人物觀賞裱好的頌詩長軸。

總統府秘書長蔣彥士代表蔣經國總統致謝，與黃雍廉親切握手。

黃雍廉（右一）1976年榮獲臺灣新文藝運動委員會頒發中篇小說《紅岩谷》金像獎。在會場與姑媽及姑丈合影。

黃雍廉（左一）1974年榮獲臺灣新文藝運動委員會頒發電影劇本銀像獎，與詩人王祿松（中）、吳明顯合影。

1973年11月，第二屆世界詩人大會，在臺北圓山大飯店召開。黃雍廉隨臺灣詩人代表團出席是次會議。圖左起：碧果、大荒、辛郁、黃雍廉、洛夫、周鼎、曠中玉、左曙萍、彭邦楨。後排右起：宋膺、張默。

黃雍廉（右三）與出席第二屆世界詩人大會的詩人朋友合影。右起：周伯乃、虹西方、黃雍廉、藍尼爾（盧森堡，世界詩人協會副會長）、弗麗絲凱莉（比利時）、方心預、王祿松。

黃雍廉（中）出席第三屆中韓作家會議。與作家臧冠華（左）、詩人瘂弦合影。

1972年黃雍廉（前排右一）榮獲中國文藝協會頒贈第17屆詩人獎，與其他小說、戲劇、美術等獲獎人合影。

黃雍廉在中國文協第17屆大會上，
代表獲獎人致答謝詞。

1971年時任中華民國新詩學會秘書長的黃雍廉
與友人合影於臺北文協大樓。後排左起：黃雍
廉、詩人陳敏華、宋膺（文藝協會秘書長）；
前排左起：左曙萍（新詩學會理事長）、吳若
（作協主席）。

1970年黃雍廉（左）與詩人紀弦（中）、作家郭渝合影於臺北市。紀弦提出新詩
「橫的移植，全盤西化」的主張，當時的黃雍廉對紀弦前輩的理論頗持異議。

021 黃雍廉詩選

093　黃雍廉文選

215　悼念黃雍廉會長：詩選

275　悼念黃雍廉會長：文選

前 言

　　還記得那大半年是怎樣度過的。不只是我一個人，不只是幾個朋友，是悉尼整個文壇，都處在焦慮的祈望和不安的擔心之中，結果果然不幸是一個噩耗：黃會長走了。

　　現在，一年又過去了。然而，直到現在，還有人不肯相信這是真的。他們怎麼也想不通：為什麼在大半年裏，所有多年來和黃會長關係密切的文友，儘管都各自想方設法，竟然沒有一個人得到他的真實訊息，不知他的生死。他就像一顆在他們面前突然失落的流星，在茫茫夜空中最後不知所蹤，從此渺無音信。

　　什麼是今天留在大家腦海裏最深刻的情景？是：去年4月26日，在黃雍廉會長追思會上，氣氛多麼沉重，文友們是多麼的悲痛。

　　這一切是理所當然的；黃會長和整個悉尼文壇的關係太密切了。他於1985年移民澳洲，此後一直在這裏開墾文苑詩地，筆耕不綴，而且勇當澳華文壇「開荒牛」，創辦澳洲華文作家協會，並任悉尼華文作家協會會長和澳洲酒井園詩社顧問。他熱情為大家服務，鼓勵文友，提攜後進，除了自己的詩歌創作外，還寫了不少評論或序言，為促進澳華文壇的發展繁榮嘔心瀝血，為其每一點成果感到由衷的高興。他在悉尼度過的生命中最後的二十二年，充滿無私的奉獻。他是澳華文壇的功臣，其功績有目共睹，有口皆碑！

　　為了表達大家對黃雍廉會長的懷念之情，我們按照文友們的意願，編輯整理出版這部黃雍廉會長紀念集。

　　黃雍廉會長於1932年12月出生，湖南湘陰人。1949年參加青年軍，隨國民黨到了臺灣。他在臺北淡江大學完成了高等學業，經歷了十餘年的軍旅生活，先後擔任過《軍聲報》、新中國出版社、《青年戰士報》、華欣文化事業中心等單位的記者、編輯、副總編輯、主任等職。曾任臺灣中華民國新詩學會秘書長。

　　1953年，黃會長開始寫作。他第一本詩集《燦爛的敦煌》於1969年出版。之後，出版或發表了許多佳作，其中不少獲獎，而且涉及各種文學體裁，除詩歌外，還包括散文、小說、報告文學、傳記文學、電影劇本、評論等。如：小說集《鷹與勳章》（1973年出版）、電影劇本《氣正乾坤》（1974年獲銀像獎）、散文集《情網》（1974年出版）、長詩集《長明的巨星》（1976年出版）、長詩〈長明的巨星〉（獲金像獎）、長詩〈守望在中興島〉（獲銀像獎）、中篇小說〈紅岩谷〉（1976年獲金像獎）、散文集《國土長風》（1977年出版）、長詩〈繼往開來的擎天者〉（1978年發表）、小說集《昆明的四月風暴》（1981年出版，獲銅像獎）、人物傳記《是先民之先覺者（陳少自傳）》（1983年出版）、短篇小說〈一零八號尼龍艇〉（獲銅像獎）、〈雙環記〉（獲全國徵文首獎）、〈第一號沉箱〉（獲銀像獎）、〈伊金賀洛騎兵隊〉（獲銀像獎）、劇本《背書包的女孩》（1984年出版，獲電影劇本徵稿第一獎）、小說評論集《黃雍廉自選集》（1984年出版）、傳記文學集《六神傳》（1987年出版）、傳記文學集《蔡公時傳》（1988年出版）、小說集《南沙巡航集》（1989年出版）、長詩〈飄著龍旗樓船上的英雄們〉（1993年發表）……等等。

　　這部紀念集當然無法囊括黃會長一生這麼豐富的業績。書中除了選用一些紀念黃會長文學活動的照片，主要選錄他近年來創作的詩章以及為文友所寫的序言或評論；第三部分則是文友悼念黃會長的詩文。由於篇幅關係，有些作品甚至黃會長創作的長詩沒有收錄；更由於編者視野有限，時間倉促，不論黃會長的作品或文友們的悼念詩文，相信均會有不應該出現的遺漏。這是要敬請大家見諒的。

　　這部黃雍廉會長紀念集定名為《丹心一片付詩聲》。此詩句出自黃會長本人，也最生動最明確顯示他為人為文的主旨，顯示他的熱情而又無私的奉獻。詩人走了，出一本書來紀念他，這是對他最大的肯定，最大的褒彰。在此我要感謝那些力倡出書及參與編輯願意付出的文友，並最真摯希望這能成為澳華文壇的良好傳統。所有為中華文化在世界各地光揚付出的人，歷史將永遠記住他們，代代相傳，生生不息！

2009年1月15日於悉尼

黃雍廉詩選

唐人街

是一所港灣
專泊中國人的鄉音
無須叩問客從何處來
淺黃的膚色中， 亮著
　　揚州的驛馬
　　長安的宮闕
湮遠成為一種親切之後
風是歷史的簫聲
傾聽，如
　　一首夢般柔細的歌

是一所永不屯兵的城堡
匯聚著中國的二十四番花訊
你是不用泥土也能生根的蘭草
飲霜雪的冰寒
綻東方的芬芳
鮮明矗立的牌樓，像
黃河的浪
　　東流，東流
永遠向著陽光的一面

是一座璀璨的浮雕
亮麗著殷墟仰韶的玄黃釉彩

煙雲變幻
一如西出陽關外的信使
　海，便是你心中的絲路
　孤帆遠影
　故鄉的明月，是仰望北斗的磁場

你乃成為一位細心的收藏家
曾經也窮困過，典當過手頭的軟細
就是不肯典當從祖國帶來的家私

五千年，不是一件可以隨便
　拍賣的古董
而是一盞會帶來幸福的神燈

發表於《澳華新文苑》第194期

四海龍舟競鼓聲

羅馬皇宮的倒影
染紅了愛琴海的夕照
秦王寒光閃閃的寶劍抖動著
昆侖
詐術
諂媚
讒邪
諜影
成了方形的無煙的黑色火藥
地球的東西兩邊
同時受著烽火的灼炙
希臘的光輝黯淡了
蘇格拉底飲下了最後一杯苦酒
八百年的周鼎沉沒了
東方的巨星殞落於汨羅江……

二千二百七十九年了
洞庭春水流向湘江
悠悠復悠悠
龍舟競渡的鼓聲
恰似懷王一去不返的怒吼
芒鞋竹杖
國難枯槁了您的容顏

漢北沉冤
猶——
望南山而流涕
鳳凰怎能獨立雞群
齊楚聯防
終歸容不下蘇秦的蟒袍玉帶
藍田之會
徒然帶來張儀豎子的獰笑

——變白以為黑兮，倒上以為下
您的沉痛亦如楚山的璞玉
遂把孤忠
投入如海浪般搖曳的洞庭
故國山河
春城草木
垂楊漁父何知
「天問」何知
您「懷沙」在東方的十字架上
楚王的宮闕傾頹了千古精忠
哭在賈生賦裏
歲歲
年年
空留龍舟競渡的鼓聲……

後記（一）：

　　夫子以忠藎沉江，浮起的是百代詩魂、萬世敬仰的高風。我從屈子祠
來，在年年龍舟聲中，汨羅江的江水，總在我心中回蕩。我是屈子祠中的
後學，謹以赤子的詩心，弔先賢。

後記（二）：

　　每年5月前後，雪梨達令港都舉行龍舟競賽，唐人街的餐館和住戶、家家蒲艾飄香，僑社的文藝團體則舉辦「詩人節」慶祝大會，龍舟、粽子和詩聲，使海外的中華兒女縈念祖國的心聲，烘成　連串多彩多姿的花季。

　　雖然哲人已逝，楚國覆亡的哀痛人們已不復記憶。但愛國詩人屈子的「沉江之痛」，人們是永遠無法忘懷的。

　　中華民族有了這些赤子之心的「鍾愛」，我們的民族才有了歷劫不衰的豪情，才有了可歌可泣的壯志。近聞臺灣有極少數知識分子，喊出了「臺灣不是中國的一部份」……。我懇請這些所謂「早熟自覺」的仁人君子，多讀讀「離騷」，甚至再讀讀臺灣連雅堂先生在臺灣淪為異族統治時代的血淚詩篇。我們沒理由「不愛自己的國家」，而異想天開地想把臺灣從血脈親緣溶成的「偉大中華」的大家族中分割出去。

　　「萬里雲天懷國事，丹心一片付詩聲」，謹以這首小詩弔屈子，喚國魂。

發表於《澳華新文苑》第18期

盧溝橋的石獅子
——寫在紀念中國抗日戰爭勝利五十周年

不要以為盧溝橋上的石獅子
永遠不吭聲
看著日本鬼子雪亮
的刺刀滴血
槍口冒煙

不會的
它是在凜冽的北風中磨牙

槍聲
炮聲
哭聲
吆喝聲
獰笑聲
它都聽到
上帝也聽到
終於　它張開巨嘴
憤怒地把太陽旗一口吞噬

五十年
它還在咀嚼

那滴血的刺刀
那冒煙的槍口
那喪盡人性的兇殘

注：

　　世界華文詩人協會會長雁翼及汕頭大學教授馬白先生，來雪梨訪問。
雪梨華文作協設宴迎賓。適逢「七七」抗戰五十周年紀念日，哀國傷時，
爰即興成小詩一首，由青年作家辰迪在宴會中朗誦，聊表海外的中華兒女
對祖國的眷戀與關懷。

迎聖誕　祝和平

——寫在2003年耶穌聖誕聯歡會

又是聖誕佳節
平安夜的福音
像一道晨曦照臨大地
北半球是風雪夜歸人
家中的爐火溫暖著遊子的心
南半球是春花映眼來
雖然缺少了聖誕老人駕著的麋鹿香車
缺少了風鈴飄雪的景致
但花紅依舊暖人心
因為人們真正的喜悅
來自天上
上帝的福音
往往會在這個時候降臨

人是上帝創造的傑作
上天入地無所不能
不愧為萬物之靈
但人們反照自身
很多地方
無時不在自殘自虐
創世紀以來人們擊退了
洪水猛獸

卻無法擊退自身的

貪婪、狂妄與自私

科學越昌明

人們生存的危機越嚴重

物質文明越膨脹

道德的準則越沉淪

烽火漫天

弱肉強食

飛彈與坦克叫陣

仇恨與恐怖結盟

狐狸坐上了審判臺

流血

成為一種永不退潮的狂瀾

何處是祇園勝境

何處是伊甸仙鄉

何處是人間樂土

正需要

上帝來指引

但願聖誕的福音

為這極需滋補的渾濁世界

帶來

真正的和平與幸福

發表於《澳華新文苑》第97期

月光潮

潮是一種湧動
人世之潮
捲起一代風雲
衍成千般悲喜
　　六合乾坤之內
　　只有月光潮
　　是一位溫馨的含羞公主

月色清輝
溶流大地
　　沒有潮聲
　　只有靜靜的波光
　　如一泓蕩漾的秋水
將繁囂的世界
染成銀色的安祥

黃會長和雪陽、璥子的兩位女兒、
小詩人象象等等（攝於2003年6月
7日）。

情人浴月光之潮
譜成愛的盟誓
騷人詠廣寒的清音
歌碧海青天的旖旎

月色清清
流光如霽

這清輝
是上帝特予的恩賜
人們才能在潮起潮落
大時代的溫床上安眠

雖然
　月色千古照離人
　帶來思鄉的愁緒
　但那熠熠幽光給予了
　人們心靈的無限慰藉

要是這世界
只有太陽風
沒有月光潮
　那多麼乏味

天地有情
明月清輝是一種天然乳汁
　滋養著
　人們那顆疲憊的心靈

後記：

　　發表於《澳華新文苑》第29期，同期發表月光潮同題詩六首，有一編者按語：月光是否有潮，終歸是詩人的想像。凡是光便有波，因此將之擬象於潮，也許更富詩情。雪梨幾位詩人，同以〈月光潮〉為題，各自作詩一首。〈詩心繫明月，潮影詠天光〉，妙句佳章，抒發心聲，亦可能微言大義，權當應節，大家欣賞吧。

陽光海

——唱和酒井園諸詩友〈月光潮〉同題詩之後，再吟〈陽光海〉

世上有兩種海洋
魚
是水中海洋的生物
人
是陽光海洋中的過客

是誰撒下七彩霞光
將地球的臉蛋抹得
彩色繽紛
不只是白天讓人眼花撩亂
在夜晚還引誘月姐兒
撩開夜幕
露出可人的微笑

借問光從何處來
每秒十萬八千里

夸父一往情深拚命追趕
想從他那兒探聽消息
但他連頭也不回

后羿看不順眼
神箭穿雲
卻夠不到他的腳趾

原來
他們九個兄弟
是浩瀚宇宙中的漫遊者
河漢星辰向他招手
他都寧願老死不相往來
哪管人間許多恩怨

既然
高攀不上
我們就在他略施慈惠的
陽光海洋中
編織自己溫馨的多彩的
夢吧

發表於《澳華新文苑》第360期

萬縷情思繫海濤

萬里南飛
來赴海濤的約會
海濤捲起雪白的裙裾
迎你以相逢的喜悅
年年潮汐
歲歲濤聲
你只是想瞻仰那白色的潔淨
一如一位朝聖的使者
海濤是你夢境的一口綠窗
綠窗中有燦爛的雲彩
沒有什麼比這景象更值得你惦念
那是由淚水訴不完的故事
晚妝初罷
詩篇就從那流光如霽的眼神中流出
那織夢的日子
花香月影鋪滿心痕
天旋地轉
落英繽紛
海濤始終是你唯一的牽掛
慕情生彩翼
你又南來

是尋夢
是訪友
萬縷情思訴不盡離愁別緒
杜牧十年始覺揚州夢
你緊握貼心的千重依念
醉在
海濤捲起的雪白雲車之中

愛的歌聲
——賀麥琪出版長篇小說《愛情伊妹兒》

在感覺上
人生有三種永恆的旖旎
當你出生後第一眼仰視天宇的蔚藍
太陽的光耀
當你第一眼看到海洋的浩瀚
高山的青翠
當你第一次踏入愛情的漩渦
這旖旎
這欣喜
無可替代纏綿地
緊貼在你的心扉
宇宙之大
無非是天地人的融和
依戀
讚歎
愛情伊妹兒穿著紅繡鞋的雙腳
是在初戀的漩渦中追尋
追尋莊子在逍遙篇中找不到的東西
天地有窮盡
愛是心靈中永不熄滅的火種

黃會長在麥琪新書《愛情伊妹兒》發佈
會上講話（2002年3月10日）。

詩海中的一朵紅蓮

讀蔡麗雙博士詩文集掩卷凝思偶感

捧讀你每一首詩
就會砰然心跳
讀你每一則散文
心會
不期然地陶醉
玉樹臨風
長才稀世
書風仿古
劍氣凌雲

揮去浣衣村姑的素帛
沉浸在
萬古書香的殿堂中
與時光對弈
每一秒都冒出文學的種子
在自己的詩海中
形成一季一季的
豐收

與詩魂論道
句句都是掀動心靈的
萬頃波濤

柔情不盡仙緣曲
壯懷未了山河情
將文學的長風
吹醒一季一季的花訊

你夢青蓮
想必青蓮亦夢你
你夢易安
想必易安亦夢迴香江

才情傲千古
天地獨鍾靈
未賦三都賦
同樣的洛陽紙貴
是因為你每一首詩寫在
時代的脈搏上
寫在每個讀者的心靈琴鍵上
一片春心花似海
花香
是沒有國界的
你已將東方文學的
馥郁
傳遞到西方的
不同角落

2005年9月9日於雪梨靜園
發表於《澳華新文苑》第208期

詩國春秋又一章

——欣見彩虹鸚會刊在澳洲創刊

彩虹鸚
像一聲春雷
乍響在雪梨文壇
堆金砌玉的創刊號
突如其來地
在南十字星下的地平線上
發出了閃亮的光芒

這亮光
來自古老的東方
有火紅般的熱量
有星光般的柔和
　　展示著
　　　文學的金冠
　　　詩學的方陣
將四海炎黃的詩心
一頁一頁地掀開
綴成一幅
與古長安爭輝
的
　　風景

黃會長和眾文友在悉尼一次文學集會上（後排右一為巫逖），攝於2008年4月12日。

2005年1月18日於雪梨靜園

彩虹鸚之歌
──賀彩虹鸚詩刊創刊二周年

彩虹鸚是飛鳥中的
君子
穿著雖不是那麼樸素
但有十足的
詩人風範

羱冠闊步
很像宋明的理學家

攬一片青天
卻不作大鵬展翅
總是在平淡的生活中
獨自思考
從不隨波逐流
勾三搭四

你的衿貴
不是裝成的
只有陶淵明
才配同你稱兄道弟

對啦
如今有人把你的大名
冠在一本詩上
真羨慕你有這麼一位詩國
的知己
知心的朋友

2006年5月19日於雪梨靜園
發表於《澳華新文苑》第223期

賀何與懷博士喬遷之喜

從巴拉瑪達遷到
洛克俤兒
無非是想靠近唐人街一點
唐人街原是一個流浪的名詞
但能慰藉你心靈的無限牽掛

從威靈頓遷到
雪梨
無非是想多聽一點鄉音
鄉音同淡淡的月色一樣
能使你睡得更加安穩

從騎牛放歌的牧童
到執大學教鞭的儒者
該趕過的路都趕過了
能捕捉的希望都捉住了
只剩下祖國的容顏
是一首永遠唱不完的戀歌

且在唐人街的裙邊
築一個小小的香巢
聽乳燕呢喃
看春花秋月

不再篷車驛馬
不再夢裏關河

唐人街原是一個流浪的名詞
但是冒險者旅程中
相聚的
樂園

黃會長和眾文友在何與懷博士家中歡聚。

壽宴春花香滿園

——謹以此詩為詩人羅寧母親羅修善教授暖壽

火爐是冬天身邊的太陽
儘管天府酒樓
有四川家鄉的風味
但火爐只能給予身體的溫暖
爐火歇　身體的溫暖
會隨風飄散

只有母親的慈暉是永不熄滅的火種
任你走到天涯
那溫暖依然護衛在心頭
火爐紅紅的火焰
有如嘉陵江畔的晚霞
晚霞映現著天涯路遠故鄉情
路漫漫
江南煙雨　北國風沙
時代巨浪　天邊祈盼
都歸於平靜
只有幸福和親情緊貼身邊
不再需要甚麼了，還有甚麼比這更富有
南國冬深
壽宴春花香滿園

2002年6月20日於雪梨靜園

賀蔣維廉院長、吳愛珍教授賢伉儷五十金婚大慶

五十個春華秋月
多少往事在心頭
愛是唯一的嚮往
不歎年華逐水流
樂田園枕書香
經世變歷滄桑
萬里遊蹤長相守
金石鴛盟
五十秋
筆硯傳薪忘年老
桃李春風

今夕
書齋添美酒
重話少年遊
鶼鰈情深世為寶
人間美眷
屬天酬

賀唯真小兒彌月之喜

人
如果只是為了自己而活著
便像路邊的小草沒多大意思

千古英雄
絕代美人
他們為愛而活

妳也為愛展露笑顏
不是傾人國
陷人城
在妳心中
有一個小寶寶
便擁有半邊天
有兩個小寶寶
便擁有全世界

萬物一輪回
天地無終始
能抓住片刻幸福
便是智者

上帝因為不能分身
所以創造了母親
現在
妳以滿心歡喜
回報上帝

黃會長攜同作協理事周唯真（右三）、陳乃學（右一）參與澳洲英語詩人作家的活動。

愛之旅

（一）
妳來自瓊樓玉宇
天河外
星辰閃爍
我們的光輝曾編織成一彎虹影
一曲纏綿

心花的樹燃燒著碧海
相思的微笑
抖動銀河
妳的多情
為寧靜的天國帶來一季風暴

就這樣
我們墜降在萬丈紅塵裡
不是再生緣
只是重相見
妳是天上的謫仙
我們也都是

（二）
我是一隻展翅的候鳥
為妳

延緩南飛
南半球的春天舒展著媚人的笑靨
但我更愛北半球的紅葉
就像妳迷人的臉蛋
深深地在我心中印滿夢痕

我是一隻醉臥東風的子規
愛聽妳含情的微笑
在這囂鬧的塵凡裡
我們曾握有
一刻屬於我們共有的寧靜
那夜曾是風雨瀟瀟
簷前雨滴
屋外寒生
我說——何需歸去
妳答——夜神的眼睛會看著我們

心在凡塵
人隔天河
那夜
曾是風雨瀟瀟

（三）
用歡笑織成夜的豪華
彩筆
雋思
揮舞著才情的咆哮

我卻愛聽妳的——
小城故事
雖然不是
江州司馬夜琵琶
明日天涯
也許能帶走妳的一些音訊

一頁小影
一絲微笑
一曲歌聲
就這樣盛滿行囊

後記：

　　發表於《澳華新文苑》第153期《黃雍廉情詩選輯》，有一編者按語：黃雍廉先生素有愛國詩人之稱，近年目睹海峽兩岸風雲，濤驚浪險，憂國之心油然而生，曾奮筆高歌，呼籲兩岸止爭共濟，為民族復興的百年大計奉獻心力。所寫的詩歌慷慨激昂，鐵馬金戈，長虹貫日，在海內外獲得好評。但是詩人也有柔情的一面。在他「偶寄憐香珍花杏」時，也寫過不少頗富浪漫情趣的詩篇。這些作品大多載於他的散文集《情網》一書中。茲選刊若干首如後，以窺詩人另一種生活情趣。

玉山踏雪

新年如海潮的簇擁潰溢著歡悅的浪花
而我屬於市聲的嫣紅之外
夜岑如水
妳該在大地的琉璃線上飛馳著
我是天邊那顆追雲的寒星
默默地伴隨著
伴隨著妳

遙想玉峰俊貌
逗笑千樹梅花
妳如白藕紅蓮
迎萬山的銀妝玉翠
而我是天邊那抹悠悠白雲
癡癡地凝望著
凝望著妳

撒下滿懷的童心與夢
堆一座皚皚的雪人
妳以冰肌素手伴奏天籟的跫音
忘歸吧　飲雲天的旖麗歌曠野的高風
而我是天邊那片淡淡的晚霞
默默地眷戀著
眷戀著妳

假期已逝　心扉的佇望依然
寒風寒透窗前的子夜
我數著那頻頻驚夢的鐘擺
妳該抖落心塵摘一葉玉山的笑靨回翔
我如長夜鵠立的街燈
默默地暉映著熠熠的清輝
為妳照亮歸程的路

1976年1月4日凌晨
發表於《澳華新文苑》第153期

遊雪梨中國公園

池中那片盛開的睡蓮
與妳默默地相映著
妳觀蓮
蓮觀妳
淡妝雅素兩相依
而我
是那賞蓮人

柳線隨風
錦鯉雙雙戲清波
一池清水
漾開一個小千世界
心塵無染羨魚遊

壘石如雲
迴廊聳幽閣
覽帝子衣冠
何處覓秦淮風月

拱橋流水
牽動著

許仙和白素貞的故事
寸寸相思未了情
狀元拜塔
怎能醫治那愛的傷痕
紫竹
清風
低迴無語

天際白雲悠悠
攜手在鴛鴦池畔同坐
任園外
紅塵萬丈

2000年10月2日於雪梨靜園
發表於《澳華新文苑》第153期

寄語

今夜
將心靈的天空完全典當
給你
不管海上的風
雲中的月
如何暗戀

讓詩
坐在感情的翅膀上
飛越重洋
駐在秋水的江渚上
數你心中詩的
陰晴圓缺

摘一串星星
夾在你的詩頁裡
存放一百年
仍然會發光
有了星星　餘事便不重要了

情思千日
不如深深一吻
千與一之比
就是傳統與現在

2002年4月28日於雪梨靜園
發表於《澳華新文苑》第165期

給最後送行的人

臨別
妳留我一曲琴音
我贈妳一串佛珠
分不清是誰的禮物重
但她們都是要用心靈來收藏的
蒲團頂禮的夜晚
妳曾問菩薩
有異鄉的遠行人歸來
那人合該是誰
走過千重山水
看遍冷暖人間
妳依然是那
不染塵的月色
不為什麼
只愛那清輝如畫
而妳是那畫中的一束星光

發表於《澳華新文苑》第231期

注：

　　去歲回臺北，故交星散。朵薇是最後送行的人，握著手，眼神有西出陽關的沉重。

那靜靜的晚上

偌大的餐廳
只有你和我
夜幕低垂
餐廳的舞臺空著
彷彿整個世界也空著

靜
如一個長長的休止符
將人海的煙雲堵在門外

舉杯邀明月
小鎮晚來涼
你持彩筆為我畫像
讓心中喜悅更靠緊一點

餐廳始終空著
只有陣陣髮香

只要是心靈共飲
酒便醉在臉上
那一抹桃紅
曾使千古天才
纏綿入夢

步出餐廳
新月如鉤句

籬邊乳白的夜來香
揮送淡淡清香
草叢小小的蛙鼓
喚不醒的岑寂

靜
是愛的圍牆
樹影下
相擁
月色清清
吻
是從唇邊
燃起的一束燎原的火花

2000年仲夏於雪梨靜園
發表於《澳華新文苑》第165期

昨夜翩然來入夢

每次你坐在我的身邊
我的感覺
就像置身在西湖泛舟
而你
是舟中的西子
但將西湖比西子
山外青山樓外樓
唐宋詩家
大筆抒情
點綴了
湖光山色美人心
此刻
我該說些什麼——
坐邊花解語
細語輕聲有若無
心弦的奏曲恰似
平湖秋月
柳浪聞鶯
美人長伴
范蠡曾
五湖煙水獨忘機

茫茫世事情何寄
我的願望是
但將明月伴梅花
只要你坐在我的身旁
西湖西子
便會同來入夢

2003年5月21日於雪梨靜園

火車站邊的黃昏

雲暗天低
在寒風中迎妳
過盡千帆
期待的熱情
總是落空

我說　無論風雨
妳都要來
不是黃昏的約會
只是相知的心許

妳是來了
攜著一顆踐約的心來了
要是在尋覓中乍爾相逢
那真會爆裂心中的
一束火花

終歸是人隔天河星未轉
雲從天際暗
人散兩依依

發表於《澳華新文苑》第165期

情人節的對白

你說
願做情人節一天的情人
我說
會寫一首小詩回報
詩好容易寫
因你就是一首動人的詩
只要在心中浮現你的
風采
詩的甜蜜果子
便成熟了

做一天的情人
便是愛的盟約的簽署
今天是一天
明天　後天
都是一天

擁有一天的溫馨
便擁有
朝朝夕夕的憐愛

天上的情侶　睽隔天河
相逢付七夕
你我衣襟共飄香
且長長吻你
不待年年七夕

2003年情人節
發表於《澳華新文苑》第165期

天涯 • 夜雨 • 琵琶

不是和番公主陽關三疊
衣襟飄動著公主的容貌
是一座望鄉的燈塔
她去塞外那搖曳的光芒
你來南國亦如閃動的慈母的淚珠
一曲傾情玉門關外，達伶港邊
牽動多少幽怨夢裏山河

雖是那滾滾的音符
乃旋成一輪
潯陽江邊的明月
春江花月夜
梅花三弄影

後記：

　　那不是江南的絲竹哨：澳大利亞是西方管弦樂的世界。在這裏想聽琵琶，尤其是從那倩影深處窺見名家的琵琶演奏，那得全憑福份和運氣。去年澳洲華聲報在雪梨主辦文藝界聖誕餐會，恰巧與音樂家楊明先生及胡濤小姐同席。真是相逢何必曾相識，大家談得十分投緣，並悉楊先生為古箏名家，胡小姐則是極為出色的琵琶手，出身音樂世家，其令堂俞淑華教授為中國當代僅存的幾位古琴名家之一。

　　塞外天高雁遠，公主琵琶幽怨多。凡是海外中國人，一提到琵琶，便會無限情思映眼來，吾乃當即表示，希望有幸能欣賞到她的琴藝。這位

黛綠年華嘉陵江畔出生的佳麗，頗有高山流水惜知音的風範，席間欣然應允。真可謂：「久怠弦思愁客地，為君試曲洗心塵。」

那個美麗的仲夏琵琶之夜，竟然風淒雨急雲湧。雨夜琵琶，益增故國之思。是次演奏是在雪梨楊明先生家舉行，並由楊明和田力小姐古箏伴奏，俞教授淑華二胡配弦，共演奏了陽關三疊、春江花月夜等名曲十餘首，只要挑動那絲絲弦韻，便聆聽到大漠風雷的震盪，甚至看到秦時明月漢時關。而觀賞者唯余一人，洵賞心逸事，並引為無上光榮。

瑟琶秋色雪梨情

只有進入音樂世界
塵世的心波才會止息
一片星空
邈遠
無邊
你置身於真正屬於自己的殿堂

如非絕對無奈
不會焚瑟煮鶴

但
琵琶是另一種琴韻
星空佈滿思緒的網
只要輕輕撥動
那幽怨
那懷思
使你魂飛潯陽江頭的古月
使你夢牽公主思鄉的啼泣
孤舟嫠婦
大漠黃沙
瑟琶成為東方音樂世界
的一種相思

幸好
懷古是一種醒悟
花開花謝
悲喜千般
都必然
隨著時代的滔滔巨浪捲走

倒是
雲月關山
陽關古道的殷殷送別
友誼的溫馨
千載有餘情

後記：

　　偶遇詩人畫家胡濤小姐，謂新近購得琵琶新琴，音色絕美，邀我周日到胡府聽琴品茗，且有她母親古琴名家俞淑華教授古琴獨奏。客旅深居久不聞管弦，能有機會「一曲琵琶洗心塵」，是一件令人嚮往的事。

　　秋風細雨，庭院深深，胡小姐戴上指套，輕拔琴弦，一曲〈關山月〉，鐵馬金戈，流水寒泉，再曲〈陽關三疊〉，古道車轔，長亭風急，加上俞教授一曲〈瀟湘雲水〉，陽關古道多悲風，瀟湘夜雨春無著，閉目聆琴，魂飛故園，成小詩一首，聊抒聽之感此致謝。

2002年6月26日於雪梨靜園
發表於《澳華新文苑》第153期

妳的星座

銀河瀉亮南太平洋新秋的夜晚
繁星像西門町的人潮
湧現著
模糊的天河
如中華路的陸橋
綴滿著腳印　妳的　我的

傳說——
天上有一顆星　地上便有一個人
熠熠星光
多少隻情人的眼睛
我凝望著碧海
亦如我惦念著西門町

淡藍　晶瑩　閃爍而孤伶
依偎在織女星座的艮弦底線
便是妳的星座　妳曾親口告訴我
那夜曾是銀輝瀉滿大地

今夜
我凝望織女星座　就像我
凝望西門町
我們曾在那條銀河的咖啡座上低吟——

「天邊一顆星」
在心靈深處舔舐國土的創痕
妳我原是狂流中浪跡的飄萍
才懂得相逢是一種奇妙
相知是一次賭注

請不要以為我會忘記西門町
應知　無論我在何方
妳的星座依然　閃爍在
我心中

發表於《澳華新文苑》第188期

弄潮小憩

憨然展玫瑰的笑靨
植香一頁海灘
七月
海濤如柳絮垂煙
而妳亭亭的玉影是長安麗水邊的
一抹春風

海濤慇慇啼囀著仲夏的戀歌
人潮繾綣著千般俏麗
碧波橫亙如陸地的天河
而妳的星座
正閃爍著七夕童話般的
光亮

休問年年長夏幾許
臥聽濤聲的軟語
如珠
且窺妳一襲輕紗
朦朧縹緲費相思
河漢迢迢
而妳就在觸手可及的
人間天上

發表於《澳華新文苑》第188期

相 逢

妳輕盈地步入畫室
畫室便吐蕊成一個春天
春天是江南的

驚異上帝的素手
把妳繪成一串相思

纏綿地
繫住我

繫住
畫室中的每一雙瞻仰的眼神

發表於《澳華新文苑》 第188期

春風碧影

妳臨風的玉影
黯淡了笑向春陽的複瓣杜鵑
聖誕紅原想避妳彩艷的君臨
而她畢竟成了一列臣服的僕侍
我原是那會易裝的高爾夫球場
用春草的背脊迎妳輕輕的蓮步

杏花沽酒
妳我原是宇宙的過客
哀鴛鴦之須臾
我們用綿綿的情意作午餐
一酌傾心細訴

像乳燕的翔風
我們昇忘憂之旗在那靜靜的河邊駐足
一江春水
欄杆外
唯見橫江的如鴛白鷺

發表於《澳華新文苑》第231期

紅塵飛不到

蝴蝶的翅膀　載著
一串小小的風鈴　伴著妳
我願是那
從不遺忘天宇信息的
探更使者

小石榴的花季
只留下偷窺月色的腳印
任無常的風雨吹折
把滿心的仰慕結成玉色柔紅
綴著　鼓鼓地綴著
展一頁愛的風采

人在畫樓中
意在須彌外
仰見一佛座
紅塵便在妳的腳底
不應是三重
妳在九重之上

發表於《澳華新文苑》第231期

最堪憐愛夕陽時

請留一點空間
給我
這空間只有兩心
知
不是七月七日長生殿
而是
一種期許　一種渴望

古道斜陽
只顧
回顧來時路
便是一種沉重的負擔

敞開心扉
迎三月陽春的燕子
歸來
這將使
暮色如詩
晚妝如霽

空間
本是無阻攔的一種概念
請啟開窗櫳
讓晚風
梳理妳的心思

發表於《澳華新文苑》第231期

再譜陽關曲

很多事
都在錯過的機會中飄逝
愛
也是一樣

機會是如此說來就來
說去就去
只有慣看人間月圓月缺的風
在一旁竊笑

臺北
是一處多彩的驛站
觀盡洛城花
空餘落寞

當你西出陽關之後
回首處
瞥見
一泓秋水
幾多心事未成眠

發表於《澳華新文苑》第231期

一醉詩心攬月歸

不要以為沒有信來
就以為忘了你

真情的信
是寫在心瓣上

現在
我的心瓣　堆滿了依念
足夠出版一本慕情專集

不管能不能拎得起這麼重的塵緣
當我回來時
會一次將原稿交給你
那是淡淡的月色
夜半無人私語時

知道你幾番尋夢神州
生長在臺灣的孩子
是該去頂禮的
五千年詩的酒泉
醉倒過　百代過客

想來
你一定會
一醉詩心攬月歸

發表於《澳華新文苑》第250期

山城之戀

清輝漂白著夜的岑寂
面對明月是該垂淚的
記否
那醉人的——
「埔姜林之夜」

椰林模糊
月色朦朧
我們草擬劇本
填朗誦詩
為著
捕捉歡樂今宵
我們
迎著晨曦　踩著月色

「滿江紅」劍舞的豪獷
「何日君再來」的柔情
「小辣椒」的天女散花
「小百合」的村姑十八變
露天晚會
碧海為譜
星星作詞
我們用青春的火燄

譜成大地的戀歌
啊
狂歡的　醉人的夜的山城
人們誰還會記起有「撒旦」這個人

如今
妳頭上的紅蝴蝶飛走了
書包也積上一層厚厚的灰塵
當妳抖落一肩倦意
圍繞妳的是一群弟妹們的歡笑
不凋的綠意裝飾著山城
妳用靈魂的淨潔
妝點著自己

今夜
椰林已逝
歌聲已渺
但
月明依舊
記否
這七年前的往事
牽牛花又該幾度爬過圍籬

這是一首紀事詩——
獻給我永憶的星星

發表於《澳華新文苑》第250期

約會在中午

為妳守候這太陽垂直的時刻
寒風冽冽
我心忡忡
妳終於從盼望的眼簾飄雲而來
迎我一抹微笑如詩
我們遂鋪開心靈紅氈的地毯
把萍飄的蹤影寄留在一支無聲的歌裡
休說會少離多
且讓世事煙雲從身外的流空飛過
我們浸沐在匱與咖啡的夢中
這一刻是我們所共同擁有
世界屬於我們

親一親妳的素手
再見便緊跟著
殘月西沉

發表於《澳華新文苑》第250期

每一步都是歌聲

你臉上經常掛著真誠的微笑
便知
你的腳步走起路來一定很輕鬆
人生的重擔很多
你都扛過挑過
旅途的燦爛前程
你都走過嘗過
心中有愛
這世界便遍地花香
無需向佛陀
虔誦貝葉千遍
是你自己超越紅塵的煙霧
將心靈的夢
編織成一朵紅蓮
任八方風雨瀟瀟
你有你自己的處世哲學
是文壇的椽筆
是樂壇的高音
你純真潔白的心靈
為你不凋的青春之樹
敷上
更美麗的顏色

發表於《澳華新文苑》第250期

直上仙山叩九天
——悼念辛顧問憲錫教授

你是文壇一面
高風亮節的旗幟
文光德業正風華
上帝
卻把你
從我們的祈禱聲中
接走
天涯夜雨
誰是知音
春城晚宴
誰譜長歌
我們的嘆息
永遠喚不回往昔
煮酒吟詩
雄談論道的歡樂時光

想到莊子鼓盆而歌
也許天國
是你遲早必須歸去的地方
老友
你就踏著大化流行的雲車
步上天梯吧

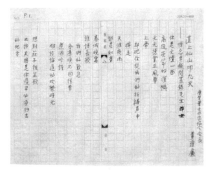

黃會長詩稿手跡。

在杏壇你是大學教授
在文壇你是知名作家
在家庭你是賢夫慈父
在朋輩你是仁人君子
人生旅途中
應盡的責任
該得的光榮
你都擁有了
回首凡塵
南柯一夢
你的夢該是香甜的

佛說
修身就是修道
天國遠比人間逍遙
老友
你該帶著微笑
直上仙山叩九天

注：

　　澳大利亞雪梨華文作家協會會長黃雍廉這首悼念詩，在辛憲錫教授追悼會上請老詩人西彤朗誦。

發表於《澳華新文苑》第234期

你走了，真的使我孤獨
——紀念老友祿松逝世周年

相聚在寶島的那些日子
真是聲氣相通共呼吸
我心中的隱秘
你心中的私語
　　都不足為外人道
我們都和盤托出
面對那些心靈深處的漩渦
　　常是
　　豪笑　對飲　狂歡

不是英雄的惺惺相惜
只是文心的共鳴
你在詩壇樹立的豪放高古詩風
是一面熠熠飄風的塔旗
　　山河戀
　　祖國情
你與陸游的衷心
同一溫度

詩界千年靡靡風
你是唯一的將詩風

吟成喚起雄風再起
的狂飆
　狂飆掃落了詩壇多少
　風花雪月的落英
　無人能丈量你心中的海洋
你的大旗
遂孤立在
　孤峰頂上

我是在孤峰頂上
伴你吟哦的吟者
　日月星辰
　乃為我友
　白雲煮酒
　共醉詩魂
遂撫伯牙的古琴
聽高山流水在腳底迴蕩

黃會長和悉尼文友歡迎臺灣詩人臺客訪澳。

如今
你走了
　我真的孤獨
　真的孤獨
清風明月夜
誰來聽我的
琴音

2005年5月25日於雪梨靜園

紀念劉顧問渭平先生逝世

春風化雨三十秋，桃李森森滿澳洲。
若問書齋何所樂，蓬門吟詠輒忘憂。
有客南來歸未得，無緣北地返中州。
弘文海外留清譽，玉馬金鞍焉用求。

贈詩人張曉燕（三首）

一

曉燕輕飛翼
高樓作鳳凰
白雲傳詩韻
逸興正昂揚

二

風傳花信
雨濯輕塵
雪梨才女
獨稱斯人

三

曉燕豔如花
花香散百家
文壇稱才女
詩國吐芳華

後記：

　　發表於2005年元月《澳洲彩虹鸚》創刊號。附一短信：惠請巫逖詩兄轉詩家兼書法家李河先生，揮筆賜贈墨寶於張曉燕女士喬遷之喜，並代張女士致謝！（李河吾兄，作協詩人張曉燕女士，近置新居，盼能有些詩畫點綴，以增雅趣。吾兄為書法大家，懇祈允賜墨寶，是幸。此請文安！黃雍廉呈望2004年11月2日）

禱臺海和平（兩首）

海峽烽煙歇，和平兩岸贏；
山河真一統，華夏萬年榮。

海峽烽煙歇，和平萬事興；
春風解凍阻，兄弟倍相親。

發表於《澳華新文苑》第97期

丙戌年題句

春酒春風意氣昂
貴妃醉酒在華堂
一曲相思情未了
果然飛燕在昭陽

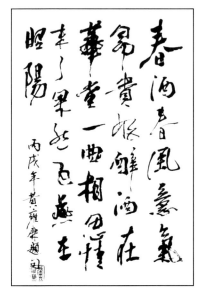

黃會長送給悉尼中國京劇藝術表演家弘
妃女士的〈丙戌年題句〉。

赴悉尼詩詞協會春宴
——兼致霜葉、惇昊、振鐸、復起諸詩兄

夜枕長安月，朝收落水雲。
詩魂經海域，劍膽豎旗旌。
把酒吟清韻，撫琴唱雅聲。
陽關歌一曲，共敘雪梨情。

發表於《澳華新文苑》第104期

悉尼詩詞協會成立，黃會長到會祝賀（2004年2月10日）。

春日偶感

詩壇逢盛會，
雅士聚群賢。
南國春光早，
高吟頌瑞年。

黃會長（右三）應邀參加澳大利亞中華民族文化促進會舉辦
的〈中華文化與和諧世界〉研討會暨春節團拜會（2006年1
月21日）。

黃雍廉文選

悉尼春訊故園情

——序陳振鐸小說散文集《吟唱在悉尼海灣》

是一份文學勝緣，讓我在悉尼結識了陳振鐸先生。他在悉尼定居已經六年多，由於一心潛修英語課程，加上一份「大隱隱於市」不求聞達的心情，這些年來，他除了家居、讀書和親朋小聚以外，很少參加社交活動，因此，文友們原先知道他的名字的不多。

最近一年多來，在悉尼華人報紙的副刊上，連連刊載他的大作。文筆典雅，情韻回蕩，筆力雄厚而樸實。他所寫的大多是他平居與親友宴酬雅集，閒話家常，帶著溫馨友愛、文采飛揚的精緻作品，另有他遊歷澳洲、美洲、日本和俄羅斯等地名勝古蹟的寫實紀事遊記，還有一些反映華人生活的短篇小說。

由於描寫生動，敘事細膩，詞藻富麗，視野廣闊，他的作品受到眾多讀者的注意。筆者就是其中的讀者之一。因此，我很想結識這位文壇崛起的新朋友。

在《華人日報》張奧列副總編輯的安排下，我們終於在悉尼唐人街茶樓見面了。傾談之下，相互相見恨晚。

振鐸君比我年歲略小，但是，我們同處在神州大地風雲激盪的年代。所思所感，乃至呼吸的空氣，都能品味出當年狂歌當哭、戰馬嘶風的氣氛來。

他年輕時，曾在海峽彼岸的大陸從事部隊電臺工作；我在海峽這邊，擔任過臺灣一份雜誌的主編。如今在悉尼相遇，我們

握手笑談，「大地春風人意好，山河故國兩家親。」大夥以茶代酒，暢敘生平。

原來振鐸君是一位多才多藝的文人。除愛好文學寫作外，他還喜愛彈琴，欣賞音樂、繪畫和吟誦古典詩詞，藝術素養很高。他的老伴、兒女，也都很愛好文學藝術，鍾情山水，非常念舊，也喜歡結交朋友，可說是一個充滿溫馨和藝術氛圍的家庭。

移民悉尼後，振鐸君過著無職一身輕的閒雲野鶴生活。一方面含飴弄孫，閒暇時間，喜歡遊歷各地的風景名勝。振鐸君曾有過漫遊東瀛和美洲等地的機會，藉以鬆弛戎馬倥傯、勞碌半生的緊張。振鐸君本著「行萬里路，讀萬卷書」的學而不倦的精神，每到一地，不只是飽覽風光，吸取山川之秀，他還用心靈錄影，將景物立體化，人物鮮活化，溯源追遠，將與名勝古蹟相關的歷史典故如實記錄。

讀他的遊記散文，令我們瞭解到，有的地方是因人傑地靈而聞名於世；有的地方則是因山水甲天下，蘊含無限秀色華光，成為人們的觀賞景點；有些地方，是人傑地靈和秀色華光兩者兼而有之。作者都一一以山水的代言人的身份詳加描繪述說。

由於作者觀察深入，描繪生動，加上雋永的文筆，穿插歷史風雲的興衰浮沉，因此，讀他的遊記，你的耳際會有弦歌之音，你的視覺會有鳶飛戾天、魚躍於淵、繁花怒放、大雪紛飛的實感。作者將其多方面的藝術素養和感情，鑄溶在字裏行間，使得讀者如身歷其境，與作者的視野和感受構成一條直線，相接相連。遊記能夠寫到這種境界，不是高手也成為高手了。

振鐸君約我為他準備結集的作品寫一篇序，他特地將近年來創作的二十餘萬字散文、小說稿件送交給我，我原想翻一翻，看看提綱，看看要點，就可以動筆了。沒有想到，我看了頭幾篇

便不忍釋手。厚厚的一大疊密密麻麻的打字原稿，我花了兩天時間，一口氣把它讀完。我的第一個感覺是，這是一首精緻典雅、以真情實感譜寫成的長卷詩篇。

在他縱橫馳騁的大筆下，帶領我遊歷了神州大地的名山勝水。介紹了許多我不曾知道的歷史掌故。更引領我東遊日本、加拿大、美國及南美諸多國家的美麗風光，令我瞭解了那兒曾經為世人流連、興歎的歷史背景。

我原是一個不愛旅遊的人，總認為山水自在心中，不必登高始知山高，不必涉水始知水遠。看了振鐸君的遊記，感到我先前的看法未免太自我封閉了。實際上山水有情。古人早有「仁者樂山，智者樂水」之說。遊名山大川，覽物華天寶，常會啟迪你的智慧，壯闊你的人生，滋潤你的性靈。

遊歷世界，受到金錢和時間的限制，並非人人都有此良機，但人世間的江山勝蹟也不可不窺。因此，我認為振鐸君的這些散文風格的作品，可帶領讀者免費在視覺上遨遊世界，享受精神上的心曠神怡，並廣增見聞。如〈川繞嵐山水悠悠〉，寫日本京都近郊嵐山的櫻花勝景。〈情人的眼淚〉寫巴西與阿根廷邊境的伊瓜蘇瀑布群的壯觀瑰麗。〈星光還在心中閃耀〉寫莫斯科紅場的百年滄桑。〈崇山峻嶺中的城堡〉，寫南美小國秘魯山城中古堡之神奇。〈神戶華埠〉寫日本華僑常懷故土的故國風情。〈誰染楓林醉〉寫悉尼北郊希爾頓森林中楓林的千姿百態。〈葡萄美酒夜光杯〉寫中國古長城盡頭嘉峪關下的戈壁曠古荒煙和祁連風光。〈列車東去〉寫西伯利亞的北國寒林。〈風光綺麗濱海城〉寫加拿大溫哥華市郊楓林的姹紫嫣紅和唐人街的舊貌新姿。〈璀璨寶石放異彩〉寫巴西名城里約熱內盧的桑巴狂歡舞娘丰姿。〈浮光掠影看紐約〉寫曼哈頓的如夢如幻和自由女神的傳奇。

〈吟唱在悉尼海灣〉寫海灣的旖旎風光。將「江山展白帆,虹橋如織夢」的美景譜寫成為一闋曼妙的圓舞曲;將悉尼伸向海灣的玉臂纖指,塗抹上碧藍的蔻丹。如果你來悉尼旅遊,請千萬別錯過乘艇游河的機會。

　　這批作品的精華,上述列舉僅是其中部分。文采更為奪目的篇章,有的描述與近年來相繼從大陸移民來澳洲的舊雨故交在海外不期而遇、相逢如隔世的喜悅心境;有的展現作者在澳洲新環境中所結識的新朋友以及他筆下各種人物的流光歲月、浪漫詩情、生涯趣事等澳洲華人生活縮影;有的是作者「詩聲朗讀窗前月,撫琴坐看後庭花」的家居散記。這些用親情友愛、歡聲笑語、詠哦唱歎所構成的「浮世圖」的美麗畫卷,強烈地映顯了一位作家的文心詩意,每一篇作品都會使人讀後神馳物外,有感於心。作品中的諸多篇章,可說美不勝收。讀者如有機會閱讀這些作品,相信你會目不暇給地為作者筆下描繪的各色人物、美麗山川和傳奇風物所吸引,而想盡快把這些作品一口氣讀完。

2006年1月25日,在悉尼圖書館向公眾介紹中華文化。講話者(前座左起):黃雍廉、譚達先、何與懷、蕭虹。

振鐸君在神州大地風雷閃擊、石破天驚的大變動中，在大西北河西走廊、祁連山下的風沙蔽日的苦寒中，在文化大革命的風暴中，踏著沉重的步履一步一步走了過來。如今在悉尼白雲悠悠的藍天下，回顧前程舊夢，自是既興奮又感慨，自然而然將他深沉的情懷，傾注在這些作品之中。

經過大風大浪的水手，會加倍珍惜他在風平浪靜港灣中停泊的時光，尤其會珍惜在患難中、在無助的坎坷中結下的那份生死不渝的愛情、親情和友情。作者對與之含辛茹苦的老伴秋霞，對他的兒女，對他的老師譚達先博士，還有往昔患難與共的友人，著墨頗多，歌頌了愛情和親情，也為真摯的友情感恩。

尼采說過：「一切文學，余最愛以血書者」。作家寫作嘔心瀝血，讀者閱讀始能盪氣迴腸。振鐸君的作品有引人入勝的可讀性，正因為他是以真情實感轉化為文字，以慧心慈願看待人間煙霞，這樣的作品，自有其文學的生命力，也會獲得讀者的喜愛。

2003年9月11日中秋節於悉尼靜園

發表於《澳華新文苑》第157期

時代的縮影，亮麗的人生
——《雨中悉尼》小序

悉尼女作家蕭蔚，日前邀我到唐人街飲茶，說她和老爸西窗秉燭，忙裏偷閒，整理了一些舊作新章，準備父女聯手出書，是想將飄蓬萬里的片斷生活鱗爪集結成冊，作為人生旅途的紀念，他們望我寫點文字放在扉頁上作為序言。

我對蕭蔚的這一囑託頗感惶恐。因為蕭府一門俊傑，蕭正輝教授和他的夫人鄭慧篋女士，都是早年北京大學中文系出身的才子、兼世界知名的科學家。蕭蔚又是澳洲女作家中的佼佼者，其散文小說行雲流水，品味很高。要想為這樣一對父女作家的著作寫序言，真的感到力有不逮。

好在我與他們父女都是以誠相見的朋友，既蒙抬愛，也就以一位讀者的心境，對這部散文集的內容，作一鳥瞰式的賞析。

坎坷途中燃燒著希望之火

《雨中悉尼》這部散文集（包含遊記、報告文體、雜記、譯文），內容包羅萬象，五彩繽紛，大抵以祖國大陸、臺灣和澳洲等地為作品素材和時空背景，像是一座播散花香的大觀園，其中有許多風趣、幽默、益智、談玄、健身、惜愛、勵志等景觀看點。作為散文應有的功能，已足夠使它成為一部為讀者喜愛的著作。

　　但「雨著」的骨髓內層和精神價值，不在它敘述人物景觀的品類萬端、文詞暢達、敘事明快，以及它提供的中國故有國藝介紹（如〈大紅燈籠〉、〈漫談皮影戲〉、〈中秋月餅〉等），而是蕭正輝教授夫婦身處人時代洪流的滾滾波濤中，抓住心中的一葉浮萍，排除險阻，渡過逆境，無怨無悔地，向著明日中國強盛的朝霞曙色奮進的立身處世的自強不息精神。

　　相信當讀者讀到著述中的〈憶恩師許世瑛〉、〈妻子的錢包〉以及〈大衣的故事〉等篇，定會強烈地感染到蕭正輝先生「半生離亂數悲歡」的處世哲學，他這種家國連在一起的堅貞情操，值得頂禮和敬佩。一個國家的強盛，一個民族的復興，往往要從血泊中才能站起來，更要有無數的無名英雄來持撐。

　　「夜闌臥聽風吹雨，鐵馬冰河入夢來。」這是南宋偏安局中，詩人陸游的心境。作為現代的中國人，尤其是出生在上個世紀二三十年代的中國老一代知識份子，可說無時無刻不在「臥聽風吹雨」。

　　那時國土分裂，強鄰掠地，外侮日急，軍閥橫行，一種「新亭對泣」的悲憤，像烈火一樣，在每一個有志救亡圖存的青年人中燃燒。正輝先生就曾想從日偽統治欺壓下的北京城逃過日軍的封鎖線，投入大後方的抗日行列，惜因關卡難越，未能成行。〈憶恩師〉這篇文字跨越的時空很長，由日偽統治到抗戰勝利，由小學、中學到大學畢業，以及往後獻身社會事業，其間很多敘述與當時的國脈民命息息相關，可說是時代的縮影，也可視為作者青年期的奮鬥史。其懷抱家國的大愛，正代表了那一代知識份子興邦救國、舍我其誰的自強精神。

　　中共建政後，一連串的政治運動，他們夫婦身處其中。〈妻子的錢包〉一文，道盡了其中的甜酸苦辣，也報導了作者夫婦勤

儉持家，逆來順受，在民族求發展的「孵育期」，奉獻自己的一份心力。終於迎來了「改革開放」雨過天晴的大好風光。這也說明了沒有忍耐，便沒有成功。

作為一個現代中國人，不能不慶幸中國人真的在世界舞臺上站起來了。這不是天上掉下來的喜慶，而是血與汗凝成的花朵。

「落紅不是無情物，化作春泥又護花」，蕭正輝夫婦在〈妻子的錢包〉一文中談到，當年為了尋找遺失「一斤米」的糧票，全家翻箱倒櫃折騰了幾個晚上，其生活窘境可知。但他們彈奏的生活曲調是苦中有樂，看好明天。他們這種辛苦自甘，克盡職守的那份忠貞，正是千千萬萬中華兒女為民族的復興，化作春泥又護花的寫照。這篇文稿平實無華，但有一種沉重的力量敲打著我的心扉，這大概就是文學的震撼力吧！（〈妻子的錢包〉一文曾是澳洲報告文學徵文的入選作品）

〈定居前後〉這篇文稿是作者離開祖國，移居澳洲的抒感。道出了離人的心境和移居的複雜心情。筆者是由臺灣移居澳洲的移民，因此頗有同感。記得當年在百無聊賴中寫過這樣的一首小詩：「出國方知祖國香，雲成萬里路茫茫。新歡舊夢憑誰訴，一彎新月照西窗。」這也正是正輝先生的感觸。

初來澳洲免不了有失眠之夜。但生活要自我調適，要轉憂為喜，要忘故樂新。正輝先生這篇文章所講所敘，就是寫的憂樂適時。他現在是既愛祖國，也喜歡澳洲的生活。近年他還以所學之長，為澳洲的水利工程籌謀獻策，真的是一位興利忘憂的實行家。

〈雨中悉尼〉是一篇文字娟秀，以寫景為主體的散文，與其他各篇比較，描述的細膩，寫景狀物的生動，修辭的豔美，都蓋過其他篇章，是一篇文勝於質的純文學作品。由於抒情多於述事，讀來靈巧順暢，別具風格。

　　其他作家寫悉尼港灣的景致風情，多取其外在的繁華，瓊樓高聳，長橋臥波。正輝先生筆下卻多添一景，那就是華表之外的天籟之音。他欣賞到悉尼港灣深一層的幽靜，體會到「不必絲與竹，山水有清音」的禪境，遊記文體要寫到山水內層的面貌，方屬上乘。

黃會長和文友在臺北舉行的第五屆世界華文作家會員大會開幕酒會上（2003年3月15日）。

澳洲天空的燦爛陽光

　　以下的文字，是就蕭蔚的作品作一文字上的巡禮與推介。

　　蕭蔚是澳洲才華出眾的一位作家，散文、小說、遊記、劇本她都寫。筆耕很勤，在海內外報刊發表了許多作品，並出版了《澳洲的樹熊，澳洲的人》小說、散文集，受到文壇重視。尤其是她的短篇小說，頗具有莫泊桑（Maupassant）之風，寫來絲絲入扣，情節動人。《雨中悉尼》文集收錄她多篇散文、遊記與譯作。主要是敘述她在澳洲陽光燦爛的日子裏，香汗淋漓地奔忙生活，及從事一些詩情浪漫的文學活動。人在澳洲，筆下也自然附

帶地報導了澳洲的風土人情。

　　她來澳的初衷，原是想在這裏鍍金，拿個碩士、博士學位，回國幹自己的醫科本行。沒想到一種好奇爭勝的心理，萌生了男孩子闖蕩江湖的豪情，自己在心中說，留下來吧！

　　白居易初到長安，他的前輩詩人說「長安居不易」，同樣地，澳洲雖是自由的天堂，要在這塊土地上撐起一個理想的門戶，絕非坐享其成可以濟事。

　　蕭蔚從小就受雙親的呵護，出身書香門第，可以說是未經風雨的暖室花朵。雖然中學時代在農村插過隊，但畢竟不是肩挑大樑。來到澳洲要赤手空拳打天下，就得咬緊牙關，面對朝來的寒雨晚來的風。

　　十六年的移民定居，極富挑戰性的生活過去了，如今家成業就，華屋高軒，女兒進了精英中學，先生診所營業順暢，可說是無憂王國，幸福家庭。但成功的背後有一條汗珠流成的長河。

　　作品中的〈養育是情〉、〈千金晚會〉、〈略談課外補習〉、〈我家的小寶貝〉等篇，敘述了作者「三更燈火五更雞」為操持家務、撫育子女無償地付出。其中她談到：「我一直是七天裏打八天的工」。這短短的幾個字，正是她炫耀自己戴在頭上的桂冠。如果不讀其文，你絕看不出名門淑女型的蕭蔚，曾經長期過著汗水代脂粉的生活。

人文風土，多彩多姿

　　作為一個作家，生活中除了嚴肅的一面外，必然另有藍天飄白雲，清風拂綠柳的瀟灑情懷。蕭蔚的散文與小說擁有眾多的讀者，就是因為她能抓住生活輕鬆的一面，注重趣味性、幽默性，

她以全新的現代語言，傳情達意。即使是說理的文字，也能雲淡風輕，使讀者看得順暢，心生喜悅。如集中的〈鄉音鄉情〉、〈東洋小屋的主人〉、〈舊上海灘的夜晚〉、〈狗兒汪汪叫〉和〈搗蛋大王蘭泊〉等篇章，都是幽默、輕鬆、有趣的散文。不僅唯文字優美，也展現了人在澳洲的生活面貌。

尤其〈舊上海灘的夜晚〉和〈鄉音鄉情〉兩文，寫一群年青作家為澳洲電臺編劇寫稿，並親身參與演播。這顯示了華文文學已經進入澳洲的主流社會，作家們走出了作家屋，致力於動態文學和向空中的推展。

俄國大文豪托爾斯泰在其《復活》一書的結尾說：「心靈純潔的人，生活充滿了甜美與喜悅」。這也可以作為蕭氏父女愛己愛人、磊落人生的寫照。我想，這本包羅萬象的散文集，會獲得讀者的喜愛。

2004年9月4日於雪梨靜園

關山雲月譜詩情
──讀巫逖兄新著《達令港之夢》抒感

　　最是異鄉茶當酒，關山雲月譜詩情。

　　巫逖兄近年文心燦似三月春花，一口氣寫了三部詩集和一部散文集，筆耕之勤，詩心的蕩漾，有如秋菊傲霜，叫人敬佩。

　　欣賞詩人的作品，我認為首應注意作者的詩品、詩風，然後才其詩情、詩才。所謂詩品，就是詩的品味。品有高下之分，有狂狷之別。高者就是孔子所說的「思無邪」，作品呈現出文學的藝術和道德價值。而狂狷則是任性走極端，失之中正。

　　詩品的本質是中正圓融，溫柔敦厚。巫逖的詩屬於溫柔敦厚這一型。語意活潑，意境優美。讀其詩，可以美化氣質，提昇性靈。

　　談到詩風，亦即作者作品的風格，每個人都有每個人的風格，以古人為例：「楊柳岸曉風殘月」是柳永的風格。「關西漢唱大江東去」是蘇東坡的風格。豪爽剛健，細語鶯聲，委婉纏綿，長虹貫日，各具特色。

　　巫逖的詩屬剛健豪邁這一類型。在他的詩中，從不作老樹悲秋之歎，代之而起的是一種積極的、樂觀的人生。他在〈晚霞〉一詩中寫道：「向西傾斜的落日不是末日，他將以次日的光焰，續寫人生的夕陽，夕陽無限好，壯麗動黃昏」。

　　在〈愛在落紅時〉一詩中寫道：「春綠秋黃，年年是，一個生氣蓬勃的年輪，落紅的葉兒，告示人們，秋比春更美麗……。」

　　在〈燕飛春〉一詩中云：「妳等一聲啼囀，就把春叫來了。

妳第一雙棲簷，又把春落籍我家。從北斗星出發，抵達南極星空下，萬裡長征飛渡……。」

從以上這些詩句中，我們已認識到巫逖的詩風，屬於剛健豪邁這一類型的。他所歌詠的是以天地永恆之情看萬物，而不是僅取片斷時間空間中的一瞬之姿。詩人要有這種胸襟、這種豁達，才能寫出不朽的作品。

談到詩情，這與詩人的氣質有關，我認為富感性的人，易於表達詩情。富理性的人，在詩情的抒發上，往往會力不從心。就拿中國現代新詩啟蒙的幾位先驅來說。胡適先生的詩便遠不如徐志摩。何也，就因胡適是一位理性強於感性的人。蓋詩的要素是傳情，而非說理。

一篇作品中要充份表達「詩情」，亦即詩的本身的真情、真趣。這不僅要詩人的詩才來配合，更要詩人詩心的獨運，因人而感、因事、因物而感，抒發心中最誠摯的體認與感受。

陳子昂的〈登幽州臺歌〉——前不見古人，後不見來者，念天地之悠悠，獨愴然而涕下。陳大詩人這種人生如寄，天地無窮的感歎，正是詩人詩情靈思的遽然泉湧，也使得這首詩有了詩情的真性靈，成為不朽之作。

巫逖是一位木訥型不善言詞的人。所謂「剛毅木訥近仁」，他更是一位感情豐富的人。因此在他的作品中，我們可以觸到他感情深處的脈搏，詩情躍然紙上。請讀他下面的詩句：「甚麼都老了，只有愛還年輕，甚麼都走完了，只有愛還在走著……。」這以上是〈愛，走近金婚〉一詩中的句子，表現了夫妻之愛，老而彌堅。

「手勾著手，情疊著情，雖不求一生一世，卻同步圓夢一程。腳走著，健步緩緩落印，印在萬里惡灘險灣上，續寫一串未

落的晚霞。一灣的奇峰麗水，貼身共渡的回憶，溫馨著未盡的歲月，締結相依撫慰的緣。」這是〈過金沙江〉一詩中的摘句。顯然這是詩人一次浪漫的偶遇。

上面兩首詩中的摘句，可視為詩人的「愛情觀」，說得上是海誓山盟。現代人往往視愛情如商品，合則聚，逆則散，情薄如霧，愛如川流，這種愛那有詩情可言。人的高尚生活是離不開詩情的。沒有詩情的生活，便會疾病叢生，疑難怪症也就層出不窮了。

詩人的深情大愛，不是閉戶自娛，而是慈眼視眾生，為天下的不平而鳴，為天下的至德而歌。請讀詩人〈反恐走調〉這首詩：一隻軍犬／牽著兩匹小狗／汪汪大吠／對著／「愛國者」瞄準的／石油／和／高麗參

當今世界弱肉強食，美其名曰「反恐」，這是一首值得深思的「反霸」諷刺詩。可謂春秋史筆。

另一首諷刺詩〈井蛙的話〉：

宇宙有多大
我看就一口井大
地球有多圓
我看就一口井圓

海洋有多深
我看就一口井的水深
甚麼是真理　我說了就算
不必去問哲學家
經過我親眼的實踐
就是標準
就是有力的驗証

世上的井底之蛙太多了。一則是愚，一則是傲。愚與傲加起來，世界上那能太平，這是詩人之歎。也是人性的自我審問。

詩人之愛也不是徒然空談。巫逖兄出生在馬來西亞，新中國成立後，毅然回國投入祖國的工程建設，成為一位出色的鐵道高級工程師。一直工作到退休後才移民來澳定居。以下請讀他的〈築路者之歌〉：「生命離不開代步，歡樂離不開車廂，列車離不開雙軌，教鋼軌一節節扣緊，教軌排一組組鋪砌，教青春築路延伸，天空藍藍，陽光下到處是，迎西而來的春天，讓火車頭鳴笛，讓雙軌領航，去去來來，來來去去，無限的延伸，無限的人生。」

鋪軌築路，是沉重枯燥的工作，毫無詩情可言。但詩人在滴汗甚至灑血的日子裡，想著搭橋修路是為千萬人服務的神聖工作。他的眼中和心中，就有了詩情，就有了以苦為樂的高的人生境界，古之賢者、俠者有殺身以成仁，以取義，大抵處於這種心境。

巫詩人在離開祖國來澳後，寫了關愛祖國河山與政情的許多詩篇，載於《巫逖詩集》、《袋鼠共和國》和《飛吻藍土地》三部詩集中。這本集子中的〈天涯最旺中國情〉，即是詩人熱愛祖國的詩作之一。

真正的詩人，常是心甘情願地將自身的勞苦換取國家的幸福，付出的縱或不多，但培養了自身靈魂的高潔，巫逖兄算是其中之一。

《達令港之夢》這部詩集，收集了短詩100首，大多是偶感和寫澳洲的風情之作，詩人抒發其蕩漾的詩情，沉思的慧意，冷眼觀世，熱眼閱人，以及獨立高崗，雄視四宇的氣概，只要一朵浮雲遊過詩人的眼際，一朵花凋落窗前，甚至一枚小貝殼，一滴小露珠，都運筆自如，將之入詩入畫。

　　作為一位詩人，心體萬物，智慮千載。要能物物入詩，事事詠懷，想到甚麼就寫甚麼，而且詩在畫圖中，意在千山外。有詩情的想像空間，有詩的意象美，語句清淺，意味深長。

　　巫逖這部詩集中的作品，大抵已臻此境。因此我認為這部詩集，可視為他的代表作，亦是詩人詩心的成熟，有了這部詩集，在澳大利亞妊紫嫣紅的詩壇中，巫逖毫無疑問地是一面飄風的旗手。我這話毫無溢美之意。只是恰當地對一位將全部心靈投入詩的海洋的詩友的應有稱譽。

　　巫逖兄雖屬於沉潛木訥，光華內斂的穩重型人物，但有他詩情浪漫的一面，本集中有許多生動有趣的小品詩，頗堪玩味，幽默中含哲理，博你一笑外，也攜手引領你的思維掀開人生真諦的一頁。

　　而且在詩的形式上多樣化，有俳體、押韻體、尾字同音同字體等等，可謂千姿百態，雖形式不同，但詩的唯美、抒情的特質不變。也可說是運用之妙，存乎一心。現代新詩是自由體。只要能充份表達詩情，美化意境，甚麼形體都無礙成為一首好詩。這種創作方式，值得寫詩的朋友們參考和論証。

　　　詩心常與花爭發
　　　詩情萬古總青青

謹以這兩行詩句，獻給所有寫詩愛詩的朋友，由於我們的寫詩愛詩，這世界將變得更為可愛。

2003年3月1日於雪梨靜園

發表於《澳華新文苑》第73期，2003年7月26日

詩海中的一串珍珠
——讀詩人《巫逖微型詩集》抒感

　　詩人巫逖，是雪梨詩壇的快手，而且詩思源泉，恰似黃河之水天上來。自二○○○年出版第一本詩集《巫逖詩集》，迄二○○四年三月，詩人詩興與豪情爭輝，一口氣寫了六本詩集。這本《巫逖微型詩集》，已是第七部大著。其創作的熱情及詩才的展現，不愧是大手筆，也堪稱是一位多產詩人。

　　巫逖兄以前的六本詩集，大抵是句子較長的抒情詩，間或有俳句及短句古詞，基本上是標準的短詩集。這些作品詩情文采都相當濃烈。我曾為他的詩集《達令港之夢》，寫過一篇序文。記得有這麼幾句評語：「這本詩集可視為巫逖的代表作，有了這部著作，無疑地足以躋身於詩家之林。」

　　這不是鼓勵話，也非溢美之辭，而是我的確有這種感覺。

　　巫逖兄是一位時刻想到要突破自己創作風格和技巧的詩人。這本微型詩集，我相信他是在這種詩思的情緒下，從事創作的。

　　微型詩不同於俳句，它無須押韻，也不拘泥於行數和字數。而是以「靈思和暗喻」在雅趣與哲理的詩的園圃中，綻放詩情的花朵。

　　因此，這種句子雖短，字數也不多，但都要字字有金玉聲，句句有濃縮再濃縮的意境美，要不然，只是散文短句分行，多不足取。

　　巫逖這部微型詩集，大抵來說，相當成功。這要歸因他原先是一位高級工程師，懂得以科學的邏輯來洞察萬物，加上他是一位胸懷大愛的人，他鍾愛家人，熱愛國家，處友以義，待人以

誠。在他眼中的一切，都是和風麗日。因此，他的詩也格外溫馨、趣雅，像是春風拂面，溫順甜美，雖是微型，但精緻細膩。

以下我就來引證他的幾首微型詩，和讀者共同來欣賞：

詩題：愛情不老

什麼都老了　只有
愛還年青
什麼都走完了　只有
愛還走著

這首詩，只有短短的六句，共23個字，但它的內蘊與涵義，就顯得寬廣無邊。一方面它象徵了「愛」的天長地久，也顯示著愛的堅貞不拔。此義可以喻青年男女純貞之愛，亦可喻老年人的相守以終、白頭偕老。其深一層的意境，在歌頌愛是人世的至情，誰能掌握它、真正地擁有它，那就是神仙眷侶，百年佳偶，也是人生的真幸福。這首詩據我所知，是在他們賢伉儷金婚之慶時所寫的。實際上他和他的夫人杜維均女士，的確是夫唱婦隨，倆老口一直過著度不完的蜜月。心有此境，故而有此詩。

詩題：除夕

寫一首晚餐　以便
把四季的甜酸苦辣　歷史地
夾在除舊的筷子上

這五句短句，哲思的意味很濃。人們在知識的領域上，固要溫故而知新，但忘我忘憂，才是健康的人生。傳統的大年除夕，在家

庭的佈置上，要除舊佈新，迎來新氣象。詩人這首詩，卻暗喻著人們也要在心靈上、精神上除舊佈新一番，將背負在心靈上的擔子放下來，以嶄新的姿態重新出發。

　　微型詩要有詩質的隱性強度，使讀者見微知著，從意象的聯想引發事實的聯想。這首詩達到了這個要求。

　　　詩題：垂釣

　　歷史的教訓值得注意
　　在誘惑面前往往　一張口
　　就上當

微型詩的特徵之一不在抒情，其核心詩質在寓意。這種寓意詩風，莊子開其端，後世詩家多運用這一手法。巫逖這首詩頗有莊子的情懷。所謂禍從口出，君子慎言。魚一上了鉤，是何等殘酷的事實。釣人的鉤，就是法網、就是暗伏的危機。垂釣的啟示力，令人沉思不已。

　　　詩題：愛情趕時髦

　　像悉尼塔下的迷你裙
　　越穿
　　越短

這首詩是視覺的寫真，將「時髦」的外形直裸地拱托了出來。也將悉尼繁華的青春焰火，不經意地燃燒著，頗富詩情。

詩題：落日

我在水邊吻了一下夕陽
你紅著臉邀我　漸入
多夢的海洋

夕陽無限好，只是近黃昏。詩家對日暮黃昏，累多興歎，聯想到跟著它來的是漫漫長夜。巫詩人卻從另一個角度來欣賞。他把夕陽幻化成一位美麗的情人，一同進入一個夢一般的海洋世界。這不僅有詩情，也暗喻著凡事要向樂觀的一面看。記得他曾經在另一本詩集中寫道：「夕陽是晨曦的金馬車」，這是人生應有的達觀。

　　巫逖的詩，大都是從享受人生、正視人生、欣賞大自然的思路創作，因而詩中雖多用隱喻，但讀來並不晦澀，相反的是耐人尋思。這是微型詩引發讀者興趣的所在。巫逖在創作風格上的突破，已收到預期的成功的效果。

2004年3月25日於雪梨靜園
發表於《澳華新文苑》第121期

熱眼看世界　真情寫人生
——讀李普、喬長萍夫婦散文、遊記等作品的一些抒感

　　日前，詩人李普先生寄來他們伉儷近年創作的散文，遊記和詩篇，囑我寫點評介文字。而且要求我「真刀實劍，針砭不足」，不能以溢美之詞泛泛而談，以求在今後的寫作上有所改進和借鑒。這無疑是一難題。我自知不是文評家，很難提供理論上邏輯上的依據。由於我們是好友，暫且以一位讀者的角度，抒發一些讀後感吧！

　　關於現代文學創作，我想談一談我們不能忽略的一件事，那便是自從海明威（Ernest Hemingway）的《老人與海》，與卡繆（Albert Camus）的《異鄉人》，於1954年及1957年先後獲得諾貝爾文學獎後，中國文壇包括港臺等地的作家，曾掀起一陣意識流與存在主義的熱潮，弄得青年人暈頭轉向，因而產生一種「文學附庸症」。一些讀者怎麼也看不懂的散文、小說、詩歌在報章雜誌流行，使那些年輕作者像是吃了大麻煙，失去了心中的方寸。

　　這是一種值得正視的現象。「意識流」的寫作思維應予適當運用，不宜東施效顰，以致畫虎不成反類犬。

　　時至今日，這種風氣雖有所遏抑，但仍有不少作者，抱著佛洛德神主牌不放，自是其地在文壇高視闊步。即使是高行健的《靈山》，在寫作的內在骨子裏，仍然脫不了《意識流》的血脈。

　　高行健先生獲得華人一致企盼的諾貝爾文學獎，當然不能說他的小說寫得不好。但我只能說，高氏的得獎是文壇的「異數」。

環顧澳洲文壇，寫著不懂的詩篇，寫著不懂的散文、小說的作者仍不乏其人。寫作是作者的自由，我們也管不了那麼許多。

我之所以引證這一段文壇舊事，不圖批判存在主義的遺風，而在借此比較李普和他的夫人喬長萍女士的寫作風格。

他們伉儷早在中國大陸求學階段，就熱衷寫作，而且編過學校的校刊，以及後來兼任政府機關部門的刊物編輯。

當時寫的多半是短篇散文，評論和通訊，隨寫隨散，並未打算結集出版。移居澳洲的最初幾年，他們忙於生計，未遑顧及寫作。

他們夫婦算是勤勞創業，如今華屋高軒，一應諸全，且工作穩定，女兒也已出國留學。肩上的擔子輕鬆了。因而重拾筆墨，致力於寫作。近年來，在澳洲、中國大陸和臺灣等地的報刊上，發表了數量相當多的作品，包括散文、遊記、詩詞和楹聯等。

我拜讀了他們的多篇作品，總體看法是「熱眼看世界，真情寫人生」，無論散文、遊記或詩詞，文筆暢達，意境悠揚，寫實而含蓄。有如清風入耳，很快將作者的文思，傳遞到閱讀者的心靈，絕沒有「意識流」虛有其表的做作。這是我對李普和小喬在文學寫作風格上的認知。文學作品切忌無病呻吟，隨風撲柳，趕時髦，故弄玄虛，這是應當避免的。

以下就他們的幾篇作品的內容稍作賞析：

（一）移情布娃娃

耶穌說：人若不像小孩子，就不能進神的國。（路加福音：18章第17節）

　　我雖不是基督徒，但我信神，也信上帝。耶穌這句福音，將人與天國的距離拉近到只隔一線天光。實際上在孩童的眼中，這世界是充滿和平與快樂的，一切都香甜，美好。

　　一位作家如果沒有保持與生俱來的童心，他就很難寫出感人的作品，無論悲歡離合，在小說或散文中，以原始的童心看世界，看世事來著墨，文彩就會帶幾分仙氣，帶幾分花香。

　　童心不是「幼稚」，它是慧和善的結合體。它是純然的璦玉，無需雕琢而自然晶瑩閃亮。作家具備了這種心境和氣質，其作品亦會自然抒吐光華，為我們所處的社會，帶來喜氣祥和。

　　喬長萍這篇〈移情布娃娃〉，一開始就說，女兒去了日本，我買了一個布娃娃，或許是思念女兒心切，或許是圓自己童年的夢……這篇不到七百字的小品散文，以優美的文筆抒情寫景，將他們祖孫三代的人倫至情，寄情在那小小的布娃娃身上，其所以深刻感人，正是作者以一顆天真的童心，鋪呈出來的一片人倫至愛的景象，是天下父母心的真情寫照，是一篇精緻，感性很強的好散文。

　　小喬另一篇散文〈一次越洋電話〉，亦是她與在日本留學的女兒薇薇，隔海訴離情的至情之作。敘述她三更半夜接到女兒的越洋電話，聲音中傳出「媽，我剛從醫院回來……妳病了？不，是我的一個同學。我似乎鬆了一口氣。」這是文中開頭的幾句話。

　　讀了這段母女對白，最關鍵的一句，就是「我鬆了一口氣」。那意思是說，還好是同學不是自己的女兒。

　　表面上看來似乎這話有點私心。但就探討文學理論的深層意境來說，這正是作者「赤裸心情的寫實」。因為上天造人，在感情上原有親疏之分。如果不這樣，人的感情之舟便無法負荷。試

想醫院天天有人去世，路上天天有車禍，如果這些傷者死者，在感情上都視為自己的手足，血親，敢說你都無法活下去了。

因此，作者那句「我鬆了一口氣」，正是人性的流露，更是作者忠實的寫真。好的作品，是順著人性的真情散發文彩光芒的，而不是背離人性的做作。文中生病的女同學Ruth，小喬和女兒薇薇將她視為親人，全心關愛照顧，譜成異國他鄉的一個以友愛為主線的溫馨故事，可讀性頗高。

喬長萍的另兩篇散文〈隨父親學太極拳〉，及〈鍋碗瓢勺交響曲〉，都是健身益智的精緻小品，文字簡練舒暢，內容平實淡雅。前者強調「人身常動，則谷氣消」，並融和父女親情，從而使這篇小品文，成為一個首尾相接的完整故事，讀來溫馨感人。

「交響曲」一文是談「吃的文化——健康進食」。筆調生動輕快。吃之外的意境，襯托了家庭的歡樂安和，提供了營養食譜與烹飪經驗，是主婦們及重視吃文化人士愛看的文章。

除特定內容的專稿外，一般散文的協作，無非是益智，實用，抒情，趣味。小喬的散文在這方面下過工夫。

（二）東瀛探女

這是李普夫婦到日本探望他們正在東京大學念書的女兒，順便遊覽日本多處名勝古蹟的遊記。遊記屬於記實文學，免不了實情實景的描繪和敘述。但這是作品骨幹的硬體。一篇好的遊記，要有形景之外的軟體相映襯，才能鮮活，生動，及賦予作品的深層意境。

所謂軟體即是，寫景狀物之外，要從作品的時空背景，引證它的人文典故，特殊風俗及可資憑弔或傳述的事蹟，以充實作品

的內涵。不然，便成了一張平面的攝影照片，那就枯燥乏味，毫不足取了。也就是說，有牛郎織女的故事，才顯得星光更晶瑩。

李普的這篇遊記，除了深情款款地寫一家三口久別重逢的喜悅，同遊同樂的歡愉之外，每遊一地，亦特別留意當地的人情風俗和趣事異聞，對日本國民的守秩序，愛清潔，旅遊點的迎賓方式，商店服務員的親和笑容，都不忘著墨，有他山之石的用心，也使遊記的內容更具深度。

黃會長與李普、何與懷在21屆世界詩人詩會歡迎酒會上。

在眾多旅遊點待賞的情況下，他們夫婦特別造訪了橫濱華人聚居的中華街，及建立在此間香火鼎盛的關帝廟。關聖帝君忠義千秋的志節，能在海外弘揚，自是華人之光。

橫濱亦是當年孫中山先生組織同盟會活動的大本營，革命黨人遭清廷通緝，朝不保夕，惟有志者事竟成。百年之後華人能在此落地生根茁壯，這也代表了中國人能屈能伸的大無畏精神。

文中敘述在箱根泡溫泉，在銀座賞華燈夜景，在江之島品評生魚料理，在蘆之湖瞻仰富士山的雄姿，在鎌倉參禮大佛。作者

對這些名山勝水的天光雲影，有生動的描繪，文詞優美，簡捷扼要，娓娓道來，使人有實地遊覽之感。

這篇遊記由於旅遊時間倉促，景點太多，作者走馬觀花，能有這樣詳實、傳神的報導，已是非常難得的事，亦充分表露了作者的才情。

（三）朋友

〈朋友〉是李普的一首新體詩。文壇朋友對這首詩頗為欣賞，曾在電臺及文藝界友人集會時朗誦。這首詩明朗中有含蓄美。詩人營造語言的方式極為自然輕鬆，情感卻極為深刻而豐富，寫出了朋友在人生旅途中的真正意義與價值，也道破了損友與益友的分水界限。

在詩句的排列上，採漸進的疊句方式，多行皆用「朋友」二字開頭，這就加重了文理的氣勢，使之成為承上啟下的關鍵字。詩句中採用了諸多口語，俚語，融和著其中精美的詞句，讀起來既有大江東去的豪情，又有江湖豪傑的氣派，細膩與豪獷二者相容得很相宜，是一首上佳的好詩。如果要挑剔的話，我認為，狐朋狗友，酒肉朋友兩句，如能更換適當的字眼來代替，詩意會更濃。蓋溫柔敦厚，為詩之主旨。

發表於《澳華新文苑》第134期

詩的金色海洋
——序陳尚慧新詩集《浪漫月光》

　　青年詩人陳尚慧小姐是一位沉靜、敏思、頗帶幾分愁緒的智慧型詩人。她的詩風不屬於高古、雄渾、纖穠、豪放這一品位，但順著她的琴心慧力卻融匯了典雅、含蓄、沖淡、疏野、清奇、悲慨、曠達、飄逸、流動等諸多詩的創作上的內涵元素。因此，她的詩是從她的心田滿溢而出的流泉，頗有清風明月的俏麗。

　　陳尚慧的童年在父母與外婆家舖滿花香的溫室渡過，少年時代浸泡在校園、教室哺育給她的書香慧汁。雖然她曾在美國半工半讀，亦經歷過個人奮鬥的艱辛、人生的失意和不幸，但她詩海靈魂的深處，保留著一個不染塵世的公主，白雪丹心，詩作中充滿一片未泯的童心。陳尚慧的詩，讀來頗富天機神韻，憂樂至情。然而，她的詩並非童話詩，而是以天真的心思釀成含蓄的詩蕊，意近旨遠地擴大了詩質的厚度，賦予讀者詩思想像的空間。

　　陳尚慧的詩，並非一味以童貞、典雅、流動、曠達為主旨。集子中，也有不少「哲理之思」的「象外象、景外景」的寓意之作。〈駕車，駛往人生道〉、〈紅葉知我心〉、〈擁抱我，太陽〉、〈蕩千秋〉等作品都屬於這一類型的詩。你得剖開詩的外殼才能體會到詩人的真意。

　　美慧、青春兼博學的陳尚慧是否有過纏綿的愛情故事發生？她自己沒說，也沒聽別人說過。但這個集子裡的幾首情詩，甜蜜得像灰姑娘乘著南瓜車出赴王子的約會。而在離別或是分手時的離愁別緒，卻又是淒淒切切，催人欲淚，大有曹雪芹所說的「謾

言紅袖啼痕重，更有情癡抱憾長」的悲慨，詮釋了詩人對愛情的一片真誠。

尚慧雖是深閨獨處，沉潛學問，但也強烈關心社會動態。興緻之至，她還寫了不少新聲古韻的古體詩。尚慧是一位對人生、對社會懷有至情至愛的詩人。「紅日失色千鳥散，蒼天碧海盡灰濛。劇院歌聲難傳悅，大橋煙花影無蹤。」這是詩人吟詠〈悉尼山火〉長歌中的一段。這顯示了作者對中國古典詩詞涉獵頗廣。

《浪漫月光》這詩集中有多首逗人留連喜愛的散文詩，其詠物抒懷，行雲流水，對景物的描繪、詩情的捕捉，令人如身歷其境，共賞作者的天籟之音。

就詩的本質而言，意境的高雅決定了詩的文愛價值。意象的生動活潑是詩的表像的色彩。前者是詩的靈魂，後者是詩容貌。二者兼得，才稱得上是一首好詩。

尚慧的散文詩，在意境與意象的營造上可說是「無心插柳柳成蔭」，寫來妙筆生花，令人神馳物外，美不勝收。集中〈綠色的早晨〉就是一首絕美的散文詩。請讀她美麗誘人的詞句：「一襲晨曦，從墨綠色的窗簾縫隙中投入，醒來吧，睡美人，不要錯過朝陽的呼喚。」「早晨啊，陽光，這一湖的青翠，都閃耀著你的金光」。

「睡美人」一詞，很像是尚慧的自況。她本人是一位美目盼盼，白藕凝脂的美人胚子。獨如香歸，春夢方酣，正好金色的晨光來造訪，披衣而起，恨不得將他擁抱而有「不要錯過朝陽的呼喚」的喟嘆與欣喜。

詩韻自心中不期然地流出來的時候，往往是絕妙好句。不是嗎？這短短的幾行字，「香閨春夢美人心」帶給了讀者一幅如詩如畫的美麗仙景，還誘發出一種「慕情」的神思。

在〈今冬七月的星空（天文臺觀星後記）〉一詩中，詩人以「天羯星」為詩的詠嘆主體，將銀河的群星稍作排比，獨述天羯星的美貌動人以及她孤高的性格：「天羯紅寶石的眩亮，確實與眾不同。光彩奪目的殊榮，又似是百星之冠。」「此刻滿目的繁星幽幽莫名，原來美麗的天羯在今冬七月的夜幕，在高處不勝寒的冷漠中，是個孤傲的美人，在找不到同僚的黑夜裡，只有欣賞自炫的光輝。」

一首好詩不能只是平鋪直敘，要有作者心中思維的附托。也就是說，要以物喻象，以象述心。以這首詩來說，如果光描繪天河雲音星沉，只有天羯星炫亮著光輝，就會只是一張空洞的畫面而缺乏生機。但是，作者將其比喻人生，寫她是一位孤傲的美人，而且欣賞自炫的光輝。這就帶來很多世間人物滄桑的暇想。大凡是美人，不僅須有「芙蓉如面柳如眉」的美艷，還必須附帶有冰雪聰明和菊傲秋霜的志節。「不把黃金買畫工，進身羞與自媒同，始知絕代佳人意，即有千秋國土風。」這是大政治家、大詩人王安石詠王熙君的詩。又如花蕊夫人寫的「君王城上樹降旗，妾在深宮哪得知；十四萬人齊解甲，竟無一個是男兒。」都是表達了她們靈魂之美的佐證。

歷代美人之所以成為歷史上傳頌的美人，正因為她們有不同流俗的冰清傲骨。我忖度尚慧寫這段文字，或許也有點心中自我排遣的意味。

總之，一首好詩必然要有暗喻或明喻的想像空間。愈能引人暇思，詩的質素便會愈高。尚慧的作品，很能把握這一機理。

散文詩的特質，不在於作品詩質的高濃度，而在於詩的語言的「流動、飄逸、真誠」。

　　有的詩是「兩句三年得，一吟雙淚流」、得推敲之後又再推敲。散文詩則另有風格，它是「筆寫心中話，靈感自然來」；它講究的是淺言俗語見真情，「花開紅樹亂鶯啼」式地任意揮灑詩思靈泉，使讀的人易懂，並在詩中捕捉到真趣。真趣是散文詩的靈魂和真面目。

　　尚慧在〈港灣夜〉詩中寫道：「當眼前出現了一片開闊的港灣，拾級而下，清冽的新鮮空氣，洗卻了一身混濁的疲勞」，「港灣大橋也逍遙夢遊，在柔和的燈影之中」。這些都是散文詩中鍍金的句子，讀來令人心曠神怡。尤其「逍遙夢遊」四個字用得新鮮、奇妙、有味。

　　這一代新詩超越古體詩的要素之一，便是「活用語言」的魅力。以此喻景喻情，都有超常的文學效果。像這類語言魅力的文字以及意在言外的詩情在本集子的作品中比比皆是。只要掀開詩頁，讀者不難進入作者錦心慧意的詩的殿堂。

　　現在我來讀一讀〈駕車，駛往人生路〉這首詩的內在精神面貌作為本文的結尾。這首詩有兩種解析：一是描寫真實的駕車以及發生的情況；二是「寓意人生」紅塵萬丈，退一步海闊天空。

　　「剎車，在必要時，避免碰撞一輛闖來的第三者。我們命運的旅途上，閃著紅燈、綠燈及黃燈」，「到了喜悅的山頭，馬上就是駛向現實的斜坡」。眾所周知，「福兮禍所倚」，「日中則昃」，凡事盛極必衰。這是多麼明顯的警語，詩人卻輕描淡寫地將平淡的語句，譜成金色的箴言。

　　這是一首立意新穎，思維精緻的「寓意」詩。「回家，我們全部要回家……」，這像是宗教的梵音。天地悠悠，你該珍惜的就要珍惜，該捨棄的就得捨棄。人能有此胸襟，自是在世神仙，省卻許多煩惱。

　　尚慧一直在深耕學問，而寫詩是她的最愛。她有這樣的成就，無疑是詩壇昇起的一顆智慧之星。二〇〇四年她的作品獲得在美國舉辦的全世界優秀詩人獎的銀盃獎，這對她個人是作品受到肯定的指標；對澳洲詩壇來說，是一份共同的光榮。茲預期她長江後浪推前浪，今後有更多美好的作品問世。

2005年5月3日於雪梨靜園
發表於《澳華新文苑》第183期

一片朝霞伴詩心
——賞析雪梨詩人如冰的幾首新詩作品

近兩三年中，如冰從莫斯科寄給了我二十多首詩作。寫的是她公餘遊歷歐洲各國的風情，以及對現代歐洲文學，藝術的鑒賞觀感。

這些作品既寫實又抒情，絲毫沒有受到歐洲超現實主義的影響，這歸根她對中國古典詩詞廣泛涉歷有關。

因為寫新詩要寫出中國心，東方情，中國味，才是新詩的本質歸宗。如果東施效顰，寫些不中不西的東西，一方面作品不會有生命力，同時也不能稱為一位真正的詩人。

今年三月，如冰回雪梨，又寄了不少作品給我，同時盼我為她寫點評論。品詩論詩是一件專業工作，難度很高。我就擇簡從易，順手寫點讀後觀感吧！

首先，就如冰的整體詩作來說，詩中除了展現了她豐富的想像力和善用比喻來營造詩的意境美之外，她也是蘊足了詩情而動筆，儲滿了詩材方抒情，匯羅了意像始運思。

因而每一首詩都意象鮮活，用詞精美，從頭到尾，意境層層連貫，構思完整。亦即詩思澎湃始吟詩。

也就是說詩人不可無詩意而寫詩，不可無詩心而寫詩。如冰是充分把握了這一原則。

詩人是語言的創作者。一首好詩，意境深邃，語句的動人，二者是分不開的。唐詩宋詞之所以風情萬種，文光照千古，就在於意境高，詞藻美。

如李白的下江陵——「朝辭白帝彩雲間／千里江陵一日還／兩岸猿聲啼不住／輕舟已過萬重山。」其詩意詩情是何等暢快爽心。就是因為詩情與詩的語言同娟並美，乃能相得益彰。

對新詩來說，雖然平常淺句，口語，只要運用得巧妙，仍然是詩。如果能注意語意用詞的精確曼妙，便更能將詩質美化。

如冰在運用語言方面相當傑出。這也是她的詩讀起來有新鮮感，有耐人尋味的吸引力的原因之一。

以下我們就從她的〈老樹〉這首詩談起。其中第一段是這樣寫的：春日的驚雷裏／嫩葉全綻開了／陽光下／無數面綠的旗幟／一起搖動／細雨溫柔地撫摸／你有點害羞／皺紋縱橫的臉鬆弛了／目光裏包含溫柔。

上述詩句，寫老樹逢春的蓬勃生氣，躍然紙上。將嫩葉比喻為綠色的旗幟，意像鮮活，詞美意佳。

詩人再用六句詩，寫樹的夏天的心景：太陽粗大的線條流瀉／在光的瀑布中／你盡情地沐浴／伸展依然健壯的臂／吸收著熱／散發著熱／感到自己格外年輕。

詩人用「太陽粗大的線條流瀉」，寫夏日驕陽的力度。用「在光的瀑布中」，寫陽光的豐美韻致。無論修詞和比意，都有曼妙的詩情。這是新詩呈現的「藝術美」。

蕭瑟秋風，老樹是怎樣面對的呢？

> 黛色的雲來了又去了／燦爛終究要逝去／金色的葉子／紛紛墜落／親吻著腳下的泥土／無數成熟的果子／留給了大地／一如既往／你坦然地去迎接失去。

秋風秋雨愁煞人，是一般文人悲秋的詩句。但老樹不這麼想，它以一位哲人的思想高度，來看待秋風使大地變色的狂野，以「一如既往」「坦然去迎接失去」的胸襟，泰然處之。

詩人用這種心境吐抒詩情，正是詩的「健康」內在美。人固可悲秋，但總不如以無畏無懼的高超勇往心情，來面對無可避免的現實。

如冰的詩有深度，有內涵，亦在於她雖寫的是「老樹」，但將它「代入」人生，使人有所感，有所悟，而不著痕跡。有不少詩的作者（我不稱其為詩人），長篇高論，賣弄詞藻，無病呻吟，莫知所云，徒然嚇唬不懂詩的人。這不僅浪費自己的時間，也給新詩的品味和品質，蒙上了一層陰影，非常要不得。

因此，在此我呼籲寫詩的朋友，寫詩時如果抓不到美好的意象，寧可「直描」亦可寫出好詩。

請看下面的例子，如冰是如何直描嚴冬來臨時的大地境況：嚴冬來臨／肆意的北風／折斷了懸崖上的冰凌／天凝聚成／一塊巨大的沉重的鉛／河流凍僵了／不再出聲／那些聰明的鳥兒／早已遠遠逃離。

詩人上述的句子，可說完全口語化了。但從全詩上下呼應來說，仍然閃現著詩情，而且比一些詩質較濃的句子，更有一種「幽幽淡淡」的清香美。

這正如一個人的衣著，不可全紅全綠，要雅淡濃疏並呈，才有美可言。詩人寫詩，亦當如是。如冰寫詩，總能順其自然，創造美的效果。

嚴冬予大地以禁錮。「老樹」的心靈回響又如何？請再看詩人下面的詩句：那時，你將憤怒沉默的力量／積蓄於如劍如戟的枝叉／根更深了／延展在地層深處／尋找探索／春天和愛人的消息。

　　這一段，詩人用「如劍如戟的枝叉」和「根更深了」，來表現一種挑戰自然，自我堅強的奮發精神。隨後用三句鏗鏘有力的句子，作為本詩的詩情、詩意和詩心的總結：

　　　　歲月決不是四季的重複／生命與愛戀依然如故／請看／那密密層層的年輪。

　　這幾句詩句，點破了青山不老，綠水長流的大化流行的生存規律。任何繁花都會凋謝，任何磨難，你只要面對，便有生機。季節的每一變化，都是一種新的意義。造化何曾弄人，人只要能洞察造化的先機，就會找到安身立命之所。

　　〈老樹〉這首詩，寓意深遠。作者的原意初衷，也許是藉老樹來寫人生的得失成敗，以及歷挫彌堅的「豁達人生觀」。而以老樹作為人的代程。新詩的多義和心象手法，於此可清晰地看到了。這是新詩不限韻律，不拘字數，廣闊抒情言志的妙處。

　　這首詩，無論詩心的展現，比象的恰如其分，以及想像力的豐富，詩的語言的瑰麗，都顯現了作者傑出的詩才。這是一首優美的、清新的、寓意的、耐人尋味的佳作。

　　由於篇幅所限，沒有辦法一一詳細賞析如冰的每一詩作，以下僅摘要勾玄來賞析下面的幾首詩：

1、大漠：

　　這首詩寫澳洲腹地的大沙漠，寫景抒情，意像鮮明深刻。如「燦若桃花的朝霞降臨／蠻荒喚醒」，「一隊隊袋鼠跳躍成鏈」，「岩層閃出腥紅的光，紛飛如雨」，都是賦予沙漠生機，聯想力非常豐富的美妙詩句。

2、生命之戀：

　　詩人以「樹葉，貝殼，雪人，船，琴鍵」的自述方式，抒發它們的心聲。由於詩人高尚純真的心靈，親吻著它們的可愛面龐。因此每一段詩，都是天使之音。

　　描寫樹葉：我是樹葉／風中的一片樹葉／快樂地飛向晴空／頻頻地親吻泥土／忽地／落入篝火中／化作灰燼／依然在舞。

　　我是貝殼／伴隨了濤聲千年／盼望著孩子柔嫩的小腳／把我踏住／在他的小藍子裏／找到永久的歸宿。

　　以上這兩段抒情的詩句，正「詩無邪」的注腳，讀後令人感到文學的淨化和人間淨化的一種心靈喜悅。

　　篇幅所限，另有兩首〈長管樂器DIDGERIDOO〉和〈街頭歌手〉，就不再評介了。好在詩心詩情是相通的。賞析了如冰前面的三首詩，已深深地觸到了她詩的海洋中的一片美景和詩才。無疑地，她是一位傑出的詩人。

華風澳雨滾滾長河
——序張奧列新著《澳洲風流》

　　讀一本好書，就像邂逅一位久別重逢的故友，會使你心宇之花為之怒放。雖促膝長談，仍不忍猝離。讀張奧列先生新著《澳洲風流》，就有這種故舊情濃相看不厭的親切感。

　　奧列去歲出版《悉尼寫真》散文集，曾送我一本。他來澳才兩年多一點，且大部分時間在打工，便將澳大利亞種種風情，活潑生動地鋪展在字裡行間。觀察的入微，素材的豐富，文字的優美，識見之宏闊，可說是澳洲文學史上最具權威性的一本《澳洲寫真》的大著。

　　他初旅澳洲，又那麼忙，和絕大多數中國留學生一樣，生活在奔波勞碌的大漩流中，而能寫出這樣深刻、雋永、宏觀、智慧的紀實散文，實在是才人之筆，亦是出於熱愛文學、為文學播種的一種高度熱情。

　　本來打算為他寫一篇〈讀後感〉什麼的，海域棲遲，總有一種「筆經擱後便無詩」的遲滯感。這意念也就在心中一飄而過，始終沒有提筆。

　　直到他有一本新著，即將由香港一家出版社出版，書名定為《澳洲風流》，約我為他寫一篇序。

　　以奧列在文學上的成就和造詣來說，寫序是有點愧不敢當，但內心卻有點為他在這本新著的扉頁寫幾句話的內在情緒激盪。

　　良以介紹一本好書，介紹一位優秀作家，彼此要有文心共鳴。這正是先儒倪高士先生所說的：「蘭生幽谷中，倒影還自照，無人作妍暖，春風發微笑。」

讀奧列的《澳洲風流》，我是有無數次的春風發微笑在心底蕩漾。

一則是文字優美，寫情真摯，使人有「落花人獨立，微雨燕雙飛」的纏綿感。

一則是見得真切，述得條理，使人有「問渠那得清如許，惟有源頭活水來」的智慮清純感。

一則是童心躍躍，趣味盎然，使人有「直須看盡洛城花，始共春風容易別」的流連感。

如果作品中涵蘊了上述幾種文心要素，你就會百讀不厭。奧列的作品中，三者兼而有之。

本集中的幾篇小說，如〈未成年少女〉、〈不羈的愛麗絲〉等，女主角都有一顆美麗的靈魂。雖然她們的言行是走在現代物質文明孕育下的西方文化的前沿，作風顯得大膽而放誕，但她們卻把牢著生活原則，那便是──享受人生而不忘自己的責任。

露絲的媽媽──一位中國傳統的女性，雖然對「因體罰女兒，女兒召警責難，女兒離家出走，她央求校方協助，校方卻不願過問」，這種與中國傳統道德規範大相徑庭的舉措，感到茫然，但當女兒以高分考取了大學，母親終於明白了東方是東方，西方是西方。如何適應這一大的變遷？這篇小說提供了一些答案。

奧列的小說，人物不多，但人物性格刻劃生動，對白有力簡潔，述事明快，且以人物的感情作故事的主線發展，高度運用心理分析，故狀物寫景言情，能絲絲入扣，使人一進入小說的藩籬，便想深入殿堂一窺究竟。這便是作品的內涵情愫在放射吸力和陽光。

奧列的一些小說，在某種程度上，頗有法國著名作家莫泊桑的風格。人物性格突出，情節緊湊生動，使人心弦緊扣，同悲

共喜。這樣的小說只有真正洞悉世情，懂得心理分析，寫作上文質並重的作家，始能寫得出來。因為平實中顯真性，飛花中顯蝶影，並非易事。這比起一般主題朦朧，文詞閃爍，人物虛脫的所謂「意識流」小說作者，要高明的多。因前者是真功夫，而後者是花拳繡腿。

奧列本以「文藝理論」崛起文壇。早在十幾年前，就成為中國優秀的青年文學評論家。但他的散文和小說，也同樣出色。這得歸功於他駕馭文字的文學素養，和他對文史哲書籍的廣窺博取。

傑出的散文家，恆是靜攝萬象，動合乾坤。由於思理既勝，則性靈之華必能沛然成章。

奧列的散文可讀性高，耐人尋味，就在他的知識面廣，因而能睹物思情，抒懷詠事。

他在〈風情萬種的法蘭西〉一文中，記述凱旋門。面對崇門，他一眼就望到拿破崙雄霸歐陸的旌旗在他眼簾飄展。一眨眼，百年時光在他心中流逝，他即刻瞧見了二次大戰時希特勒的坦克鐵騎，碾碎了凱旋門的威儀。而他立足的時空之點，正目睹著法蘭西的繁華依舊，巴黎的春色依然。興衰榮辱，令人喟歎。

這就是散文家之筆、之思。同樣是記遊凱旋門，如果光寫此門的氣勢雄偉，則不過是一堆被裝潢的岩石。而奧列所述的凱旋門，不但賦予了生命，而且有血有淚。它正如秦淮春夢，六朝金粉。同為皇麗中有欷歔。散文狀景寫物懷人，要在歷史的頌揚與歎息中落筆，要在人情冷暖中抽絲，始是妙者。

奧列遊歐的七篇散文，可說是在「繁華事散逐香塵」的歷史懷古和「瓦礫堆中觀樓閣」戰後現代文明的雙重情愫下著筆的。

羅馬的光輝，白金漢宮的夕照，維也納的清歌，巴黎的春色，慕尼克的滄桑，威尼斯的漁火，作者都將之予以今昔時光的

對比。讀後一方面使人發思古之幽情，同時也把歐洲人「智勝於情」的豪放胸懷，畫龍點睛地予以高度評價。

作者舉出，東西德的捐棄恩仇驟然和平統一，實在是日爾曼民族優秀特質的明顯標誌。而歐洲大陸諸國的交通、貨幣、產品互通互供，更是歐洲人經過長期互攻互伐後的一種尋求互惠互補的省悟。

人謂「西方文化以智勝，東方文化以仁宏」。在智的方面，希臘愛琴海的瀲波，似乎是比崑崙渾厚溫馨的黃土土層，要富魅力一些。

這些，都是值得運起百年之衰、極圖振興中華的炎黃子孫省思的嚴肅課題。作者原未立意文以載道，而道在其中矣。

奧列這本著作，無論是小說、散文、特寫或評論，都吐露著陣陣花香。作者以「從容閱世態，妙智品人生」的慧心椽筆，將其浮生歷世的所見所聞，發而為文。由於他豐富的歷史知識，洞察人生的哲學智慧，以及他仁厚的天性，故出現在他小說中的人物大抵愨直可愛，泰而無邪。而他的報導和評論，則導情以真，評事以智，無論著筆輕重，都顯得厚道、寬容、智慧、真切。

像〈澳洲中文的迷亂〉、〈澳洲華文報業爭雄〉、〈澳洲華人參政角色〉，這些主題嚴肅的文字，作者寫來，筆筆生風，娓娓動聽。

一則寫出了澳洲華文、報業開拓者的大氣雄風，中華兒女的自強不息，同時也語重心長地指出了一些小有的磨擦與不快，暗示著只要和衷共濟，面前有著一片可供開拓的美麗天空。

作者對幾位華裔參政人士的自我犧牲奉獻和傑出表現，亦給予了實至名歸令人鼓舞的評介與讚譽。這是智慧之聲，不是喝彩，而是海外華人地位自我提升的引領與啟迪。

作者將書名定為《澳洲風流》，亦頗富詩意。因書中不少篇章，描寫澳洲少男少女的風流倜儻，俠骨柔情，而他們嚮往自由，謳歌愛戀，拋開一切陳舊教條回歸自然的豪情，實在是一曲動人而美妙的歌聲。

因而他們無論在娛樂上、情場上，乃至賭場上，都大展雄風，盡興之所至，把握著「有生之樂」，不奏生命的哀弦。

這些歡聲笑貌的流風餘韻，使得澳洲人的生活既刺激又飄香。

「世界一舞臺，人生一過客」。人生有時是不必長懷萬古愁的。瀏覽一下《澳洲風流》這本書，也許會掀起你生活中的多重意象。

1996年19月21日於悉尼靜園

發表於1996年10月24日《華聲日報》

南天明月故園心

——讀冰夫新著《看海的人》抒感

　　日前謝若望教授飄蓬萬里由瑞士來到雪梨，詩友們籍《酒井園詩刊》第二期出版歡聚之便，邀謝教授談歐洲華文作家的近況。詩聲笑語之際，冰夫兄塞給我一冊已在報刊發表的新詩作品。囑我為這本即將出版的中英對照詩集，寫篇序文。謙辭未果，便答應了下來。不敢言序只能算是讀後的一些心得。

　　冰夫的這本詩集共收集了四十八首詩，分成「面對波濤」、「傾聽秋風」和「落英紛呈」三個單元。為不負所托，漏夜將三個單元的詩一口氣讀完。就寢後，詩人的傷時憂國、以及對友情、親情和大自然的詠歎懷思之情，仍然縈繞腦際。

　　孔子曰，詩可以興、可以觀、可以群、可以怨。冰夫的這本詩集，在內容上或述志、或宣哲、或寫景、或抒懷，都表現得行雲流水，生機活潑，信筆所及，將詩的「興、觀、群、怨」的意境，情理交融地呈現在他詩的海洋世界中。

　　詩集中的作品，絕大部分是寫澳洲的風景和人、物。像繁星閃爍，每一景點，詩人都賦予它高潔的性靈和詩情的曼妙。但詩人往往對景傷情，那是「舉目有河山之異」的文化戀情在心中燃燒。

　　因此，在很多江山如畫的詠景詩篇中，詩人總是千思萬縷地牽動故國山河的夢魂。因而滄桑世事，天地悠悠，對景抒懷，舒暢胸臆，乃成為這部詩集的中心內涵。詩的欣賞，旨在透視詩人內在的心靈世界。下面就試著從這個方向，來剖析冰夫的作品。

〈短歌〉（載第一輯「面對波濤」）

生活於南半球
並非自我放逐

躑躅於曠野
常感到思緒
似山花
燦爛依舊
聽教堂鐘聲
敲落寂寞的黃昏

天下事
了猶未了
不了了之
抬起頭，仰望
澳洲天空
閃爍滿天星斗

這首詩總共十三行，六十七個字。但包含了詩人整個人生的俯仰興歎。首先他用了「放逐」兩個字。詩思直指「楚天孤憤」的屈原，這是一種傷時感世的暗示和心境的自鳴。

第二段詩人來到曠野，他用了「山花」兩個字。山花紅似火。這是詩人內心的火一般的煎熬。因為離家出國（有的人還說成辭國），畢竟不是詩人的本意。這是詩人用情思折射手法寫胸臆的玄機。如果照字面去理解，似乎詩人面對山花綠野很開心。這便是平面的直覺感，只看到詩人的外衣，沒有觸及他的心思。

第三段詩人用了「鐘聲」兩個空靈徹野的虛相字，或許此時作者正在體會「姑蘇城外寒山寺，夜半鐘聲到客船」的隱者心境。並以「敲落寂寞的黃昏」，進一層地暗喻自己已是「斜陽疏影近黃昏」，能放下的就該放下。

第四段的「天下事了猶未了，不了了之」，這十一個字，是擲地有聲的標準的現代新詩語言。看起來明朗得不能再明朗了。

黃會長和冰夫（坐右一）等悉尼「酒井園」詩社同仁歡迎美國詩人陳明華（坐右四）訪澳（2002年3月12日）。

但配合全詩的意境推展，卻有如風卷波濤，將胸中的百般感慨，淋漓盡致地傾吐了出來。天地一戰場，人生一過客。很多事是無可奈何的。倒不如不了了之。抽脫萬縷情思，然後抬望眼，仰望滿天星斗，將自己心影回歸大自然，做一個在南十字星下採菊東籬的田園詩人。

曹孟德的〈短歌行〉是詠歎人生，但他沒有逃脫自己的欲念。冰夫兄的〈短歌〉看來是「老驥難再起，空懷故國情」，放下一切，靜下心來做一位弘揚詩運的詩人了。

　　這首詩的意境高遠，寫一個曾經為國事盡瘁、年老了出國依附兒女的旅人的心境。詩思一層一層緊扣，夢回三萬里，最後回到不了了之的現實世界。在構思、意境、和結構上，都相當成功，也使人感到真情的激蕩。

　　這十三行詩，如果不作詩心的內層剖析，僅就感觀上表面意義來省視，仍不失為一首寫景抒情的好詩。我想詩人的真意不在此。而是意在言外。我以讀詩的思緒對這首詩的剖析，可能比較接近作者的原意。

　　現在，從「傾聽秋風」這一輯中，再挑幾段詩句，來加以賞析。

　　〈一行大雁飛過〉。是一首感懷故國的作品。全詩由目睹一行大雁飛過花園上空做詩思的引線：

　　　　空靈的瞬間
　　　　雲朵幻化出夢景
　　　　雁陣在藍天演繹故鄉的山水
　　　　煙雨江南已是紅葉斑斕
　　　　隔著浩瀚的大洋遠眺
　　　　濤聲中依稀有親人呼喚

　　　　大海潮汐
　　　　高山雲霧
　　　　生命沉甸甸的厚度
　　　　邊緣人什麼都該品賞
　　　　孤獨是一種財富
　　　　視線中
　　　　模糊了遙遠的雁陣

　　心中湧動
　　近乎荒誕的思緒

雁，在中國文學史上和中國人的心中，都是引發詩思的重要媒介。雁陣驚寒，聲斷衡陽之浦。飄蓬無寄，雪泥鴻爪空留痕。北雁南飛，不知有多少騷人墨客，滴血吟詩；有多少孤忠義烈，壯懷激烈。在北海的蘇武，曾靠著鴻雁雪爪上的遺物，拯其不死，全其大節。在雪梨的藍天，看到雁陣，詩人乃在「空靈的瞬間，雲朵幻化出夢景」。

　　這一意象借用和轉移，來得急促而貼切，將北望雲天，長懷故國的心境，一下就鋪展開來。接著是「雁陣在藍天演繹故鄉山水，煙雨江南已是紅葉斑斕」。

　　此時詩人的眼中凝視到的是江南煙雨，不復是雪梨的藍天。詩人出生在江南的水鄉，長年在上海從事文藝工作。六朝金粉，揚州明月，兒時的記憶，壯年的風發，一齊湧上心頭。

　　緊接著「隔著浩瀚的大洋遠眺，濤聲中依稀有親人呼喚」。詩人由歷史中的懷思，情感透過遐思直逼家山親人的音容笑貌。詩的「思鄉」意境，至此已達到純淨的高峰。

　　遐思只是感情的暫時依託。夢，終有醒的時刻。於是在第三節和第四節的詩語中，詩人還是回到腳下的現實中來。「大海潮汐，高山雲霧，生命自有沉甸甸的厚度，邊緣人什麼都應品嘗，孤獨也算一種財富。」

　　詩人以高山大海象徵天地悠悠的永恆。人生雖無常，但每個人都背負著「長懷千歲憂」的沉重。然而，詩人畢竟已是不在其位不謀其政的「邊緣人」，此時反而像是無官一身輕的閑雲野鶴，因而感到「醉邀天邊月，不識故鄉情」的孤獨，儼然是一種可以養生怡志的財富。

「視線中，模糊了遙遠的雁行，心中湧動，近乎荒誕的思緒。」

詩人雖然極力想擺脫故園故國之思，找了一些理由來安慰自己。無奈「離恨恰如春草，更行更遠還生」。因此雖眼見雁行消失，但因雁行而引起的思緒，卻仍然是一江春水向東流，攔也攔不住，頓時引起一些荒誕的想法。

這荒誕二字，是詩人預留的「想像空間」。他可能是想到「化作長虹透碧霄」，乘風歸去，一吻祖國的土香。或者是想擁有像天方夜譚故事中的「神毯」，坐上去，雲飛萬里，輕輕降落在兒時熟悉的草地上，見著自己想見的親人，圍在身邊鼓掌歡迎等等。

這首詩意境優美，詞藻明麗，且用比喻替代隱喻，因而很容易讀懂並進入詩人的感情世界。

在詩的語言上，也運用得生動活潑。如「雁陣在藍天演繹故鄉山水」，可說是詩人的詩思獨運。不但詞能暢意，更創造了意象的新鮮感。其次邊緣人這個名詞，也是新構思，其外緣的意象可以多角延伸。

現代詩的生命力，主要在詞藻和意境上，要有誘惑性的「創新」細胞。而且創新本身包含全新的美感和實感，絲毫不能勉強，不能做作。冰夫的作品充分地把握了這些規律。

本來還想在第三輯「落英繽紛」中，選幾首詩來賞析，但回頭一看，已洋洋三千餘字，只好停筆。「詩景此日觀不盡」。其餘的佳作佳篇，就留給讀者和不老的時光來欣賞吧！

2001年4月26日深夜與雪梨靜園
發表於《澳華新文苑》第100期，
以及澳洲《亞洲星期天》副刊、《酒井園詩刊》春季號

春夢了無痕
──賞析張曉燕愛情詩集中的內心世界

　　青年詩人張曉燕的新詩集《張曉燕選集》，出版了半年多，約我為選集寫一篇序。書已經出版，我想只能替她寫篇評介文字了。

　　總以為她是作協會員，隨時可以寫，不必急。殊不知是不該有此想法的，這一拖，半年來也未能交卷。

　　今年耶誕節來臨，這是個令人狂歡喜慶的日子。往年在臺灣，老早就定好了舞伴，在臺北三軍軍官俱樂部，作長夜之歡，子夜不歸，暗地裏較勁，看誰的舞伴多情、標致，舞藝驕人。今天想來，只是陳年舊事了。

　　澳洲的耶誕節，火熱炎炎。華人也不作興辦聖誕舞會。在書房看看書，聽聽音樂，是最清靜的消遣。這時張曉燕的一本詩集（含多篇散文），恰閃現在眼前，順手翻看，我的心思便一下子被詩中的少女情懷所吸引住了。

　　有人說：「少女情懷總是詩。」（這並非人人都具備的。）讀曉燕的詩，真的聞到一片少女純情的香韻。多情、純潔、甜蜜、堅貞、無怨、無悔。愛，就是她心中的太陽，是人生永遠依存的光與熱。如果你能得到這位美麗而又癡心姑娘的愛，那該是多麼幸福！

　　然而，自古多情也多憾。這本詩集中有纏綿的愛情，卻也飄著一陣一陣的秋風落葉的愁緒。多首詩中，詩人自願是多情的玫瑰，碧落如荷花，強烈盼望有愛的春風，滋潤她的人生。

在愛與失落的掙扎中，詩人最後仍然是大情不移，大愛無悔。她成為「孤獨的守望者」。這是人世的至情至愛。她超脫了「失落」，將愛化為春花，面對大地的一片笑容。

這本詩集是曉燕的處女作。處女作的作品，大抵是寫作者心中的事。要不然，她沒有如此深刻的感受，既使是天才，也難於血淚相和流，寫出如此情深意切的感人詩篇。

張曉燕經常參加作協的活動，見面的機會也多。但很少談及她私人的生活。集中多篇寫情愛的詩，她是否是詩中的女主角，則不得而知。但從她有過離異的「失意」婚姻，就不難使讀者聯想到，她是在抒發心中的情思。是自己在寫自己的愛戀與抒歎。讀那些深情而稍帶哀傷的詩句，真的使人感到「一曲相思情未了，可憐風月債難酬」的纏綿極至了。站在女人的角度，她淋漓盡致的表達和體現了一種以她為代表的，既有少女的清純，又有少婦的豐韻美豔這樣一種混然天成的尤物般的女人纏綿徘側、至情至性的情感世界。那世界雖然有憂傷，但更多的卻是充滿了愛、美好和寬容。傷而不恨，痛而不怨。這是怎樣一種寬懷超然的愛情觀呵！它已經完全跨越超脫了一般意義上的愛。這大概和她的基督教信仰不無關係吧。

如果她就是書中的女主角這一假定成立的話。那麼這部新詩集，就是一個完整愛情故事的詩篇。也可視為愛情三部曲。它給真愛做了詮釋。對生活的意義和生命的價值，作了超然的剖白。文學的價值，就在於它將人的心內的善良，赤裸地呈現。歸根揭底，愛是付出與無悔。只要曾經愛過，仍然是幸福的。這便是張曉燕心中的明月，給了天下有情人的熠熠星光。

無疑地，詩人的作品，不必是寫自己的愛戀故事。但普天之下，愛是一頂皇冠，戴在誰的頭上，是同一的輕重。因此，張曉

燕的愛情詩，對每一位在戀愛中的少男少女，都是情同此心，愛同斯理的美的鑒賞作用。相信讀者定會喜愛。

現在，讓我們來欣賞她甜美的詩句。

（一）總想

> 總想握緊你自信的手／隨著你流浪的腳步／同行在漂泊動盪的旅途／讓你從此告別孤獨／總想在我們相遇的人間四月／在萬物生長的春裏讓／那屬於我們的沿緣而生的情感／能在愛的土壤裏長出／一片翠柳／總想逃避現實／在純淨的浪漫裏／擁抱無塵的時空／卻還是不得不／舉起惜別的手／柔弱的心怎擔得起／無期別離的沉重

以上是這首詩的前段，從「無期別離的沉重」數字，就明白他們的愛已觸礁。是對方的負心？是環境的逼迫？作者未說。然少女的一片癡情耀然紙上。但上述的兩種情況都有可能發生。

天下事，往往是當幸福來臨時，卻忘卻珍惜。以至再回頭已百年身。好事多磨，環境的壓力，恒是婚姻的絆腳石。沉重地粉碎了純真的愛情。

> 總想把沉重的思念深鎖在／心底／卻反被思念緊鎖在／深深地孤寂裏／心／總停留在遙遠的過去／總想狠狠心把你忘記／總想騙自己與你的相識／只是在夢裏／卻才發現／腦海裏早已刻滿你的名子／柔情的心也被你完全佔據／總想用理智將思念的河封凍／而如火的癡迷卻／一任河水肆溢／淹沒了原本清晰寧靜的路途／心／在失落與夢幻的空曠裏／獨自吟唱著／淒涼哀婉的相思曲

以上詩句，是少女純情的剖白，是愛的誓言。《紅樓夢》開卷中有「護言紅袖啼痕重，更有情癡抱憾長」的詩句。人生的初戀，常是目中無世界，只見有情人！這道詩寫初戀情懷，可謂是情真意摯的佳作。

（二）孤獨的守望者

> 有這樣一種女人／既使紅塵裏的風再大／也吹不走她的單純／世俗裏的欲再濃／也淹不沒她的真情／守住回憶就如同／守住一個夢／無論那個夢是否會／在未來的某一天兌現成真／也許她的愛人／永遠都不再會／出現在她焦渴盼望的目光裏／可她還是情願把自己變成／一個最孤獨的守望者／一任春光老去因為／她那顆被愛充溢的心／永遠年青

以上是這首詩的中後段。詩的副題是「致所有癡情等待的女人」但這仍然看得出，作者是借題發揮自己的戀愛觀。所述所懷依舊是一片少女情德。並與前詩呼應著。真的是真愛無悔。如果說，初涉情感世界的少女身上具有少女情德與癡迷，不足為奇的話，那麼對於一個經歷過感情創傷和失敗婚姻的已近中年的少婦而言，能依舊待愛如初，清純不改，癡迷不悔，的確是非常少見。這種受傷之後也不會戴上有色眼睛來對待後來者的品格，這種每次戀愛都如同初戀的情德，的確難能可貴。張曉燕是一位有才華有性格的詩人，又是虔誠的基督徒。她的愛，猶如對上帝信仰一樣的堅貞。也正因了她作品中的那份真與純，讀來才讓人感同身受，情同此心。

（三）我願

> 我願是你百花園裏／最後的一朵玫瑰在／群芳凋零的歲末／依然昂首／將永恆植入／彼此心底／我願是你一生中／浪漫的經典／是你異國唯一的思念／一份遺憾藏著／千古機緣／等著你／在大洋彼岸

讀著上述的詩篇，大有「最難消受美人恩」的感慨。想來那位白馬王子，也該春心蕩漾了吧。然而那「一份遺憾藏著」什麼「千古機緣」，仍然為這份堅貞的愛，留下了謎團似的問號。誰能吹散朦朧的晨霧，只有作者自己心中明白。這是詩的含蓄美，也將女人心中的無奈、夢想、期盼，刻畫得恰到好處。

（四）母親

> 母親／是峻秀挺拔的高山／是富饒遼闊的土地／是怒吼的黃河／是奔騰的長江／她的乳汁餵養了／世上最眾多的兒女／她的肩膀扛起了／世上最沉重的悲苦與蒼涼／戰爭瘟疫洪荒／十年浩劫的洗蕩／在苦難的行程裏／她變的更為堅強／當我們背起重重地行囊／背井離鄉／當我們的思念在／異國的土地上蔓延滋長／當我們淚流滿面的為／祖國的奧運健兒鼓掌／當回歸的熱望／燃燒在我們胸膛／才知道／我們對母親的眷戀／一刻不停的在血液裏奔淌／才知道／民族的魂魄與母親的形象早已／印進了每個中華兒女的心房／漂泊遠航／再大的風浪也嚇不倒／我們的夢想／因為剛強偉大的母親就站在／不遠的地方／母親／是高山

是闊土／是黃河是長江／在世界之林／她總是昂著頭／挺
著高傲地胸膛／既使ＳＡＲＳ的侵襲也／奈何不了她的頑
強／因為億萬兒女的手已聯成／鐵壁銅牆／因為她有著／
永不彎曲的脊樑

沒有經歷過飄泊，沒有經歷過徹骨的思鄉，就不可能寫出這麼真
情大氣的愛國詩篇。更可貴的是詩中所具有的巾幗之氣。歷史
上，這樣的女詩人只有李清照和女俠秋瑾等少數人。相信張曉燕
秉承這種風格創作，日後不難成為大家。

（五）再見，我的太陽

你是驕傲的太陽／光芒萬丈／我是柔小的星辰／閃閃發光
／既使你告訴我你一生的坎坷榮光／既使我被感動的迷失
了方向到頭來／我還是要遠離你的身旁／因為你的心總被
冰冷的石頭裹藏／你光芒萬丈的形象遮不住／你內心的冰
涼／既使我最明亮的熱情／在你耀眼的光芒裏／也閃不出
絲毫的光／你不知道／驕傲是一堵牆而／謙卑才是架起情
愛的橋樑／所以你的天空永遠是那麼孤寂而／你燦爛的輝
煌裏總／透著些許的淒涼／當我從醉中夢醒／我知道你的
天空不是／我該居住的地方／我只屬於月亮屬於星空在那
裏／我才能找回自己的形象／既使在皎潔的月光下／在碩
大的月亮身旁我也能／閃出自己的明亮／再見，我的太陽

上述這首詩，給了在戀愛中的男女一種理智的啟示。那便是，沒
有受到尊敬的愛，會像沒有源頭的水，遲早會乾枯。所以在經歷

過漫長的愛情風雨之後，應該進一層去體會人生。任何甜美的夢，都有醒來的時候。

這首詩一定是在無情歲月的煎熬下，在情到無緣淚始乾的痛苦中落筆的。無疑地，這是智慧的選擇。人生有很多有意義的事可做，有多種夢可圓，不必「天荒地老有時盡，此恨綿綿無盡期」地將自己困陷在煉火中。

結尾

以上這些評介，是就《張曉燕選集》的內容，作一鳥瞰，概其大意，摘其片斷，以窺全詩集的中心意境。縱觀張曉燕的詩集，是詩詩有故事，首首有真情。她對待愛的態度是，來時珍惜，去時無怨。愛，是癡迷，是瘋狂，是無怨，是無悔。且該放手時放手，該鬆綁時鬆綁，既自由了別人，也釋放了自己。癡迷有時，清醒有時。通常經歷愛情成敗的男女，都是愛恨相連，傷悲同在。而張曉燕的詩可貴就可貴在，愛而不恨，傷而不悲，疼痛卻不頹廢。真誠的情詩不易寫，能夠打動人心的情詩更是難上加難。除了要有勇氣剖開自己的隱私之外，還要有真真實實的感受，始能將愛的風鈴的聲音，傳遞到讀者的心靈深處。這層，張曉燕是做到了。

我建議這本純情的愛情詩集，欄目的安排應重新整理，也就是說愛情發生的過程，應隨故事的波折順序排列。同時加入一些由雙方信件、日記或電話的內容，將它寫成散文詩以充實內容。詩集中的部分哲理詩，可放在集子的最後一輯。至於集尾的幾篇散文，不必刊在這部詩集中。這樣，將成為一部「純愛情的愛情詩集」。既有故事，又有人物和情節。甚至可以拍成一部電影。

　　這部詩集由於評論家李景麟先生已在序言中，就多篇作品（〈荷〉、〈無題〉等）的意境、修辭、技巧，作了充份的剖析。因此，我是從另一角度來寫這篇評介的。我想，在本詩集再版時，也許可以引領讀者　同進入張曉燕詩心的王國。

2005年12月29日於悉尼靜園

本文為黃會長為張曉燕詩集《張曉燕選集》再版所作之序言。

靈山勝水　碧影浮光

──參觀悉尼畫家胡濤小姐繪製的《農溪山水畫長卷》展散記

　　四月二十六日，應新州藍山北區Lithgow市鐵礦公司慶祝會主席Macgregor Ross之邀，我們前往該市慶祝會廣場，參加由悉尼華文作協會員胡濤小姐與Mr.Symons聯合舉行的畫展開幕式，一同受邀的有作協副會長何與懷博士，作協理事陳乃學先生等人。

　　上午10時趕到會場。門口門禁森嚴，有多位安全人員和員警站崗，我們說明是被邀請的客人，工作人員核對來賓名單後，引領我們進入展覽場。

　　舉辦單位負責人在門口熱烈歡迎。由於11時才正式揭幕，乃由Mr.Symons的女兒Miss Anna，陪同我們參觀展覽場外的零售攤位，並介紹Lithgow市的歷史背景。

　　她說，你們不要看這裏「山嵐起伏人煙少」，這兒曾有過輝煌的一頁歷史。即使到今天，仍然有它突出的經濟價值和景觀上的別具風彩。

　　對澳洲乃至新州的開發歷史，我們所知的確不多，很希望從她口中多知道一些東西，尤其是想知道為什麼舉辦單位邀請一位來自中國的移民畫家來繪製《農溪水系》（Farm River）山水畫的原因。

　　Miss Anna是一位純樸的女孩，她父親是著名雕塑家和畫家。這次就是她父親推薦胡小姐來製作這幅長卷山水畫的，因此她對這一文藝活動的內情十分清楚。她說，Lithgow市對澳洲來說，說得上是名勝古蹟，大約180年前，這兒是澳洲唯一「鋼鐵城」，鐵

礦資源豐富，煉鐵的相關礦石，這兒都有。而且有品質優良的煤礦。這些條件促成了煉鐵廠的林立。

這兒曾經也有豐富的金礦礦苗。淘金熱當然不在話下。更重要的是由於藍山水泉和雨水匯成的「農溪河」水道是開發農業和電力的天然資源。農溪的水是新州工業和民生用水的源頭。由農溪注入Coxs River再流入Syd River然後匯集在水庫。所以今天新州用戶的水，說起來應該有藍山的香味。Miss Anna的幽默，引來一陣笑聲。

我們邊走邊談，看到前面一個景點，有好幾位身著盔甲，手持長劍、利斧的古代戰士，在彩旗飄揚下徘徊遊動。走過去一問，才知道他們是在裝扮二百年前這兒開礦、淘金的守衛，其目的在引人發思古之幽情，喚起參觀者的注意。

正當我們轉角參觀管弦樂隊的演奏時，Mr.Symons站在展覽場門口向我們招手，因為畫展揭幕的時間到了。

開幕式首由大會主席Mr.Ross介紹來賓及展覽項目。他說，這次鐵礦公司慶祝會的一個特色，是畫家胡濤（Artist Hu Tao）繪製的長卷《農溪水系山水畫》，充分展露了東方的藝術魅力，為大會增添無限光彩。同時，在澳洲多元文化的推行中，將起到重要的交流作用。隨後揭開了長達十米的山水畫的幕布，贏得滿場的熱烈掌聲，參觀者爭相拍照留影。多位澳洲本土的藝術家，對此亦眾口交譽，認為是一次富有歷史意義的展出。

繼由Mr.Symons上臺報告他認識胡濤小姐的經過，以及邀請她參與製作這幅長卷山水畫的原因。他說：我是一位西洋畫家，很早就對中國的──也可說是東方的──繪畫十分感興趣。很想結識幾位中國畫家。後來在《澳大利亞畫廊藝術家詞典》中，看到Miss Tao Hu的名字，就曾設法與她連絡，但當時沒有結果。

　　兩年後，在一次西洋畫展中碰面，不期而遇，交換名片後，真是喜出望外，原來胡濤小姐畫藝好，人也長得和畫一樣的漂亮，而且大家同是「英國皇家美術家協會」的會員，這樣我們交成了朋友。

　　大家都知道，澳大利亞是個美麗、安定、富裕的國家，但有一項缺陷，就是水資源不夠充足，嚴格一點來說，是一個乾燥的國家。因此如何開發水資源，如何善用水資源，是我們國家施政的重點工作，也是每個國民應予認知和重視的事項。

　　Mr.Symons繼續發表他的講演，顯然他是一位十分關心國計民生的藝術家。他說，我特地邀請胡濤小姐繪製這幅長卷，是想把「農溪」這條新州的母親河的面貌以山水畫的方式，呈現在大眾面前，喚起人們認識水資源的來之不易，因農溪的水，是從滴滴山泉和陣雨的匯積而形成，不是大河滔滔，用之不竭。

　　無疑地，靈山勝水，亦是開發旅遊業的重要資源。人們大多只知道藍山之美，很多人還沒有注意到農溪本身「山風傳鳥語，雲影映天光」，碧水清波的詩情景色。因此，胡濤小姐繪製這幅長卷山水畫，可視為一幅藝術的旅遊廣告，這對推動藍山以及Lithgow市的觀光事業，相信有重大的幫助。Lithgow市是一個寧靜、甜美的山城，比起百多年前鋼鐵廠林立，淘金採礦的車水馬龍盛況，是多少令人有「繁華事散逐香塵」的感覺，但由於它往昔的輝煌以及山和水的美麗景色，促使它成為澳洲的一個令人嚮往的旅遊景點，可說是舉辦這次畫展的主要著眼之處。

　　Mr.Symons特別讚譽胡濤小姐的藝術天才和敬業精神。他說，要表現農溪水系的山和水的動人景色，只有東方繪畫的藝術和意境才能充分表達，這是他推薦胡濤小姐製作這幅長卷山水畫的動機。胡濤小姐住在山脊上120多天，爬山越嶺，涉水尋芳，冒著暑

熱風寒，少眠少休，終於將這幅技法新穎、彩筆生風的長卷畫呈現在世人的面前。他對胡小姐的辛勞和慧力，致以衷心的敬意。

隨後我們訪問了大會主席Mr.Ross，請他對胡小姐的畫發表點意見。這位謙和多禮的企業家很客氣地說：「我是一個商人，對藝術作品的鑒賞並不在行。但在感覺上這幅畫很美很美。原來東方的藝術，是如此地令人嚮往。雖然它只有10米長，但將農溪水系以及溪流附近的園林景色，都納入畫中，不只是一項大的工程，更是一幅足以傳世的偉大作品。大會已決定請新州所有高中的學生，前來會場觀賞，同時也會在博物館及其他幾個市鎮展出。也計畫同新州有關單位協商，希望繪製一幅50米長的長卷，從農溪，Coxs River, Syd River到悉尼水庫的全圖。到時仍會請胡濤小姐主持這一繪事。」

這其實是一項偉大的構想，我們相信以胡小姐繪畫的天才，以及各位的卓見與雄心，一定可以完成這項壯舉。何與懷搏士作了這次訪問的結語。大夥兒合影留念。相約在日後50米長卷《悉尼水系山水全圖》完成後，再來擴大慶祝。

胡濤是悉尼作家協會1992年成立時第一批會員，而且同住在卡市，因此見面的機會頗多。她出生在一個文藝氣氛十分濃厚的家庭。父親胡伯祥先生是四川大學歷史學教授，同時是一位傑出畫家和書法家，母親俞麗裳女士在成都藝術學院執教，亦是中國極少數的古琴名家，哥哥胡磊落先生是醫生和樂器吹奏家，姐姐是藝術設計畫師。

由於家學淵源，胡濤自幼受他們的影響，心智有多重啟發，因此她除了繪畫，(包括油畫，工筆畫)之外，新詩與古詩詞以及書法都有相當高的造詣。她尤擅長琵琶，多次在電視及英語作協大會會所演出，普獲佳評。在移民來澳前，她的國畫在國內便嶄

露頭角，中國文化部核定的1995年新春掛曆「民間傳統人物畫」就是胡濤的作品。各人物畫的內容為「天女散花」、「麻姑獻壽」、「春江花月夜」、「寶蓮燈」、「劉三姐」、「洛神」、「文天祥」、「梁祝」、「英娘」、「女媧補天」、「荷花仙子」等。是以國畫寫意和工筆的揉和作品，典雅瑰麗，受到藝壇前輩的稱讚。

當時文化副部長周而複先生，特在這幅慶賀新年的掛曆封面上題詞：「仙境人間多佳畫，同慶新春話桑麻。」

著名作家老舍的夫人胡潔青大畫家，對胡濤的繪畫作品亦非常稱許。胡濤1984年來澳前夕過北京，胡老畫家特請胡濤到她家作客。並以「傳播華夏優良國粹，促進中外文化交流」的題詞，致贈胡濤，勉其人在國外，毋忘祖國，要將中國固有的優良文化，弘揚於海外。

胡濤是一位頗有中國古典美的淑女，溫柔聰慧，與世無爭，專精於藝術的追求。雖然逆旅中有諸多不如意的雜事，但她都擦乾眼淚轉笑容，任春水東流，長亭花落，將命運的折騰不放心上。因此她也掌握了瀟灑人生的秘訣，日子過得挺開心。她始終不能忘懷的是要做一個對社會有貢獻的人，平日熱心公益，並抽暇當義工。

這次繪製農溪水系長卷，她真是吃了不少苦頭。她寄住在「大脊山」一棟孤獨的房子裏。嶺上有時風狂雨急，寒風刺骨；有時驕陽炫目，暑氣蒸人，但她實地寫生的工作從不停頓。自然，她也享受到青山碧水、星月爭輝的寧靜甜美時刻。她說，夜晚站在高山頂上看天上的星星特別明亮嫵媚。李商隱詩曰：「嫦娥應悔偷靈藥，碧海青天夜夜心」，認為天庭太寂寞了。其實，紅塵多憾事，碧海青天倒是令人嚮往。

　　一位畫家有了這層出塵脫俗的意境，作品才能空靈飄逸。中國的文人畫往往是畫中有詩，詩中有畫。這次胡濤小姐展出的長卷山水畫，受到中西畫家的同聲稱讚，就在於她不僅寫出了農溪的抽象兼寫實的景貌，尤在她對山水藝術風韻的傳神，呈現了山和水的凝碧浮空，風生雲起的動態美。

　　藝術是美的呈現，而不是景物的傳真。胡濤小姐的山水畫做到了這一點。

2003年4月30日於悉尼靜園

大漠草原上的一顆詩星

——賞析雪漪《靈魂交響》及《生命草原》詩集中部分作品

　　2001年10月雪梨（悉尼）的初春，是一個充滿詩情的節季。因為第21屆世界詩人大會在這兒召開。高朋雲集，詩星閃爍，極一時之盛。

　　本次大會有52個國家和地區的260餘位詩人與會。以中港臺及澳洲地區華人所組成的詩人代表團的陣容最為龐大，約有40餘人參加了這次盛會。內蒙古青年詩人雪漪是中國詩人代表團成員之一。

　　《靈魂交響》與《生命草原》兩本詩集，是雪漪小姐在大會中贈送給我的著作。前者是她25歲前所寫的短詩集，1998年由中國遠方出版社出版。後者是2001年7月由中國文聯出版社出版，是一本以攝影為主軸的詩畫集，以看圖配詩的方式，收集34首散文詩。

　　第21屆世界詩人大會，雖曲終人散，但雪梨的詩人朋友，為了增進友誼及擴大文學的交流，仍保持了「世詩大會委員會」的機構，成立了一個永久性的詩歌社團，並聘請若干海外傑出詩人為「海外會員」。雪漪小姐便是被聘請的海外會員之一。

　　「世委會」最近籌畫出版一本世界華文新詩評論集。筆者負責評介出席大會的部分中港臺詩人的作品。

　　雪漪是來自內蒙古錫林郭勒大草原的青年詩人，其作品表現了年輕一代詩人的心聲與風貌，且有濃烈的草原氣息。這個特殊

的寫作背景，使她的作品具有獨特的風情與詩韻。以下就研讀她作品後的一些看法與想法做一評介。

（一）《靈魂交響》詩集中部分作品的賞析

這本詩集的作品，代表了她20至25歲期間的早期作品。年輕的心靈，飛花的逸興，盡顯詩才。其中除了有幾首最早期（20歲）的作品，可能受西方超現實主義的影響，內容偏於隱晦，讀起來吃力外，其餘的作品，無論組詩或短詩，大抵都是詩韻天成、情真意摯的佳作。現就其中兩組長詩來加以賞析：

A：〈雪殤〉組詩（寫於1992年12月，213行）。

雪漪是一位有著恣肆才情的青年詩人。她的名字嵌入了「雪」字，漠南的冬天又多雪，雪的潔淨，雪的溫柔，雪的寒凝，雪的飄逸，雪的詩一般的容貌，雪是大地的美容師，雪又是易凋的青春的白衣使者，而詩人在詩中（大部分的感懷詩中），往往將自己比擬成「雪」。這是她純潔心靈的自況，也是一種純美的自賞，唯與天地相知，不復人間的評價。

雪漪自認不具備理想命運，不能和一般少女那樣騎著青春的快馬闖人生。志高慮遠的她，一直引為人生憾事。誠如「雪」的降臨人間，美矣善矣，但當季節的更迭，她便靜悄悄地在陽光的灼熱下消失。詩人筆下的〈雪殤〉，正是對「雪」的讚歌與憑弔，也是自殤。世上的事，美總是易凋的花朵，為大地、為生靈留下缺憾。詩人的〈雪殤〉，有如《紅樓夢》中黛玉的葬花，是一聲千古的歎息。

現在，請讀她在這首詩末段傾吐出來鮮紅帶血的詩句：

> 送我上路吧　我的情人／天空　是我的鏡子／大地　是我的眼睛／透過你　我對一切／愛的更真實更具體／在冬天就要結束的時候／我晶瑩不渝的愛肩扛風雨／願與你　醉臥成泥。

〈雪殤〉這首組詩長達二百餘行，一個22歲的青年作者，要駕馭這樣一首意境單純、又思緒萬端的詩，如果不是有相當高的才華和一江春水氾濫的詩情，是無法構築這樣一座宏觀的詩的園圃的。詠雪的詩歷代不少，要能以「雪」為題，詠出其千姿百態，萬縷柔情，以及與雪為盟的不渝深情，實不多見。

B：〈靈魂交響〉組詩（寫於1994年，共141行）

〈靈魂交響〉組詩，是一個愛詩人的胸中樓閣，袖裏乾坤的抒展。豪情攪拌著憂傷，感懷唱和著壯志。雪漪曾告訴我，她25歲之後為了求得謀生的一技之長而專攻英文，以至有好幾年沒有寫詩。

然而天生是一位愛詩的人，怎能放棄心中無法鬆手的信念，生活的本質與社會的複雜讓她茫然之後依然堅定。詩人就憑這一深沉的感觸，譜成了〈靈魂交響〉的大詩章。以下摘錄這首詩中的一段：

> 誰天馬行空站在季節的懸崖邊／向前推移著蠱惑如深井的隱患／惟有熱情的張力把我熱情地提升／不知經歷哪場大雨之後才能／讓一根根紅燭般的詩句振作起來

把自己裱在沒有陽光的水域／做無涯的漂泊無涯的思索／
除了詩歌這條簡陋的船／行進在孤軍奮戰的苦旅中／我真
的一無所有／一無所有
我把屬於我的天空搬回家／趁夜更衣時／召集空中逍遙的
星星／擺成有價值的參考文獻／總會有一個結實的標點／
讓我以良好的心態／抱定乾坤　義無反顧

讀雪漪這段詩，她的〈靈魂交響〉終於譜出了「詩心交響」這一
詩人本色的佳境，因而她重新握筆寫詩。這是她悟出了「文學是
千秋事業」的真諦的心靈迴響。大漠草原上的那顆詩星終於光芒
四射地升起來了。

　　除了組詩外，這個集子裏尚有幾十首閃著文學光芒的短詩，
這裏順便挑一兩首來加以賞析：

　　〈平頂山〉：（寫於1994年9月，19行）

堆起歷史烽煙的高聳／誰人慧劍削禿頭頂／禪定的平面／
顯露哲思的指令／滄桑中獨酌／標新立異的原始
蒼鷹以無垠的尖嘯／迎迓被自然造化的巍峨／一層一層沸
騰的格言無聲無息中／疊進早霞經久不衰
牧神的琴聲／在山朝聖的面孔上擺下盛宴／歷史的車輪買
不到回程票／無法搜尋山多年前的氣概
我坐在山頂上／燃燒成一團火焰／看落日的餘輝／玄而
又玄

這首詩由四小段組成，是她24歲時寫就的作品。詩人將平頂山人
格化，意境蒼涼、豪獷、完美。

第一段她用：「堆起歷史烽煙的高聳」和「滄桑中獨酌」，並以「禪定」與「哲人之思」來描繪山的神韻與在歷史舞臺上的角色的回顧。

這些沉思中，可能有昭君出塞、文姬歸漢、乃至蘇武牧羊、龍城飛將等一幕一幕的景象，自然，平頂山也許有更多屬於牧人的悲喜和雄豪，詩人只是牽引一頁詩思，讓詩情鋪展開來。

第二段，她以蒼鷹、巍峨、早霞、無涯、造化等具象與虛象，來呈現山的獨立蒼茫和凝視宇宙的傲岸。

第三段，又以「牧人的琴聲」介入山本身的滄桑史實。唯往事如煙，無從回溯。「歷史的車輪此時買不到回程票」，這是標準的新詩語言，用在此處絕妙。實際上無人能將歷史復活，因此也就只能「悲喜千般諸幻夢」地慨歎一番。

第四段共四行，23個字，詩人將山、歷史、宇宙融為一體，心中燃燒成一團火焰。面對落日餘暉，一種前無古人，後無來者的尋思，也許永無答案，只好用「玄而又玄」作為登山感懷的句點。

這首詩的著眼，是詩人自我與山、與歷史、與蒼宇對話。意境豪遠，耐人省思，是首完美的短詩。

〈在李清照紀念堂留影〉（寫於1994年8月）

> 靠著一代詞人」／易安居士反芻蟄伏的愁雲／便有另一個星球婉約的小令／下起雨／別是一家之說的爭端別盡了粗糙／時間角逐的手向後擺去
>
> 站在她懷中淪陷的中原／一肩依著她北宋的顛沛／一肩靠著她南宋的流離／花吻著多情的〈點絳唇〉／不知草莓為誰的感受而酸
>
> 〈醉花陰〉鋪敘的／薄霧濃雲愁永晝之勢／撼動萬裏晴空

／詞眼中瘦出一代風流／盡得天下人垂目
在這梧桐更兼細雨時刻／融進〈聲聲慢〉／悽悽慘慘戚戚
之中／她的愁繞樹三匝／銷魂出秋的名字叫涼黃花暖了秋
／我用相機把浪漫主義的黃花／連根拔走

李清照無疑是一代詞仙，評論她的詩文大作，歷代不乏其人。而
以一首25行的短詩，將其一生的坎坷以及她在詞壇詩國超絕的成
就與地位一口氣道完，且詩心千載相印，佳句自是風生，要是清
照在世，讀到這樣的詩篇，也應遞給草原詩人雪漪小姐一束鮮
花，允為知己。

就憑「詞眼中瘦出一代風流／盡得天下人垂目」，以及「她
的愁繞樹三匝／銷魂出秋的名字叫涼」這四句詩詞，便可看出現
代新詩有它資質高雅、清麗的一面。同樣能抒萬古情、千重愛於
極少的字裏行間。要做到這一點，就要依賴詩人的才華。雪漪小
姐輕易地做到了。

說真的，要是讓我來寫李清照，便寫不出像雪漪那樣落筆生
風，情懷萬古的詩韻來。這首詩厚重得可愛，摯情得深沉。正由
於雪漪有清照一樣的才情和巾幗之氣，所以能同氣相知，揮筆自
如地完成了這首擲地有聲的佳作。

我也是敬愛李清照的，因為女詞人能有丈夫志的並不多。這
裏附錄清照吊荊軻的一首詩：

壯士別燕丹，
一去不復還。
昔人逝已遠，
今日水猶寒。

短短四句詩，抵得過〈出師表〉。詞人的大義深情千載而下，仍令人感動不已。

雪漪的這本詩集中，有不少寫馬背民族的戰歌的章句。這些作品中，多處流露出這位身軀嬌小玲瓏的詩人的豪放、不羈的巾幗氣概。由於她蘊涵著這種氣質，這就使得她的詩視野廣闊，豪情奔放，成為詩創作的多面手。這不是一般花間派女詩人能做到的。以下引用她另一首長詩〈心訪明珠〉——勾勒錫林郭勒大草原中的兩小段詩句，來欣賞她詩風蒼勁的一面。

> 我翻開史冊 以鍾情不朽的心跳／閱讀一代一代靈魂的勁健與驃悍／有你青銅色的寂寥／有你看不見傷口的疼痛／借哲人之手一層一層掀開綠浪／垂釣祖先赤野於昆侖的創意／以及你傾盡全部心血的禪語
>
> 我在靈魂部落的高貴處／升起母語浩大的綠色旌幡／以擁抱明天？娜癟？／告終我在北疆的惰性與迂腐／以詩心顫抖的懷念／扯出我的夜幕／覆盡陣亡的殘骨

雪漪的外祖母是蒙古裔，她稱自己是四分之一的蒙族同胞。因此她對大漠草原，大漠雲天的往昔輝煌，帶有一份深沉的感情。

蒙族同胞的三次西征，創造了世界有史以來的空前大帝國。在其囊括歐亞的雄圖鬐足之後，休兵輔民，仍然統治俄羅斯等歐洲國家40餘年，雖文治未彰，武功則天下無匹。而現在已是風吹草低見牛羊，詩人為之憑弔，為之歎息，吟出以顫抖的心「扯出我的夜幕 覆盡陣亡的殘骨」。

這首詩105行，行雲流水，一氣呵成，是草原上的牧歌，也是草原上的戰歌，氣魄雄偉，文采飛揚。在祖國大陸的詩人群中，還未讀到這樣飛花飄雪，握劍屠龍的佳作。

這樣的詩篇出自當時年僅24歲女子手筆，足證內蒙古文風之盛，邊區政府推行文化建設的成功。

詩是中國文學的精華，一代新人崛起在大漠草原，詩思才情飛揚，是十分可喜的事。

（二）《生命草原》詩畫集中的作品評介

本集中的34首作品代表她29歲時的創作（寫於2001年），也是她詩創作的成熟期。這34首都是優美的散文詩。

雖屬散文詩，但詩意盎然，語言新鮮，意境高遠、清新，每一首詩都形成一個詩的王國。閱其圖，誦其詩，便畫意詩情映眼來。

寫這種詩，第一要有詩才。第二要有豐富的想像力。第三要有觸景生情的淵博知識。雪漪握筆神馳時，都充分掌握了這些要素，因而每一首詩都呈現了詩中有畫，畫中有詩的佳境。

這不僅是她詩才的顯露，也是她詩創作的成熟。現在順手在畫集中挑一兩首詩，來共同欣賞：

（A）詩題：回望北方

（B）圖像：在蘭天、白雲、青綠的草原中，一群牛，以悠悠漫步的神態，成隊地向前走著。

回望北方。

這是馬背民族的牧場，這是錫林郭勒大草原的生動樂章。

穹野澄藍，纖塵不染，只有開始，沒有結束。

雲浪澎湃，卓然不群，只有年輕，沒有衰老。

肥草豐饒，恬靜寧適，只有溫煦，沒有蒼涼。

> 你看，一隊勁牛踩著長調歌韻，詩意地在綠海中衝浪，它
> 們正瀟灑走在朝聖的路上。
>
> 多麼旖旎的生命旺季。
>
> 多麼神秘的歲月在幽幽綠意中流淌。
>
> 如果你愛，請帶上你善良的情人，把這兒當一回家鄉。
>
> 如果你愛，就把這綠色山岡當一回可以棲夢的磁場。
>
> 如果你愛，就駕一匹驍駿的白馬，將靈魂放逐在無垠的草
> 原上。
>
> 這是屬於我也屬於你的北方。

這首詩，詩人寫出了她對草原的深情與熱愛，充分表達了牧民們樂天知命與世無爭，以及歌頌大草原的寧靜、閒適、美好。

詩中詩人用三句排比、連接的語法：

「只有開始，沒有結束。只有年輕，沒有衰老。只有溫煦，沒有蒼涼。」來形容牧野的廣闊無邊，青年們的活力如行雲快馬，永不衰竭，以及芳草天幕下的忘憂、快意心境。

詩人只用了短短的24個字，便將包羅萬象的牧野景象，以及她感受到的大漠蒼涼、空曠下的另一種豪情與喜悅，空靈醒目地描繪出來。這是新詩意象美靈思的展現。傳統的古典詩，就很難做到如此新穎、流暢。

無疑地，這也是新詩生命力的強有力的呈現。也唯有才人手筆，才能運用自如。

「海中衝浪，它們正瀟灑走在朝聖的路上。」上述句子，詩人以「朝聖」兩字，寫「牛」對人類的忠貞的天性。它們一生只是為奉獻而活著，因而詩人將之視為朝聖的「聖徒」。這是詩人高尚心靈對萬物的鍾愛。也表達了「牛」的高貴。

　　這首詩尚有好多佳句可以析賞。限於篇幅，止筆。

　　以下再挑選一首短一點的詩來評介：

（A）詩題：故鄉

（B）圖像：攝影中呈現的景象是一輪滿月，高掛在碧空。幾
　　　　座高聳的寸草不生的岩石山峰，挺立成坐姿的佛像。

　　　月走到哪兒都是故鄉。

　　　今夜照臨烏裏雅斯太山，月用驚世駭俗的眼睛面對山佛一
　　　樣的坐態。

　　　山和月互贈慈善的眼神，裝點夜空，星星知趣兒，都隱藏
　　　起來掛上窗簾。

　　　在這個適合緊緊擁抱和默默傾聽的夜晚，雲劃過山的頭頂
　　　鑽進月的臂彎，捎走鄉情，也捎走鄉音。

　　　山自己已經坐成化石，月能看清它全身的斑駁，卻看不清
　　　它內心經歷的往事。

　　　山已經把這兒坐成最親的故鄉。

看圖配詩，是一種高難度的創作方式。作者的靈思與對人生的洞
察力，決定著作品的成敗與價值。雪漪的這首詩無疑是靈思交織
的佳作。

　　「月走到哪兒都是故鄉」。這是新詩詠月的另一種風情，完
全脫離了歷代騷人詠月的那種古老的模式，也打破了「月是故鄉
明」的小千世界的思維，令人有一種更廣闊的宇宙觀。她入詩意
境的深遠十分可敬。

　　「山自己已經坐成化石」，這是她對山的「如如不動」的定
力的讚歌。月行萬里，山坐一方。一動一靜，正點綴宇宙運行的
兩大規律。

當它們兩者面對面時，詩人賦予它們的意象是「山和月互贈慈善的眼神」，予對方虔誠的禮敬，這是宇宙原是和諧的一種暗示。

月，隨處而安，且能將鄉情、鄉音一起捎走，自是月的瀟灑風光。

但山也有它自得其樂的認知，那便是──擁一方土地的真情，萬古不渝。她巧妙地用「山已經把這兒坐成最親的故鄉。」這13個字，充分營造了這種意境。

「月能看清它全身的班駁，卻看不清它內心經歷的往事。」這時她將神馳萬裏的思緒收了回來。而借月與山的面對，予以人格化，人事化。

山已坐成化石，無比莊嚴、神聖。但誰人曾想過這是山歷經風雨磨難後的成就。這是詩人的慨歎，也是對人生歷苦方甘的暗示。

《生命草原》這本詩畫集中的詩篇，每一首都是一個充滿詩情、哲意的小千世界，有強烈引人入勝的誘惑力。限於篇幅，只能評析這兩首了。

雪漪的兩本詩集，現收藏在雪梨市立圖書館。

這是大漠草原詩人參加這次世界詩人大會，留給雪梨詩人朋友的一幅用詩心寫成的「大漠風情畫」。雪梨的詩友，如果想呼吸一下牧野長空的新鮮空氣，神馳祖國邊疆的風貌，不妨到圖書館去翻翻這兩本詩集。

2002年4月5日於雪梨靜園

愛是心中永遠的牽掛
——讀塗靜怡《紫色香囊》詩集抒感

秋水詩刊主編塗靜怡小姐，年前寄贈一本短詩集——《紫色香囊》給我。當時翻閱了前半部，事忙便擱下了。日前來信，問我看過這本書沒有，並盼抽暇寫點評介文字，因她準備出版一本有關這類文字的書。

這些年來，每逢秋水詩刊出版，她總是最快寄一冊給我，出書也是一樣。

她那麼忙，雖說不是日理萬機，獨個兒主編這樣精緻的詩刊，要與海內外的詩作者連絡，還有家事和本身職務上的公務待辦，可以想像她的忙碌。每當收到她寄來的書刊，不由內心感到她這份真誠的友情，有丘山之重。

她不只對我這樣，而是對每一位朋友，都付出真誠。秋水詩刊能擁有這樣多的傑出的詩人作者群，可說是詩人朋友對塗主編的熱忱回應。

每事真誠，這反應了靜怡做人處事的態度。她這種態度也用在寫作上，用在她自我的「愛情觀」上。她寫詩，是詩無邪，樸素得、真誠得可愛。她在自己的情感道路上，更是愛得深切，愛得真誠，一旦鍾情有了回應，便永世不忘，刻骨銘心地直到天荒地老。

《紫色香囊》前三卷，是她感情生活的尋思與回顧。她對愛的真摯、包容、付出和無悔的深情，就像陽光那樣無償地照耀，像海洋那樣永遠盪漾奔騰。

　　這種始終是初戀情懷的愛的光波投射，不僅是被愛者無盡的幸福，也使得旁邊的人，感到人世至情的溫馨。

　　將這種純情至愛，抒發為詩，將初識、約會、同遊、品詩、鍾情……一首一首地呈現，在某種程度上，很像一部言情小說，使讀者分享了她純真心境的愛的光輝，同時在文學的價值上，也展示出可歷久的生命力。

　　真誠是世界一切文學的中心動力。真誠不能包裝和偽裝，要出自詩人本身自在自然的願力，一點也做作不得。靜怡的純淨心地和近乎童心的慧根，就具備了真正詩人的氣質。

　　我在臺灣生活了三十餘年。靜怡在年齡上要小我一圈，但許多文藝活動我們都是在場人。在我的印象中，她是一位沉靜的女孩，微笑地坐在一旁，很少發表言論，也未曾聽說過她與文藝界的朋友，有過難捨難分的戀情。

　　現在讀她《紫色香囊》的作品，才想起「真正的愛是放在心上的」名言。

　　要是不出版這本詩集，我們這位詩人的「深情至愛」，也許要等待她寫「回憶錄」時，才能表露出來。

　　這個集子的近百首詩，可視為詩人的情史。從中可以看出，詩人之愛，是堅貞不二的，對初戀一往情深，永懷貞烈。

　　人世的事，往往陰錯陽差，因此初戀的對象，不一定成為終身伴侶。初戀恆是發生在少不更事，或是涉世未深的年華，人世的榮華，生活的壓力，周遭的環境，在初戀的情人眼中是看不見的。

　　莎士比亞戲劇中的「羅蜜歐與朱莉葉」的戀情，正是這種例子。

　　這種少男少女的純情摯愛，它的可貴、可愛處，即在表現了「天地無私，唯愛至上」的原始創意。

　　其實，人生於天地之間，上天並沒有叫我們做什麼。後來的種種制約，都是為權利義務的均分與平衡而設立。

　　但人為的事，可有可無，可興可廢。但愛是天性。至誠的愛且可感天應地，千古不可移易。文學的基本要素，即在將人世刻化為「有情世界」。那種永恆的欣喜，能發出不朽的光輝。

　　靜怡的這本詩集，所抒發的真誠至愛，不管她寫的全是自己感情生活的紀實抑或有些是有感而發的想像抒情，無疑地都是非常有價值的文學作品。現在就來引証書中的部分原句，來共同品嚐詩人純淨心靈的甜美、芬芳。

　　〈只要有你〉──《紫色香囊》88頁：

> 讓我們起程吧
> 拋下所有的羈絆
> 不再傍徨
>
> 幸福像是一節節
> 急馳的車廂
> 一不留神
> 就會越站
>
> 我們已錯過了昨日
> 不能再誤了今朝
> 哪怕前程是一片空茫
> 風強　雨急
> 只要　只要相伴
> 有你

這首詩共13行。詞句淺顯明晰，但意境高深完整。「起程」配合著「車廂」，比喻也用得至當。在寫作的技巧上，自屬上乘。而傳情寫意，更展示了大詩人的手筆。

凡詞淺意深的詩作，難寫、難工。靜怡能揮灑自如，不能不讚嘆她的才華。

這首詩很有少女「情奔」的伏筆，只有至情至愛，才有這種無畏風雨的勇氣，也才能感人。

〈依舊〉──《紫色香囊》58頁：

走過千山萬水
嘗遍人間的酸辛味
最是忘不了的
依舊是前緣往事
依舊是初遇時
你那羞怯的眼眸

愛纏綿的秋雨
曾是我們少年時
畫冊上渲染最多的
滴滴情淚

那朝朝暮暮
傾心牽繫的初戀
也曾是我們夢土上
最心疼的一朵蓓蕾

而西窗下

共剪燭影的日子

雖已走遠

回首時

留在心靈深處的

依舊　依舊是

你那最初的

身影。

這首詩是詩人回首前程往事，嚐過辛酸，體會過榮辱，始終感到「初戀」是世間的最愛，無可替代。人生一幻夢，世界一舞臺。當你歷過漫長的人生路，真正可以追憶的、賞心的事，實在不多。唯有宗教的那曲清音和傾心愛過的人，是心靈中永恆的響往。詩人這首詩，表達了人世幸福的星光，往往是幽幽一現，令人遐思、惋惜。

〈如果〉──《紫色香囊》第62頁：

如果

這世間有更深沉的悲哀

那便是眼看著盈盈的愛

　　　逐漸自掌中滑落

　　　有如晶瑩的雪花

　　　以冷絕　自焚

如果

水火可以相容

　　　　那麼請告訴我
　　　　　　　　這餘溫　是冰點
　　　　　　　　或　沸點

　　　　如果
　　　　明日註定
　　　　你我都要一輩子孤獨
　　　　　　　　面對那遙遠的前路
　　　　　　　　茫茫蒼穹
　　　　我將如何　如何
　　　　去撫觸　這深深的
　　　　　　　　創痕

這首詩我們可看出，這對初戀情人的愛的道路上，顯然出了麻煩。是外在因素的介入，抑或本身的感應走到了誤區，都有可能。但詩中的「深深的創痕」，說明了「好夢由來不久長」的天妒紅顏、天忌絕美的宿命論。

　　詩人在詩中用「冷絕、自焚」和「冰點、沸點」，來顯示愛的立足點一百八十度的轉變。在新詩來說，是心境的對比手法。用詞簡，力度大，意境高，舖張了詩的想像空間。

　　〈唯一〉——《紫色香囊》第60頁：

　　　　船就要啟航
　　　　水手流浪的歌聲
　　　　也將踏著大海的波浪
　　　　　　一路吟唱

大海茫茫

寂寞

　　是不願說出的一句話

　　只能伴著冷冷的甲板

別了

我的朋友

別了

我永遠難捨的戀情

　　從此　天涯海角

　　不再聞問今夕何夕

　　水光雲影中　只想牢記

　　昨夜　你的耳語

只因你是我生命中的

唯一

這首詩我猜想，是詩人以滄海比人海。船就要啟程，暗示人生的
方面有了轉變。這時候也許是「逼嫁聲聲」，也許是情弦已斷，
只有望斷天涯路。

　　水手流浪的歌聲，暗示著人生難如意，天地仍常轉。水手
即是人世眾生，流浪意指人海滄波，一切都在運轉持續。但人間
的一切，對她已失去意義。「從此，天涯海角，不再聞問今夕何
夕。」詩人的摯愛，便在無心傾訴時，狂濤奔流般湧出。這是詩
才的展現，更是至情的汩汩傾瀉。

　　《紫色香囊》前三卷的情詩，每一首都優美誠樸。我隨意
選了這四首，稍作評介。這本詩集的第四卷，是詩人的遊記，包

括國內外的名山大川以及歷史人物，亦是詩人以實感寫「山水有情」和「人生常恨水常東」的興亡慨嘆。

這些旅遊即興之作，展現了靜怡對史學與人生真締的詮釋。詩人要具備大情摯愛的感性，更要有大智大慧的相輔，才能創作上乘的作品。我認為靜怡具備了以上雙重品質。

現在且舉她參訪「滑鐵盧」一詩，來賞析她這方面的慧力真知。

〈滑鐵盧〉──《紫色香囊》第140頁：

拾級而上
每一舉足
都是從東方到西方的步履
　　沉沉
　　如聲聲的嘆息

淺淺稀稀的草地
猶似昨日
戰馬踐踏過的痕跡
在呼嘯的冷風中
依稀聽及威靈頓將軍
揮動的劍光錚錚

　　而你的勇猛
　　仍然巨獅般地
　　站在至高之處
啊! 不知英雄是否可曾落淚?

　　當你想到故鄉──科西嘉
　　想到甜美可愛的約琴芬

　　　而我　只是來自東方的過客
　　　踩著蒼茫的暮色
　　　匆匆　來去
　　　是瀏覽　也是
　　　憑吊

不以成敗論英雄，乃千秋史筆。柔弱多情的靜怡在這首詩中以巾幗惜英雄之慨，用短短的22行詩，憑吊一代偉人拿翁，讀後令人感到英雄末路的悲寂，世事的無常。

　　「拾級而上，每一舉足／都是從東方到西方的步履／沉沉如聲聲的嘆息」。開頭這幾行詩句，誠如李清照弔荊軻：「壯士別燕丹，一去不復返。昔人逝已遠，今日水猶寒」一樣的悲壯，只是靜怡用的是現代新詩的語言。

　　「都是從東方到西方的步履」，這句法非常玄妙。步履二字，暗示著時空的跨越，因拿翁的雄才大略和他的軍事天才，是普世同欽的。詩人雖然是「拾級而上」，但心境中的腳步，是步步踩在歷史的軌跡上。

　　「而你的勇猛／仍然巨獅般地／站在至高之處」。上述十七個字，寫拿翁的英雄蓋世，非常傳神，用喻和意境都很美。

　　「當你想到故鄉──科西嘉／想到甜美可愛的約琴芬」。寫憑弔詩，能設身處地地站在當事人的立場來設想，才能寫出實質的感情血肉來。

科西嘉的少年的歌聲，多麼輕快
　　悅耳
約琴芬的柔情萬種，多麼纏
　　綿……。

這一切對困處聖海倫娜孤島上的拿破倫來說，誠然是如夢如幻，
想起當時雄霸歐洲的光輝時刻，定然是往事不堪回首。

英雄淚，兒女情，歷史的軌道，總是在這無始無終的過程中
輪迴，怎不叫人憑弔、唏噓。

拿破倫在他回憶錄中寫道：我的百戰功高的光輝，因滑鐵盧
一役而寂然暗淡。唯《拿破倫法典》將與世長存。由此可知，他
是一位文治、武功兼具的雄才人物。在他的眼中，滑鐵盧的各國
聯軍統帥——威靈頓，不過一走運的小卒而已。

拿翁之所以為世人所欽敬，因他代表了法蘭西民族的開朗、
天真性格。這樣傑出的軍事天才，世不多見。世事一棋局，成敗
一機緣。詩人的憑弔，給我們對歷史的評鑑帶來許多想像空間。

2003年2月14日於雪梨靜園
發表於《澳華新文苑》第54-55期

天邊月色總宜人

——序蘇珊娜新著《闖蕩澳洲的歲月》

　　蘇珊娜小姐繼前年出版《悉尼情思》散文集之後，現在即將
出版一本綜合性的包括中短篇小說、散文、遊記等內容的力作，
定名為《闖蕩澳洲的歲月》。她用「闖蕩」二字作為書的主旋
律，就意味著書中有種種人生境遇的開創與挑戰，以及悲歡離合
的篇章。

　　古代的遊俠，仗劍走天涯，憑的是滿腔正義，三尺龍泉，為
天下的不平，一決恩仇。蘇珊娜一個溫婉柔弱的女子，而且單槍
匹馬，兩手空空，她憑什麼闖蕩澳洲，而且十年有成，不僅風光
了自己，也把歌聲舞步以及自己的青春熱力，散發為悉尼文藝界
的一道彩虹，你可在這本集子中，閃爍著汗珠、淚水和歡笑的寫
實作品裏，分享此中的俠義柔情以及澳洲天堂歲月中的諸多趣聞
奇事。

　　這本著作也可視為1989年後，數萬中國留學生湧進澳洲後的
個人人生遭遇和坎坷的奮鬥史的記實。亦可從這些人際關係中反
映澳洲人的風流以及道德層面的景觀。

　　作為一個寫現代小說的作家，蘇珊娜敏銳的觀察力，以及
寫眼皮下人物內心世界及其誇張式的浪漫情調，是相當細緻而高
明的。你讀她的著作，就像正在觀賞一部澳洲中國留學生和澳洲
本土的男男女女的生活的電影，隨著作者的悲歡喜樂情懷，進入
她的小說世界。我讀她的〈粉紅樓裏的女人〉、〈一位性畫專

家〉、〈性的微笑與困惑〉諸多作品，就有一種「一經開卷非把它看完不可」的強烈情緒。

現代文學（當然包括現代小說），儘管體裁多樣，但有一個共同點，那就是現代文學比任何歷史時期的寫實傾向更為寫實。因為民主潮流本質上跟浪漫英雄不合。現實生活中沒有浪漫英雄人物，現代小說中就不容易找到中心人物或中心人物群。

這樣一來，傳統小說所看重的人物性格的刻畫，情節的連續性，對話的生動性，主題的關連性，乃至場景的設置等，統統都發生了動搖。

也正因為如此，現代小說家要按計劃進行說故事的方式，認為根本不是真實的。現代小說只是一連串的瞬間。既然找不到浪漫的英雄人物，也就只好讓販夫走卒以及身邊所熟悉的小人物充當小說的主角。

蘇珊娜的小說散文描述中，除了她自己以現身說法自充主角外，絕大部分人物，故事，都是我們所慣見，所熟悉的。因此讀起來特別有真實感，像是記憶大重現。

蘇珊娜由於她開設畫廊，事務繁忙，又要照顧孩子上學，老公遠在天邊，可說是隻手撐門戶。她的寫作都是在「孤燈挑盡未成眠」的靜夜，文思泉湧時握筆直書。加上報社朋友催稿，甚至來不及校正便寄了出去。

因此讀她的作品時，有時感到如果文字的修飾如加強一些，會使作品更為生色。

不過現代小說和散文，重在生動的口語，不在文詞的雕鑿。蘇珊娜是一位頗有巾幗氣概的女性，因此作品中的用詞往往快人快語不加修飾，以單刀直入的方式，直截了當地將情狀呈現出來。這也是現代小說在創作上的一大特色。它不在場景上多費筆

墨，人物的內在性格也少作描繪，使關鍵的情節，連皮帶肉地赤裸裸地暴露出來。這種敘事手法，多為現代小說作家所採用，蘇珊娜似乎很懂得運用這種方式。

例如〈粉紅樓裏的女人〉，她寫她的西方人房客或是小波霸與北方仔等等，在樓下車廂內做愛，沒有淡淡的月色和溫馨的撫慰的描寫，而是直接聽到車箱中吱吱作響的、有節奏的聲音和雲雨交歡的喘氣聲。

他們都是打工仔階層，寄人籬下，不便在房內瘋狂做愛，只好偷偷在樓下車房內解一時之歡。這種描寫，一則是實情，二則也符合他們的身份。如果他們是一對夫妻或情侶，就少不了要做事前的花前月下纏綿情景的敘說。

因此我們可以看出，她的小說情節看起來似乎鬆散了些，但她常是把握了現代小說寫景抒情快速簡潔的要訣。

像去年諾貝爾獎小說高行健的作品，《靈山》，乃至今年匈牙利猶太裔凱爾泰斯的諾貝爾獲獎作品，都屬於冷靜的寫實主義。不作文辭修飾的鋪張，而是報導現實，提出一些深刻的看法與分析，將事實真相呈現出來。

蘇珊娜本書中的諸多篇章，寫中國留學生在澳洲尋夢歲月中的悲歡離會，毋寧是一部見證文學，有其文學和歷史價值。

本書中除了小說作品外，也有相當多篇章的散文與遊記，〈月光的詠歎〉，〈巧遇林蔭下〉，〈忙中沒有痛苦〉，〈靜夜中的麗人〉都是非常優美的散文。寫小說可以效蘇學士唱大江東去，順情快意一瀉千里。但寫散文就得和風細雨，美玉生煙，小橋流水般細膩才行。蘇珊娜的散文，雖然沒有中國傳統文學花間派的彩麗顏色，倒也柔情得可愛，智慧得冰清，有「竹憐新雨後，山愛夕陽時」的悠然感，更是令人一掬同情之淚。

　　〈在相框廠裏的歲月〉是寫作者自己在相框工廠打工的日子。一個從事藝術表演工作、手不沾腥的大小姐，在工廠做著男人尚且叫苦的粗重木工。她在文中寫道，拖著疲累的身軀回到寂靜無人的家，第一個想法不是吃飯，而是將身體往床上一倒。實際上她還得為上學歸來的孩子做飯。這種工作，沒有親情，沒有愛情，沒有人關懷，她堅持了五年，老了青春，鈍了壯志，熬下來的唯一收穫，是買了一棟房子，學會了製作相框的技術。隨後就自設門面，當起了畫廊女老闆，也做了有屋出租的小房東。留學生在澳洲能支撐下來的，大抵經過浴火般的日子。自然也有一部分倒下去的。生活原本是一副重擔，蘇珊娜把它挑起來了。而且行有餘力，又獻身作家之林。

　　一位真正作家的文才，並非全賴博覽群書，關鍵的條件是必須懂得人間疾苦乃至身歷其境。蘇珊娜的小說、散文、遊記，可讀性很高，就在於她對人生，對世事，對她所見所經歷的事，做了富有啟示性的描繪。文學的意義和價值，其在茲乎。

　　　　　　　　　　　　　　　　2002年12月12日於悉尼靜園

半是知識的厚積，半是先天的才華
——談蔡麗雙博士在古典詩詞上的成就

　　蔡麗雙（麗莎）是我的一位新朋友，她著作如雨後春筍，一部接一部，贈送我的二十餘部，包括散文、散文詩、新詩集、古典詩詞集和若干部蔡麗雙詩文評論等。無論新詩舊詞，她都是多面快手，還精書法、劍道，且天生麗質，敏慧非常。我甚為驚異她在新詩創作上的天才，為了文心共賞共鳴，曾為她寫過讀後感言，對她在新詩的語言上的鮮活慧思，以及將新詩從古典詩詞的靈光中，脫胎換骨，樹立清新、舒暢、傳情寫意的新風格，表示了高度的讚賞。現在讀了她的古典詩詞集《愛蓮吟草》，更感到她的古體詩詞，堪稱現代青年作家的絕唱。

　　在我的原始意識中，以為集中大多是她的應景、應人而作的應酬之作，主題所限，可能難於揮灑才情，但讀到該著的一半，便為之欽賞不已。人稱蔡麗雙為才女，我想，這並非溢美。

　　古體詩詞的創作，不是學富五車的學者能攀登風華絕頂的，它必須加上「才華」的靈光，始能鋪成錦緞。試想李白的七絕〈下江陵〉——「朝辭白帝彩雲間，千里江陵一日還。兩岸猿聲啼不住，輕舟已過萬重山。」寫景抒情是何等暢快淋漓，有如天風下野，萬谷齊鳴。這是天才的琴音譜下的詩壇金曲，是苦心憔慮所寫不來的。

　　蔡麗雙古典詩詞創作的成就，我認為一半是文史知識的厚積，一半是先天的才華。讀她的詩，大抵是佳句天成，靈思激

蕩，沒有苦思揀句的痕跡。這種神來之筆，往往是傳世作品的催生者。蔡麗雙的詩，其中有不少這類的作品。

讀完蔡著「愛蓮吟草」，乘興寫了兩首小詩，作為我的讀後感。對文友而言，我不喜歡說不實在的話。但對文友的才華光焰，我是惺惺相惜的。

其一
望姓題詩慕捷才，篇篇錦句湧泉來。
若非學海沉潛久，怎得心花載筆開。

其二
仙姿妙筆有風情，摘月呼風浩氣濃。
吟得愛蓮詩百首，高才曠世幾人同。

前一首詩的「望姓題詩慕捷才」，指的是作者對詩中人物，以「鶴頂格嵌字詩」的格調，創作了幾十首嵌字詩（包括楹聯）。這是一項文才的考驗。如非識廣見真，才思敏捷，是無法做到詩情與題旨，皆臻優美完善的。筆者也曾嘗試過創作嵌字詩聯，恒是苦思終日無所得。原因是捉得韻來揀不到辭，揀到辭來又捉不到韻。一旦辭韻皆備，又缺少詩情。徒有文字軀殼，沒有詩質的靈魂。這樣的作品怎能拿得出去，也就只好藏拙。

蔡麗雙則不然，她贈聯贈詩的作品，往往都是信手摘來，辭高意美，得來全不費功夫。這就顯現了她的捷才和宏識。

現在隨意摘錄幾首她的作品來欣賞：

白玉情懷揣秀瑩，舒心養性俏人生。
榮蕃美意匡扶樂，灑向文壇總是情。（〈敬致白舒榮大姐〉）

白舒榮三字以鶴頂格成詩,相當不易。而詩中將她的人品、成就及匡扶後進的心意,辭美意華地呈現,難能可貴。

> 葉青長記沃培恩,明義知恩慎立身。
> 秀水明山娟靈性,治生勤力不輸人。(〈敬稟雙親〉)

葉明、秀治是她雙親的名號。這首詩將名字錦心繡句嵌入詩中,且將作者的孝心和立志烘托,以期毋負親恩。可說是最短的「陳情表」。我認識的蔡麗雙,在詩文上柔情萬種。但在立志立身上,她卻是梅雪堅貞,松柏凌雲。有巾幗之風。她曾有詩云:「從來不歡黃花瘦。」這是她的自許和自信。她曾因長期挑燈夜讀,一度將眼睛讀出毛病,得延醫治療。

還有她的嵌字對聯,如:

> 炳蔚文華千尋壯志;
> 根亥基業一片冰心。
> (〈致「冰心文學館」王炳根常務副館長〉)

> 此聯既頌揚了炳根先生,更是恰如其分地將冰心老人立身處世,愛國崇文的風範,綴句成金。

> 雁淚詩空,情織雲錦;
> 翼舒文脈,意燦星辰。(〈遙致雁翼詩家〉)

這幅聯語不僅文彩風華,且對工精確。

雁翼是中國文壇老一輩的作家。曾多次環遊世界,著作百餘部。他曾三次訪問雪梨,筆者也曾有詩文相贈。此聯下比的八個字,擲地有聲,將詩人的恢宏氣魄和成就,一語概全。

　　沛沛悠悠長化育；

　　炘炘灼灼永光輝。（〈敬呈香港國際學校校長陳沛炘博士〉）

沛炘二字入聯實在費思。我相信作者是從詩經中得來的靈感與啟
示。足證靈思活用始成詩。

　　由於蔡麗雙鶴頂格的詩、聯太多，以上數則，已足窺作者的
文才。

　　古典詩詞由於唐風宋韻在諸詩聖、詩仙大家天才的光輝四
射下，後輩詩家往往直覺地感到「文墨春風總不如。」在一般讀
者的心中亦多作如此思索。然而唐宋以下，仍然有絕妙好詩好
詞，是有目共睹的。但這是個別的，未能成為大氣候。現代的古
體詩以「式微」二字足可概括，大陸與臺灣的古體詩壇，亦振起
乏力。現在香港青年作家蔡麗雙，在逆流逆風中，向古典詩詞的
浩瀚海洋中揚帆，出版了好幾部古典詩詞作品。大有子規啼血，
「不信東風喚不回」重塑古典詩詞盛況的傲霜精神。有這種雄圖
和設想的青年作家並不多，這也是蔡麗雙值得敬佩的地方。

　　現在略選幾首她的作品如下：

　　篁窗涵彩霞，沃土發新芽。

　　新燕呢喃裏，春光燦萬花。（〈春光〉）

　　深宏著述意蔥籠，雲錦霞光貫彩虹。

　　捧讀名篇情湧處，一江流碧濯心胞。（〈敬呈潘亞暾教授〉）

　　芳葩麗卉綠連紅，勇掛詩帆八面風。

　　主義旗擎新古典，大名聞世秀玲瓏。（〈敬呈藍海文老師〉）

以上絕句，第二、三兩首都是應酬之作，但詩情詩意仍然是雲湧濤生，辭美而切題。藍海文博士詩家，是筆者的摯友之一。近年推出川餘部大作，詮古述今，大肆整理古籍之外，同時主張新詩要回歸中國古典詩詞的道統和神髓。撰寫多部專著，倡導新古典主義。大著列入多所大學文科讀本。並對當代某些詩人執意模仿西方的「各種主義」作為連人帶書，嚴詞批判。文壇為之震動，眾說隨之。

蔡詩用「主義旗擎新古典，勇掛詩帆八面風」雋句，將詩人藍海文的豪情與詩心，驚雷貫耳般地詠之於詩，不失為大手筆。

再談她的律詩：

> 胸貯風雲展壯猷，豐功偉績譽環球。
> 邦行兩制開新頁，花盛三春俏妙謀。
> 改革甘霖蘇萬物，圖騰特色豔千秋。
> 黃河喜有澄清日，一代聖賢興九州。（〈一代聖賢〉）

> 昂首抵香江，辛勤晝夜忙。
> 奇峰青鬱鬱，秀水碧泱泱。
> 腕下星辰燦，胸中信念芳。
> 金迷酒綠外，凝血鑄詩章。（〈旅居香港〉）

《愛蓮吟草》詩詞集中，佳句雋辭的律詩很多。我選錄這兩首，用意是想藉此以窺探作者的內心世界。

〈一代聖賢〉這首詩，雖未標明詩中的主人翁。但用心一看，就知是在禮讚中國改革開放的設計總工程師鄧公小平。

這種禮贊詩很難寫，要做到述事、抒情、寫意能恰如其分，成為一首文學作品，那就非才人之筆不可。但蔡麗雙做到了。

本詩除了文彩詩情之外，更是凸顯了作者崇功報德的愛國情懷。「黃河喜有澄清日」這七個字，包含了作者對中國近百年史的哀思與興歡。現在很多知識青年，無論在國內或國外，總是對政府抱怨，挑剔其百般不是，很少想到中國現在的點滴成就，都是前人踏著

黃會長為香港著名詩人蔡麗雙新書題字。

血跡，從屈辱和苦難中掙扎得來的。蔡麗雙雖是女兒身，其詩文中恒有男兒志，浩氣凜然，頗有陸遊之風。

「旅居香港」這首詩，是蔡麗雙襟懷的自述和自勉。她家資殷實，自己正值芳華歲月，大可乘著豪華郵輪，覽世界之奇，戲人生之樂等等。但她卻是「腕下星辰燦，胸中信念芳。金迷酒綠外，凝血鑄詩章。」

詩中的訊息，說明了她是擁抱著為文學獻身和以文載道的「信念」，「三更燈火五更雞」地為弘揚詩運，作精誠奮鬥。而且她為人謙遜，心中常存三人行必有我師焉的虛懷，學而不倦。

為使此志不殆，她以勤修「書法」益志，以磨礪益身，而二者皆卓然有成。其立志若此，實不多見。

蔡麗雙也寫了不少詞。詞是中國文學的重要部分。歷代名家

輩出，匯成了文學的繁花綠葉。由於詞很難以「鶴頂格」的格式唱酬，可以自由揮灑，因此蔡麗雙的詞，就更顯現了她文學才華的亮點。請看：

> 海風知，海鷗知，尚是揚帆莫緩遲，犁波耕浪時。墨淋漓，意淋漓，策勵依依入我詩，丹忱堅不移。（〈長相思・贈倪同雲主任〉）

> 初春時節桃開早，色已嬌嬌，容更姣姣，料是天公神筆描。花顏不老誰先老？時雨瀟瀟，詩意滔滔，紫燕翩翩低又高。（〈採桑子・詠桃〉）

> 草綠野花香，山色青青映水光。今日回眸雲嶂路，難忘。夢繞魂縈我故鄉。花氣入行囊，心欲高揚百尺檣，好趁春風匆匆返，何遑？一葉心舟剪浪翔。（〈南鄉子・思鄉〉）

> 黃花瘦盡詞人杳，歲月知多少？無端昨夜勁秋風，吹得翩翩葉落老梧桐。尋尋覓覓憂愁繞，淒憾何時了？猶留絕唱駐千秋，縷縷吟痕潛入我心頭。（〈虞美人・李清照〉）

　　蔡麗雙的詞，文心詞意可謂自成一家。其文采慧思，不輸古人。每一闋詞，有完美的意境，寓意抒情，柔情萬種，將宋詞婉約多姿的風韻，在她的筆下重現了出來。如「詠桃」、「思鄉」、寫李清照、「懷友」（贈倪同雲），這些詞語，讀來如朗月照人，清風入耳。其鮮美的用辭，及觸景抒懷的敏思，不愧為現代一位傑出的詞人。

2005年12月1日於雪梨靜園
發表於《澳華新文苑》第201期

關於現代小說創作的一些看法

——參加吳正《立交人生》研討會發言補述

　　香港著名詩人作家吳正先生，從事新詩和散文創作多年，著作頗多，贈送給我的詩集有十餘部之多。我曾為他寫過詩評，刊於臺北《秋水詩刊》。總體來說，他的詩思、詩境、詩情以及詩的語言，堪稱一流。其散文的流暢、文詞的秀麗、意境的清純高遠，亦足可列入散文名家之林。

黃會長在吳正長篇小說《立交人生》研討會發言（2004年8月14日）。

　　吳正是畫家兼音樂家，而且有陶朱公的才能，1978年由上海移居香港，商場拼搏五年便大有斬獲而致富。

　　本質上他是一位儲才侍發的文人，因此他也抽暇致力長篇小說的創作。三十余萬字的長篇小說《上海人》於1991年在香港

出版，並贈送我一本。我曾仔細拜讀。這是一部頗有自傳形式的作品，以自己的愛情及婚姻故事，為小說的創作主線，穿插當年大陸改革開放前的政風時潮，人物性格明顯，情節生動，文筆流暢，既是時代寫實小說，又是言情小說，對讀者頗有吸引力。我很快就把它讀完，曾寫信給吳正兄，對這部小說的寫作風格，人物和情節的處理，大為推崇，譽他為全能作家（實際上他還能作曲）。

今年他的第二部長篇小說《立交人生》第一版於四月份再版，並由多位文評家，作家序文稱譽推介。

近日在雪梨唐人街文華社，澳大利亞中華民族文化促進會召開了「吳正作品研討會」，出席的有多位曾在大學中文系執教的學者及作家和詩人。筆者蒙應邀出席。

研討會發言踴躍，各抒所感，聽到不少高論。除了幾位以書面代言的作家，就吳正作品的內容及創作風格，深入分析外，也由此討論到「文學創作的時潮與各流派主義」的層面。

本文是針對研討會中所提出的問題，作一補充說明。

一、《立交人生》與《上海人》兩部長篇小說的比較。我的綜合看法是，《立交人生》雖然作者企圖在創作風格上創新，採用現代寫實主義和滲溶現代派「意識流」的寫作技巧，但這種不以刻畫人物、佈局情節為小說主體的創作形式，反而削弱了小說活潑的生機，呈現的只是風平浪靜的湖面，未能展現大江東去的浩蕩激流。

因此《立交人生》反而不如《上海人》寫得樸實真誠，流暢自如，拙中見慧，有其獨特吸引讀者的魅力。

《立交人生》是一部純文學作品，文字典雅，詩意盎然。在當下黃色和暴力激情作品氾濫之際，能推出清純的記

事言情小說，不管其創作形式如何，其創作立意和精神還是
值得敬佩的。

二、有關研討會中各名家提出創作風格等看法的再商榷。

（一）小說寫作風格和技巧，應不應師法西方的時潮？

會中筆者提出小說的創作，應以自我的創作意識為
主體，不宜趕西方作家寫作的時潮。模仿固拾人牙慧，
而且「取法乎上，得其中，取法乎中，得其下」，怎麼
學，怎麼仿，釀不出人家的原汁原味來。何況西方有西
方文學源流，有他們自己欣賞文學作品的習性與愛好，
我們東施效顰，不見得能討好，吃虧的更是失去了自己
文學創作的「自主性」。

現在仍有不少作者趕時潮，抱著「佛洛伊德」的
神主牌不放，值得考慮。我並舉出，羅貫中、曹雪芹時
代，沒有「佛洛伊德」那套理論，不是也能寫出《三國
演義》和《紅樓夢》那樣的傳世之作嗎？

我的這番話，引發不少爭論。會中有人認為：小說
創作效法西方的超現實主義，著重意識流的創作形式，
是當代小說創作不可抗拒的時潮。今天來談《紅樓夢》
與《三國演義》未免腐朽落伍。

由於會中發言時間有限，我不得不在此作一補述，
因為這一討論命題的再闡述，可供吳正先生和諸多作家
在寫作時參考。

（二）現代創作時潮，並不代表「現代」本身就是進步，就是
完美。

所謂「現代」只是在創作的語言上，採用現代語
言。明顯的例子，就是「之乎也者矣焉哉」的語句，已

改為「啊、呀、呢、嗎」。吳正在著作中提到的「詩核」就是現代名詞語句。

「現代」只是當時對事物的一種價值觀念。價值觀念可由時間、空間的變易而改變。會中有人提到「三寸金蓮」女人纏足，是一種落伍和不道德，以證「傳統」往往是錯誤的。但是「纏足」在那個時代，正是時髦，正是最現代的表現，連皇后、國母都不例外。因此，今天西方流行的超現實主義的意識流，是不是現代作家們不可抗拒的寫作風格，就值得研究。

所謂不可抗拒，即是大家都奉行，作家們就應服從現實，以師法西方小說創作形式為圭臬，不應對此懷疑。我對持此觀念的論調，是頗不以為然的，希望作家們共同來探討。

（三）《紅樓夢》與《三國演義》的創作風格和技巧，仍然有其研究的價值。

《紅樓夢》與《三國演義》之所以不朽和傳世，不在文字的優美典麗，而在於人物塑造的成功，以及情節的曲折、緊扣、纏綿。每一個人物都栩栩如生，每一情節都直扣讀者的心靈。《三國演義》不僅是歷史小說，更相容兵學、哲學、文學、玄學於一爐。關公的忠義千秋，更成為中國儒家仁義倫理道德的實踐者，使之由人格進入神格。一部作品能如此地影響後世，這遠非托爾斯泰的《戰爭與和平》可比擬的。

談到《紅樓夢》，更是成為世界研究中國文學的典籍。歐美各國，都有所謂「紅學」專家。如果文學創作要有所借鏡，我認為研究上述兩部著作的寫作技巧，並非是落伍觀念。

　　小說的功能與價值，在借人物的傳情寫實，以表達它要表達的主題意識，也可說無人物即無小說。吳正的《立交人生》，在人物的刻劃上，下的工夫不深，反而著重以優美的文句大篇幅地寫景，形成賓主錯位，頗感美中不足。

　　實則，小說的語言，詞達而已矣，並不在文字藝術的追求，或禪意的捕捉。如將小說詩化，徒然著重意識流的「空幻的美」，不講究「人稱的統一」、「時空的定位」、「人物的刻劃」、「情節的佈局」，如此這般，相信很難成為一部暢銷書。

發表於《澳華新文苑》第130期

新詩是海外華文文學的重要一環

　　上次在新南威爾斯州大學召開的「21世紀的華文文學」研討會，來自中港臺及澳洲的華洋作家，共50餘人與會，群賢雅聚，可謂盛況空前。本人應邀與會，並就澳洲的華文詩（新詩），提出了一份報告。

　　談到「21世紀的華文文學」，我們不能忽略海外的華文文學的發展。「天涯遊子意，明月故園心」。越是離鄉愈遠，懷念故鄉故土的心，會越為強烈。

　　實際上，這種懷思，可以解讀為「文化上的戀情」。因此，海外不少華人在不知不覺中，已將自己的生活中國化。

　　這種中國化的表達，是以文學、藝術、建築、宗教信仰、飲食等等來顯示。以我個人來說，我來自臺北，現在住在雪梨的華人區，好像比住在臺北沒有多大區別。

　　有華文報紙、有從中港臺製作的最新電影和電視劇片集；建築方面，有唐人街的牌樓、寺廟；飲食文化更是全盤中國化，南北口味，應有盡有。

　　這一切種種，無非是滿足華人「思鄉的戀情」的一種不自覺的心靈慰藉，也是中華文化在萌芽生根。

　　今天我們討論的主題是「21世紀的華文文學」。那麼，澳洲的華文文學目前的狀況如何。總括地說一句，可用「生機蓬勃，百家爭鳴」這句話來形容。

　　因為文學的展現方式，只要有紙張，有筆墨，就可隨心所欲地表達。不像戲劇、音樂、舞蹈、建築這些活動，要相當資金與人力的配合，才能完成。

　　自然，文學也要有發表的園地，出版也要有資金。很幸運的是，澳洲的華人，非常熱心報業的發展。最初只有一家日報，現在有四家日報，周報有十幾家之多，訊息期刊亦如雨後春筍，不斷增加。

　　加上「六四事件」之後，中國大批文藝人士及學者專家，獲得澳洲永居權。這些文化人生活稍一穩定，就致力文學藝術的發展，他們與早期移民來澳以及近年港臺新馬等地來澳的文藝界人士的合流，呈現「衣冠南渡」人才鼎盛的局面。

　　有了發表園地，又有大批文藝人才的投入，因此澳洲文壇，各種流派，各展長才，發表了不少優秀作品，也出版了不少專著。其中包括詩歌、散文、小說、戲劇及報告文學等，不下數十種。

　　今天，我要談的是澳洲新詩發展的情形。

　　談到新詩，大家不免有許多不同的看法。新詩自「五四」新文學運動推行以來，已有幾十年一段長的時間，但它仍處在一個由少年進入壯年的成長期。

　　新詩要想繼承唐詩宋詞在詩學中的成熟、健美、圓融的傳統地位，相信還要一段時間。

　　主要的關鍵問題是──新詩繼承傳統與割斷傳統的創作思維，至今無法融和。而且要繼承甚麼、割斷甚麼，詩人們也沒有釐清。

　　因此，部份新詩作者，信筆為詩，讓自己的詩思和想要表達的詩素，禁錮在自己創作的圍牆內。

　　要讀懂一首新詩，你得花費半天心思，甚至還不得其門而入。這便是新詩未能獲得普羅大眾普遍愛好的原因。前些年澳洲若干新詩作者不例外地犯了這一毛病。

　　美國當代詩人兼批評家伊斯曼Max Eastman在他所著的《詩的欣賞》一書中，鑒於20世紀重商主義與自然主義的瀰漫，曾經慨嘆地說：「提到我們歷史上的詩人，誰都肅然起敬。可是如果說，我們隔壁有個詩人，那簡直是椿笑話」。這說明瞭西方世界的新一代詩人也與東方世界的詩人們一樣，對繼承傳的古典傳統與創新風格和體裁的思維中，都沒有超脫何去何從的困境。

黃會長和悉尼文友歡迎中國詩人雁翼訪澳（1993年8月7日）。

　　伊斯曼這些話，雖是出於他的高度幽默感，但也確實點破了這一事實：現代詩在創作上，未能引發廣大讀者投注熱情，無法替代傳統古典詩詞在文學上、在人們心目中的優越和嚮往的地位。

　　這一繼承與創新的如何獲得融和，恐怕需要一段長的時間來衍化。筆者在這裡也不再加以討論。現在僅就澳洲詩人在新詩創作上的現況，作一說明與分析。

就澳洲詩壇現狀來說，近年由於彼此的觀摩、切磋，新詩在創作的實質和風格上，大致已呈現健康、明朗、抒情，並在傳統詩的土壤中吸取養分，以豐富新詩創作內容的可喜現象。

尤其近年一批中港臺老一輩的詩人先後抵澳，如冰夫、西彤、潘起生、李富祺、徐永年、巫逖、蔣行邁等人，投入新詩的創作群，發了不少優美的新詩。加上青年一輩的詩人如雪陽、璿子、陳積民、許耀林、如冰、李普、羅文俊、於連洋、羅寧、曼嘉、舒欣、雲幻、天外、方浪舟、王雲梅、樂佳、進生、塞禹、安安、顏梅、陳尚慧、心水、婉冰、黃平、錢超英、賈詠、渡渡、紫惠庭（新詩作者頗多，未及詳列）等詩人，在報刊推出了可讀性頗高、抒情、言志、述事兼顧的佳作。為新詩要怎樣寫，提供了詞淺意深，既傳統又現代的詩的語言結構的良好創作標本。使得那些光怪陸離、猜謎語、無病呻吟的作品，自慚形穢地少在報刊上露面了。

隨後澳洲《酒井園》詩刊的出版，其創作群顯示的「健康、明朗、抒情」的優美詩風，無異是澳洲詩壇的一面飄風大旗，也激起了眾多優秀詩人的創作熱情，進而使詩壇呈現一片美景。

好詩必然會擁有讀者。因此澳洲的日報和週刊的副刊上，每期都刊載新詩作品，澳大利亞雪梨華文作家協會，也分別舉辦了多次「詩人作品研討會」，以期詩人朋友們相互觀摩、借鑑，為新詩創作鋪展了更美好的前景。

文學創作，無疑是一群天才的競秀爭榮。寫詩的人多了，好的優美的作品多了。人人都希望超越對手。如是乎那些正在沉睡的天才，也會不期然而然地投入創作行列，爭領風騷。唐宋詩家的作品，能如此光照千載，獨步古今，可說與當時的群星競秀，有相當大的關係。而澳大利亞：

有美好的創作環境

有大塊的創作園地

有如此多的優秀詩人

我相信由於這些洋溢著詩情的詩人們的共同努力，往後一定會創作出足以傳世的優秀作品，使中國文學大流中，伸向海外的這一枝幹，能葉茂枝繁，源遠流長。

澳洲詩壇值得重視的一個可喜的特色，可用「海外燦文心，詩魂繫故國」來形容。詩人們心念祖國故土，推出了許多愛國詩篇，並將這些詩作推薦到中港臺等地發表。

首先是北京著名詩人雁翼，將筆者在澳洲日報連載的120餘行長詩：〈飄著龍旗樓船上的英雄們〉，推薦到上海一家雙月刊發表，其後該作品又在臺灣《新世紀論壇報》刊出。

這是一首含有強烈民族感情的詩篇。呼籲臺海兩岸的領導人，捐棄成見，把握千載一時的良機，攜手合作，創造21世紀中國人的光榮，重建大漢雄風。

大陸詩評家古遠清教授，以「長歌貫日，慷慨淋漓」來評介這首詩。

其後筆者創作的一首350餘行的長詩——〈明珠還祖國〉用以慶祝97香港回歸。這首詩除在澳洲當年盛大晚會中朗誦，並在兩家報刊同時發表外，且由上海著名書法家黃浦先生，以正楷書寫在二丈餘長的宣紙長卷上，由駐澳中國總領事館段津總領事，專函送香港「慶委會」，同申四海同歡的慶賀之意。

筆者另一首百餘行的長詩〈請抓住我們等了一百年的機會〉，由北京詩人劉湛秋推薦在廣州發行的《華夏詩報》發表。這是呼籲兩岸早日和平統一的作品。如此民族的偉大前途，可興可廢的關鍵時刻，這可以說是詩人們憂國傷時的共同心聲。

　　詩人的良知最敏銳，因此他們往往「身無半畝，心憂天下」。像屈原、賈誼、李白、杜甫、陸游、文天祥、金聖嘆等，都是心繫家邦，甚至不惜以死諫國、衛國。

　　雖然詩的主題精神是溫柔敦厚，以言情、述志、感懷的抒情方式，來達到詩的真善美境界，但當時代的洪流巨浪，沖擊著國家的安危，民族的命脈，詩人憂國傷時的心緒，就會爆裂為火花，以血和淚凝成詩篇。

　　正如義大利詩人馬志尼所說：「我無妻我以祖國為妻」，將國家民族越過苦難邁向復興的希望，作為寫作的最大源泉和動力。

　　由於詩人們都有這種心境，而祖國大陸正處於「不能再錯過這一和平統一，利國裕民的大好機會」，因此澳洲的詩人們，執筆抒懷，在不知不覺中，表現了對祖國的無限繫念、關懷。這類作品強烈展現了詩人們的愛國情操。這裡順手摘錄若干作者及作品的名稱如下：

　　冰夫，作品〈走進故鄉的柳林〉、〈短歌〉。

　　西彤，作品〈香港回歸頌〉、〈故鄉山水情〉。

　　潘起生，作品〈黃河！我夢的主題〉、〈祭屈原、故鄉的黃土〉。

　　司馬轅，作品〈鄉思曲〉。

　　雪陽，作品〈中華魂〉、〈中國十七行〉。

　　李普，作品〈我們曾經風雨同航〉。

　　陳積民，作品〈遊子吟〉、〈溫暖的詞〉。

　　樂佳，作品〈難忘的夜〉。

　　巫逖，作品〈中國魂在海外〉、〈血濃情意濃〉。

　　雲幻，作品〈曲阜的仁者〉。

　　李富祺，作品〈歷史的抉擇。

　　以上只是隨意信手摘來的部份作者名單，顧題思義，亦足以窺見詩人們的一片緬懷神州、心繫祖國的赤子之心。

　　至於老一輩的詩人如梁羽生、劉渭平、沙予、唐紹禹、黃苗子、李承基、趙大鈍、唐向明、陳耀南等先生，他們的作品都是古典詩詞亦即傳統詩詞，作品很多，限於篇幅，無法一一列舉。但這些詩人對祖國的懷念，對祖國的期盼，可說是「夜闌臥聽風吹雨，鐵馬冰河入夢來」。愛國之情，無時或已。

發表於《澳華新文苑》第44-45期

和諧的福音

編者按：這是悉尼華語電臺立江先生圍繞黃雍廉會長一首詩作對他的採訪實
錄，於2006年3月26日，星期天，從早上9點38分開始直播。兩者
尚未在平面媒體上公開發表。

主持人立江：

　　親愛的聽眾朋友們，為了紀念和慶祝「澳洲和諧日」，我於3
月21號和諧日邀請悉尼作家協會會長、詩人黃雍廉先生，為我們今
天這個特別節目創作了一首詩，在這裏我們共同分享一下。這首
詩的題目是〈和諧的福音──為澳洲政府倡導共同建立和諧社會
而作〉，作者：澳大利亞雪梨（悉尼）華人作家協會會長黃雍廉。

[音樂起]

有和諧的宇宙，
才有燦爛的星辰。
萬物靜觀皆自得，
自然界的定律是──
和諧共處，各顯光輝！

人類是宇宙的過客，
惟有和諧共處，
與大自然規律相配合，

2005年5月25日，黃會長在「徐沄畫展」
上與畫家徐沄（中）、和畫展主持趙立江
合影。

才能在宇宙中生生不息，
創造出美好的環境，
創造美好的人生。

美麗多姿的澳大利亞，
十丈紅塵飛不到，
薰風四季醉遊人，
堪稱世上真正的世外桃園。
清溪幽谷，碧海長灘，
人面春風，花飛迷舞。
羊群，是地上的紳士，
海鷗，是天空的遊騎兵，
袋鼠，是山川的舞者，
無尾熊，是冥思的哲人。

這寧靜的樂土，匯集著
西方古愛琴海的文明花訊，
東方古曲阜靈山的仁風。
不分種族，不分膚色，
都是上天寵愛的大地兒女，
政美人合，孕育著詩情般的生活。
神愛世人，
帶來了人們心靈的寧靜，
人們的互愛慈懷，
拋離了仇恨與妒忌。
友愛的花環，

使我們的生活更溫馨親切。
善良助人的心境，
使我們感到更富有、
更開懷、更愉快！

和諧，是上帝的福音，
讓我們共同來讚美，
多元文化飄揚的旗幟，
將使澳大利亞多彩的顏色，
更美麗，更芬芳！

（2006年3月25日於雪梨靜園）

立　江：親愛的聽眾朋友們，剛才我們共同分享的是為了慶祝今
　　　　年3月21日的澳洲「和諧日」，澳大利亞悉尼作家協會會
　　　　長黃雍廉先生為我們今天的節目特地寫的一首詩，來慶
　　　　祝澳洲政府所倡導的共同建立和諧社會的澳洲和諧日。
　　　　在這裏我們向詩人黃雍廉會長表示衷心的感謝！現在我
　　　　想撥通黃雍廉會長的電話，請他談一談他創作這首詩的
　　　　感受。請大家繼續收聽。

立　江：黃會長，你好！

黃雍廉：你好！

立　江：黃會長，非常感謝您。您剛才也聽到了吧。您這首詩寫得
　　　　非常好，我們深受感動，我代表聽眾朋友向你表示感謝。
　　　　我跟您說得太晚了，是星期五晚上才跟您說的，沒想到您
　　　　這麼快就寫了一首熱情洋溢、充滿激情的詩篇，作為我們
　　　　今天的特別節目，獻給我們的聽眾們。再一次向您表示衷

心的感謝！這裏我向聽眾朋友們說一下，我現在接通電話接受採訪的，是澳洲悉尼華文作家協會的會長黃雍廉先生，他是來自臺灣的詩人，一位著名的詩人。黃先生，可不可以和我們的聽眾朋友交流一下，談談您為慶祝紀念「澳洲和諧日」創作這首詩，您的心情和您的感受？

黃雍廉：好的，好的。非常謝謝你欣賞這首詩。我這首詩，因為咱們是老朋友了，你交代辦的，我就趕快寫，寫的我自己感覺還是可以的。（立江：非常感謝！）內容就是讚美澳洲多元文化。我們知道澳洲過去有一個「白澳政策」，「白澳政策」就是出自一個種族優越感，對不對？（立江：對）。實際上兩次世界大戰都是跟種族優越感有關係。英國的盎格魯・薩克遜，德國的日爾曼民族，他們就認為自己是最優秀的，實際上這樣就是本位主義呀。有的人就是只認我的好，你的不好。現在好多國家就是這樣。我們澳大利亞聽說有一百多個民族啊（立江：對，現在將近200個民族了），對對對，這真是民族大熔爐啊。這樣的話每個民族可以有每個民族的優點，把每個民族的優點發揚光大，我們澳洲人傑地靈，天寶物華，風光美麗，是人間的樂土。

你看我詩中特別提到古西方希臘愛琴海的文化。因為古希臘、古羅馬是西方的文化的發源地，他們都是同愛琴海有關。而我為什麼提到個「古」呢，因為現在他們不是那麼回事了。古希臘哲人蘇格拉底、柏拉圖、亞里斯多德，他們都是跟我們中國的孔子差不多的偉大人物。我們中國的儒家文化，可以說是非常中庸之道的，它也是反對這種本位主義的。它提倡的就是大仁大忍，

就是國家好，你也好，希望大家好。（立江：對，您提到的儒家文化這是代表了東方人的智慧）我覺得我們的多元文化，集合東西文化的優勢，是非常優越的。我們的政府領導人也是非常智慧的。你這麼多的民族，如果大家都是本位主義的話，那就會有戰爭。而我們澳大利亞非常安定繁榮，真可以說是人間的世外桃源。

我最後聯繫到宗教，提到「神愛世人，帶來了人們心的寧靜」。不管基督教也好，佛教也好，儒家也好，道教也好，他們都造福了後世。不能我信這個教，別人的教就不行。這樣我覺得是不好的。和諧就是彼此光輝。

所以我第一個就是談到宇宙。人是宇宙的靈物。宇宙的現象我們知道，就是有和諧的宇宙才有燦爛的星辰，這些星辰都有自己的軌道，假使月亮同太陽同時出現的話必死對不對，所以上天安排在晚上一個月亮，這就是和諧。（立江：您說得很有哲理。）而且白天工作後，讓你晚上休息一下，光線暗淡一點，身體就好得很多了。我們老祖宗是注重法天的，「天行健，自強不息」。我們要從天道來學習，這是個大智慧，是個哲學。

我提到澳大利亞的美麗，十丈紅塵飛不到，熏風四起醉遊人。這個一點都不誇張。你看我們為什麼沒有戰爭。從地理上看，我們是在南半球，南非跟我們離得遠，紐西蘭也是蠻遠的。不像在歐洲，四面都是戰火前沿，多少戰爭打來打去，所以我們得天獨厚。雖然國土也很大，種族也很複雜，但是我們政府英明，提了一個「多元文化」，省略了人間多少事啊。

立　江：對，今年澳洲和諧日的主題就是：「你」加上「我」等
　　　　於「我們」。「你」是來自一個民族，「我」是來自一
　　　　個民族，是分開的，但「你」加「我」等於「我們」，
　　　　變成「我們」以後呢，「我們」就融為一體了，這個口
　　　　號提得非常的好。
黃雍廉：這個口號簡單、動人、有力，所以我覺得澳洲政府是非
　　　　常英明的。
立　江：黃先生，您描繪了澳洲，讀完這首詩真是令人神往，再
　　　　重複一下，你看這幾句：

[音樂起]

　　　　羊群，是地上的紳士，

　　　　海鷗，是天空的遊騎兵

　　　　袋鼠，是山川的舞者，

　　　　無尾熊，是冥思的哲人……

立　江：真是寫得太好了，真是神來之筆。
黃雍廉：（笑聲）謝謝你！因為不但是人啊，而且眾生都是非常
　　　　安詳的，天地有情啊，眾生都是和諧的。
立　江：就像我們的道家，講人與自然的和諧。
黃雍廉：我覺得澳洲特別重視東方文化。他們本來是西方人，西
　　　　方移民，西方文化的底子，但他們把東方文化融進去，
　　　　就非常好，這就達到了和諧的目的。
立　江：您剛才說的是，西方文化的底子，融合了東方的文明和
　　　　智慧，是吧。
黃雍廉：對。因為西方喜歡羅馬的法理、希伯來的宗教，希臘的
　　　　哲學，構成西方文化的三大要素。但東方文化強調的是

「仁」，仁愛的「仁」，仁者樂山，智者樂水，中國是大陸文化。西方是海洋文化，海洋文化排它性比較強，像達爾文就講「物競天擇」呀。

立　江：他們是海洋文明嘛，海洋文化和我們的農耕文化是不一樣的。

黃雍廉：他們比較聰明，比較想著怎麼發明東西，東方人比較講究修身養性。

立　江：黃先生，您講得非常好。我感受到您的意思是說像中國的這種儒家的文明是「四海之內皆兄弟」這種大同世界的理想，那麼和這個澳洲的多元文化好像是相一致的，是吧？

黃雍廉：結合起來好像就是一個夫妻檔啊，宇宙有陰有陽，人間有男有女，這樣配合起來剛好。西方比較講究「智」，要發明什麼東西；我們東方文化是講究「仁」，「仁愛」。「己所不欲，勿施於人」，它強調這一點。兩者結合起來。當然，文化包括很多了，不只包括這些事情。東方的，我們喝杯茶或者談一個建築，都是文化。飲食文化也都是非常重要。我們中國產品也很受歡迎。光吃西餐也不行，對不對，來點東方菜也不是很好嗎？這就是和諧。

立　江：喜歡吃中餐的外國人越來越多了，中國的佐料啊，都用的。

黃雍廉：這就是文化的和諧。所以我最後還有幾句：

友愛的花環，

使我們的生活更親切溫馨。

善良助人的心境

使我們感到更富有、

更開懷、更愉快！

花環是我們敬送客人的，對不對，給你帶個花環表示一個歡迎，對不對。我就把它用了，因為新詩是用的比喻。這樣的話，我們跟每個人都客氣的話，不是感覺更親切更溫馨嗎？（立江：對。）我們能夠把這個善良的東西發揚一下，施者與受者同福，這不是更好嗎？所以有很多仁人志士，甚至殺身成仁，德蘭修女就是一個例子。她是天主教一個修女，帶來一種仁愛的精神，可以說是上帝的化身，這感動多少人啊。她的心中就比億萬富翁更加富有，她的世界是絕對快樂的。她的言行，一般人做不到，但是我們不要去害別人，不要妒嫉別人，不要仇視別人。你長得漂亮點，我看你不順眼，希望你搞什麼；你才華好點，我也不服你氣。不能這樣。才華美麗是上帝賜的，我們應該去欣賞，這樣才和諧，你看到美麗的東西看到漂亮的花不是很好嗎？今天可能節目時間到了吧，非常謝謝你的訪問。

立　　江：謝謝詩人黃先生，謝謝您。再見。

黃雍廉：再見。

立　　江：親愛的聽眾朋友們，剛才是一個特別節目，詩人黃雍廉先生特意為「澳洲和諧日」寫了一首詩篇，剛才我已經和我們的聽眾朋友們共同欣賞了，寫得非常好，感人至深；同時我也採訪了詩人黃雍廉先生，談了他創作這首詩和對「澳洲和諧日」的感受。如果聽眾朋友有什麼見解，可以打我們的熱線電話。這個特別節目就是關於澳洲和諧日。不論來自哪個地方，哪個國家，哪個民族，不但要平等，而且要友好相處，我覺得這是澳洲多元文化的一個基本觀念。「澳洲和諧日」的主題是「『你』

加『我』等於『我們』」，這也是我們的澳洲各民族和
諧相處的共同願望，也是真實的寫照。希望我們澳洲的
新老移民以及本地出生的，大家不分彼此，共同把我們
的澳洲作為我們的樂土家園。正像我們的詩人剛才在詩
中所描繪的：「澳洲是樂土，是我們的第二故鄉，我們
的美好家園。」

　　澳洲政府設立「和諧日」就是為了反對種族偏見以及
不容忍。澳洲的「和諧日」是3月21號。實際上從1991年
起，3月21號是聯合國設立的「國際消除種族歧視日」，澳
洲政府非常重視聯合國設立的「國際消除種族歧視日」，
後來把這一天，就是3月21號也設立為澳洲的「和諧日」。
到今年已經是由澳洲移民部，第四次由澳洲政府來主辦
「澳洲和諧日」。今年的活動，我看資料說全國各地有上
千個活動，大大小小的。「和諧日」舉辦的目的就是讓全
國上下認識到澳洲多元社會的成功，要落實和諧的精神，
向種族主義說「不」。「和諧日」的代表顏色是桔色，代
表物是桔絲帶。「和諧日」的核心價值及概念共有幾個字，
那就是：「和諧，社群，多元，義務，善良，理解」。

　　今天的紀念澳洲「和諧日」的特別節目到這裏就結束
了。在這裏再一次感謝悉尼華人作家協會的會長黃雍廉先
生，為我們這次活動特意寫來一首長詩。 [聽眾熱線電話
來電指示燈亮] 有電話。[接電話] 喂，你好！

聽　眾：喂，立江先生你好。你剛才朗誦的這首詩特別感人。

立　江：是詩人表現的激情好。

聽　眾：我希望再欣賞一遍，可以嗎？

立　江：再欣賞一遍，可以的。我滿足您的要求。看來這首詩寫
　　　　得真得非常好，我在這裏再給大家朗誦一下。您對澳洲

和諧日有什麼感受嗎，這位聽眾朋友？

聽　　眾：是的。就像詩裏面寫的一樣，真的是一片樂土。希望我
　　　　們每一個移民生活在這片樂土上，這是上帝賜給我們的
　　　　恩典。就像一個幸福的大家園一樣。

立　　江：對，對，是的，您說得非常好。也表達了我們廣大聽眾
　　　　的心願，讓我們共同生活在這個和諧的、美好的樂土裏
　　　　面。謝謝您，那麼我就滿足您的要求，我把這首詩給您
　　　　再念一下，也請其他聽眾朋友再一次分享一下欣賞一下
　　　　這首詩，謝謝您。

聽　　眾：謝謝。

立　　江：好，應聽眾朋友的要求，在這裏我把這首詩再給大家念
　　　　一下。這首詩的作者是澳大利亞雪梨華文作家學會會長
　　　　詩人黃雍廉，為澳洲政府倡導共同建立和諧社會而作。

[音樂起。 主持人朗誦。]

（立江　根據錄音記錄整理）

立江　後記

　　三年前，我在悉尼一家華語電臺做兼職節目主持人。我至今
仍清楚地記得，2006年的3月24號星期五晚飯後，一位經常與我聯
繫的熱心聽眾給我打來電話，告訴我剛剛過去的3月21日是「澳洲
和諧日」，希望我能在下一期的節目中介紹一下「澳洲和諧日」
的來歷。我答應了她，馬上查找資料。我覺得這是一個很有意義
的內容，打算做成一個特別專題節目。

　　大約晚上九點，我撥通了黃雍廉先生家的電話，告訴他我要在3月26日星期天，也就是後天早上，在華語電臺我的節目中做一個關於「澳洲和諧日」的專題節目，懇請他能為「澳洲和諧日」這一主題寫一首詩，我將在電臺的專題節目中朗誦這首詩。我特地說明這是為了滿足聽眾的要求而臨時決定的，所以時間緊了點。黃先生聽後表示支持，很爽快地答應了。他說明天白天還有一個文化界的活動要參加，不過一定會在明天晚上寫好電傳給我。我表示感謝。

　　到了第二天晚上十一點半左右，傳真機果然響了，緩緩傳出兩頁紙，上面是黃先生熟悉的手寫字體，一首清新意濃的抒情詩〈和諧的福音〉傳了過來，讓我欣喜萬分，同時也感激、讚歎不已。我馬上打電話過去，表示感謝之意。黃先生風趣地說，給他的命題作文終於完成了。我請他早點休息，並提出明天請他就多元文化和諧這一話題接受我的採訪，他謙虛地說，他不大會講話，既然你提出了，那我就試試看。

　　第二天，星期天，大約九點半，我在華語電臺的直播間，朗誦了黃雍廉先生為專題節目而特地創作的詩歌〈和諧的福音──為澳洲政府倡導共同建立和諧社會而作〉，並直接對他進行了採訪。其間，一位聽眾打來電話，希望我再朗誦一遍。我的節目播完之後，在將要離開電臺時，又有一位聽眾打開電話，表示很喜歡這首詩，問我是否可以把詩稿送給她拜讀，於是我就把這首詩稿放在信封裏郵寄給了這位聽眾。為了表示對黃先生的感謝，我在直播時錄了音，錄製在磁帶裏，之後再一次聚會時送給黃先生作為留念，黃先生非常高興，連聲表示感謝。

　　這，就是近三年前的一段往事。其後，到了2008年年初，不幸傳來了詩人黃雍廉先生已經去世的噩耗。2008年4月26日，在黃

雍廉先生追思會上,作為司儀之一,含著悲慟的心情,朗誦了眾
多文友悼念黃雍廉先生的詩文以及詩人的遺篇,獻上了我的一片
無盡的哀思。

2008年10月,作家蕭蔚女士打來電話,問我是否看到了黃雍
廉先生紀念文集的徵稿啟事,她的話觸動了我的心,但是當時我
一時還沒有想好寫什麼,以什麼方式紀念為好。過後,在一次聚
會中又遇到何與懷博士,何博士也提到出版黃雍廉先生紀念文集
之事。瞬間突然想到了幾年前的這次採訪和黃先生為我的電臺節
目特地寫的這首詩。何博士聽了很感興趣,建議我為黃先生的這
首詩的誕生寫一個文字說明,放在這首詩的後面。我說我已經沒
有這首詩的文稿了,何博士答應可以從黃先生的文稿中找出來給
我做參考。

第二天,何博士發來了郵件:「立江:剛才查了黃會長紀念
集全部書稿,發現原來沒有這首詩,這又要你麻煩去找了。」我
很懊悔自己當時沒有留下黃先生這首詩的文字稿,又想到錄音帶
已經送給了黃先生,後悔自己為什麼不多複製一份呢?於是,抱
著僥倖的心理,去電臺查找錄音資料。可惜時過境遷,那一時期
的錄音資料已經蕩然無存。於是,又抱著十分僥倖的心理,在自
己家中的一疊疊自己保留的節目錄音盒帶中再次尋找,磁帶盒上
的文字標籤顯示著希望渺茫。於是,我又抱著萬分之一的僥倖心
理,用了半天的時間抽聽了一些磁帶的錄音。突然間,答錄機裏
傳出了黃先生的熟悉的聲音!原來,我當時除了錄了一盒送給黃
先生外,還無意中複製了一份,複製在另一個節目錄音的後面,
而盒帶的文字標籤上只寫上了那個節目的名字。時間過了近三
年,早已沒有印象了。這樣,才有了黃雍廉先生的這首詩的重新
問世,才有了黃雍廉先生生前的一次採訪實錄的完整的原始紀錄

和聲音檔案。我多次在各種活動中朗誦詩人的詩作,但只留下了這唯一的珍貴的錄音,它刻錄了詩人的音容笑貌,真是萬幸,真令我欣慰!

我是到悉尼後不久,1999年的9月,在悉尼情人港的「悉尼多元文化節」上第一次朗誦黃先生的詩歌,那次是為澳華兒童藝術劇院朗誦黃先生的詩作〈天山行〉。最後一次與黃先生相遇,是2007年6月22日在書畫函授學院院長蔣維廉先生伉儷金婚慶祝會上,這也是我最後一次在詩人面前朗誦他的詩篇。數年的交往,黃先生成了我所尊敬的一位長者和師長。

最難忘2007年6月17日,這是黃雍廉會長最後一次親自召集端陽詩會。我朗誦了他為紀念詩人屈原夫子而作的主題長詩〈四海龍舟競鼓聲〉,開篇即聲勢奪人、盪氣迴腸:「羅馬皇宮的倒影/染紅了愛琴海的夕照/秦王寒光閃閃的寶劍抖動著/昆侖/詐術/諂媚/讒邪/諜影/成了方形的無煙的黑色火藥/地球的東西兩邊/同時受著烽火的灼炙/希臘的光輝黯淡了/蘇格拉底飲下了最後一杯苦酒/八百年的周鼎沉沒了/東方的巨星殞落於汨羅江……」。

何與懷博士在〈丹心一片付詩聲──悼念黃雍廉會長〉的文章中,這樣記述了當時的情景:「黃會長以最真摯的感情,最華美的詩詞,對兩千三百年前楚國三閭大夫屈原表達深深的敬意與無限的哀悼。詩中沉重的悲劇氣氛和歷史思緒,加上朗誦者聲情並茂的朗誦,當時使到全場無不正襟危坐,為之動容,感慨萬千。今天,我更是猛然覺得,黃會長以舉辦紀念屈原的端陽詩會,作為他一生文學活動的終結點,是巧合?是冥冥中的什麼安排?這都無從考究了,但真是很有象徵意義。」何博士的這一段文字寫出了與會者的共同的感受。朗誦完這篇長詩後,在座的文

友們用長時間的掌聲表達了對詩人的這首詩章的感動。黃會長走過來，緊緊地握著我的手，他的眼睛有些濕潤……

但願詩人黃雍廉會長在天國愛心永存，詩情永駐！

最後，請允許我用一首習作小詩〈懷念〉，表達我對詩人黃雍廉先生的崇敬與懷念：

用聲音
去表達您的激情
用真情
去解讀您的心願

常被您的熱情鼓舞
常被您的激情感染

今年的端午節
當粽葉飄香時
我將再一次傾心誦讀您的遺篇

祥和的天國遙遠
願您能看見　聽見

汨羅江與南大洋相連
祈願您能夠欣然　慰然

您說「人類是宇宙的過客」
永存的是您用心靈譜寫的詩卷！

悼念黃雍廉會長：詩選

思佳客　沉痛悼念黃雍廉會長

◀喬尚明▶

霹靂凌霄噩耗傳，痛悲良友夢魂牽。與君相識緣文墨，連袂耕耘播硯田。　腸寸斷，淚空懸。一星沉沒眾心寒。恨天遽奪如椽筆，踵事增華敢息肩。

發表於《澳華新文苑》第321期，悼念黃雍廉會長專輯（一）

黃會長和悉尼詩詞協會喬尚明（左二）及其夫人江濤在書畫展上。

沉痛悼念黃雍廉汨羅好友

◄雲庵►

（一）

馳騁文壇五十年，汨羅風骨態翩遷。
今朝南苑花千朵，不忘園丁一雍廉。

（二）

經年不接君消息，一紙聲明噩耗來。
端午年年祭屈子，何期此日為君哀。

（三）

當年初建楹聯會，振臂一聲賴汝呼。
又是春來征賽日，阿誰共我再投壺？

2008年4月26日
發表於《澳華新文苑》第321期，悼念黃雍廉會長專輯（一）

無 題
——悼念雍廉吾兄

◄陳乃學►

相濡以墨在異邦，
同耕共耘寫華章。
亦師亦友誰人似？
雍廉吾兄他姓黃。

黃會長和作協文友胡蓉（中）、周唯真及陳乃學參與一次作家活動後合照。

無 題
——憶黃會長

◀舒欣▶

驚聞噩耗
多少人扼腕嘆惜

憶先生往日
廣邀天下文友
縱橫詩書，切磋交流
談笑間
為中華文化增色添彩
鞠躬盡瘁

錦繡篇章今仍在
歎先生與文壇
已是天上人間

悼念黃雍廉會長

◀林煥良▶

不事連橫懶學秦，
臺灣大陸兩皆親。
安居澳國風波遠，
何急仙遊遁此身？

歡送中新社悉尼分社社長劉雨生夫婦（前排右三、四）

發表於《澳華新文苑》第321期，悼念黃雍廉會長專輯（一）

悼黃會長

◀田沈生▶

匆匆人世過，
歲月亦蹉跎。
索句黃泉路，
詩魂伴汨羅。

發表於《澳華新文苑》第321期，悼念黃雍廉會長專輯（一）

憶秦娥 黃雍廉會長追思會

◀袁丁▶

哀歌畢，澳華文人悲思憶。悲思憶，悼詩追念，痛聲嘶泣。
良師益友長相識，不辭而去離何急？離何急？音容笑貌，
影蹤猶晰。

發表於悉尼詩詞協會主辦的《南瀛詩薈》（2008年5月雅集）。

祝黃會長在天堂中安息

◀羅寧▶

一顆碩星墜落著
被冉冉升起的陽光托起
海風奏起送行的詩歌
雲霧駕起你通往天堂的路

黃會長您一路走好
別思念那留在人間的詩句
文友們在酒井園相遇
祝您的博愛在天堂中
得到更多的自由空氣

黃會長與羅甯（右二）等文友在文學集會上（2006年1月2日）。

發表於《澳華新文苑》第321期，悼念黃雍廉會長專輯（一）

杳如故！
——悼黃雍廉

◀天外▶

那一泓汨羅江水
在十字星下凝固
從春刮到秋的風啊
也為之停步
被吟誦的唐人街
深深地歎息
萬里長歌誰當哭
天外無垠淚如注
淚如注　雲化霧
細細細細的飄灑
中華詩人的魂靈
零落成泥碾作塵
只有香如故！

天外作於黃山文化產業項目中2008年4月11日
發表於《澳華新文苑》第321期，悼念黃雍廉會長專輯（一）

悼黃雍廉會長

◀田沈生、王文麗▶

您似一縷輕煙，倏忽消逝……

您曾燦爛、輝煌，卓爾不凡。
亦曾特立獨行，
以大無畏高呼兩岸和諧。

您曾心念故園，
而今……詩與魂同歸故土。
有如一縷輕煙，倏忽消逝。

請安息，黃會長。

發表於《澳華新文苑》第321期，悼念黃雍廉會長專輯（一）

誰唱陽關第四聲
——為一個迷失的詩人而歌

◀冰夫▶

詩人你在哪裏？
你在哪裏？你在哪裏？
為什麼傳來的聲音
竟是這樣義斷情絕

去年冬天的七月
你突然消失了蹤跡
如今三月的悉尼
雖然是南半球的初秋
街頭的楓樹剛飄下一片落葉
我卻感到嚴冬已經降臨
不安的心儲滿寒冷的冰雪

你在哪裏
你在哪裏
詩人，會長，老友
多少人在相互詢問
尋尋　覓覓

每次文朋詩友相聚

都由你牽頭召集
像今天這樣的盛會
歡迎美國飛來的詩人
你一定文采湧動
詩情激越
引吭而歌
為歡迎，也為送別
為你臺灣老友
高唱陽關三疊

黃會長和冰夫在一個文學集會上。

你在哪裏啊
你在哪裏
你是在跋涉夢幻的山徑
追蹤翠峰那一彎新月？
抑或凝視碧海
伴隨波濤日夜潮汐？

怎能忘啊，怎能忘
你那〈唐人街〉飄出的心聲
撫慰過多少海外遊子靈魂的孤寂
你那發白〈龍船旗手〉的歌
曾令海峽兩岸中華兒女拍手叫絕

詩人，你在哪裏啊
你在哪裏
我們發自心靈的呼喚
你是否躺在那裏靜靜地傾聽
但願再一次文朋詩友相聚
我能為你敬上一杯
聽到你吟誦白居易
用濃濃的湖南鄉音：
「相逢且莫推辭醉
聽唱陽關第四聲」

　　　2008年3月8日午後，歡迎美國詩人非馬座談會時草成
發表於《澳華新文苑》第322期，悼念黃雍廉會長專輯（二）

追悼黃雍廉會長

≪陳尚慧≫

好像有一年了，沒有發表過詩文
好像有一年了，沒有召開過詩會
轉眼有一年了，沒有見過會長慈祥的笑容
這一年怎麼了，天上的灰雲淡淡的
地上的樹丫靜靜的
彩虹鳥不曾抒懷地歌舞
南十字星辰　也未有揮灑出閃亮的光輝

一面鮮艷的文旗
在沉默中倒下
悄悄的離去
令眾詩星　群龍無首

不知道會長，曾經受了多少痛楚
不知道會長，曾有過多少隱憾
只知道會長，畢生為文學文化效力
詩文廣傳海角天涯
更不辭辛勞　栽培文壇新秀
園丁乎，師長乎
會長乃舉世無雙的傑出文豪

那突如奇來的噩耗
如晴天霹靂轟炸作協
疑惑中，悲哀中
白花失色了
在這暗秋瑟縮的時節

讓天　灑淚，追憶文壇的巨匠
讓雲　駕風，追慰九天上的偉魂
會長呀，您的音容笑貌
長留在四海文人的心坎裏
您的名著巨篇
將長生，長活　在龍人的文苑
在龍人的天地
大江南北
五湖四海
⋯⋯

安息吧，黃會長
無須記掛凡塵俗事
天國上有您
閃光的寶座

2008年4月寫於悉尼秀麗山Surry Hills秋雨中
發表於《澳華新文苑》第322期，悼念黃雍廉會長專輯（二）

日子走得遠了又遠
——悼前輩黃雍廉先生

◀雪瀠▶

日子走得遠了又遠
從接不到您電話的日月
深諳一種不祥繞在心間
四季按原來的步子輪迴
我們談過的花兒又要開了
我還在等待一個奇蹟出現
這一直是內心最希望的祝願

2007年的平安夜之前
一個消息浮出水面
突然夢見您從昏迷中醒來
扭過頭衝我展開了笑顏
相識七年
這就是冥冥於心的告別嗎
這一笑
怎麼就成了一枚永遠的句點

時間　人物　地點
才是構成故事的三要素
詩意的胸懷和氣節沒變

蕩漾在悉尼海港的笑也沒變
可是我知道
從我的電話聽筒裏再也傳不來
您遞送的春風和細雨
更何談把酒話詩的三巡境界
和思想的宏闊畫卷

生前
您一直說要和王祿松先生組成團
來看看我生活的大漠草原
當然第一站是要先到北京
拜訪詩人成幼殊
這位新中國第一代女外交官
您和他們都是我命中良師益友的緣
才有2004年那晚
在臺北環亞酒店的開心聚談

大漠再遠也有岸
把我們的情誼連在一起的
除了一根電話線
還有心與心的掛牽
無法完成的心願停在昨天
此際
我放著我作詞的《錫林草原》的MIDI
沾著春的初綠
為您寫這首悼詩追念

天遙地遠
聽一列生命的列車從心上開過
我已經握不住流水的時間
我的未來
又少了一個知心友人的存在
無法問
什麼是缺　什麼是圓

您和家人說
要和好友王祿松先生葬在一起
兩個無話不談的兄弟啊
從青春知己到此生墓伴
誰能說這不是團圓
如果時間有情
我多想採幾朵草原的詩意
到臺北國軍公墓再聽一聽
你們豪爽的笑談

2008年4月16日

發表於《澳華新文苑》第322期，悼念黃雍廉會長專輯（二）

悼念黃雍廉先生

◀李景麟▶

才藻豔逸，
文山詩海。
緣何君去？
愴恨傷懷！

發表於《澳華新文苑》第323期，悼念黃雍廉會長專輯（三）

黃會長和李景麟在一個文學集會上。

七絕　悼念黃雍廉先生

◀胡伯祥、胡濤▶

一

憶昔海天知遇初，品茗談笑論詩書；
晚歸醉夢逃名去，羽化吟魂上太虛。

二

詩文雅會廣知交，崇尚古賢汨羅騷；
臺海不歸泉下隱，追思入夢楚天遙。

發表於《澳華新文苑》第323期，悼念黃雍廉會長專輯（三）

黃會長在歡迎《東華時報》前總編劉維群博士集會上。

悼念黃雍廉先生

◀後學沈鐵敬挽▶

雍雅大度唐詩晉詞流百世；
廉潔正氣宏文華章存千年。

發表於《澳華新文苑》第323期，悼念黃雍廉會長專輯（三）

黃會長，您安歇了嗎？！

◀樂佳▶

（驚聞黃雍廉會長已逝世四個月之久，難以置信，難以言表。）

忽如披上隱身衣袍
音容久杳　別影匆悄
不辭豈乃會長品貌
莫非有您苦衷難掏

問號
上下疊交
根底無曉
似雍廉才德難測深高

感嘆號
無奈躺倒
滿載哀悼
如汨羅波湧不盡滔滔

深深問號　感嘆號
將十字碑鑄鉚

碑文墓誌
其內涵包

啊　您的航行之錨
真否安拋
一代文豪
一代詩驕

發表於《澳華新文苑》第323期，悼念黃雍廉會長專輯（三）

黃會長與樂佳在文學集會上（攝於2005年8月2日）

您為何走得這樣匆忙
——緬懷黃雍廉先生

◀喬長萍▶

您走了
不知為何這樣匆忙
後院的芙蓉花謝了還會開
可您這一走卻再沒回來

如果時光能倒置
我們定將它凝固在您最後召集的端陽詩會上
重現您的笑容
聽您那膾炙人口的詩章

您可曾記得
我們遊過的灌木林竟是一片桂花樹
待桂花飄香時節
再邀您和另幾位文壇老將
重遊故地
領略桂花香

端上幾碟家鄉小菜
打開陳年老酒
聆聽您的人生華章

您不忘自己是龍的傳人
祖國的興旺您銘記心上
臺海統一
神舟飛船翱翔
您都留下閃光的樂章

我們可以想像
如果您還健在
北京奧運開幕那一刻
您一定興奮得神彩飛揚
用激昂的詩篇為奧運喝彩鼓掌

可您就這樣匆忙離去
我們多麼期望
期望這是一場噩夢
醒來後
一切還是原樣

發表於《澳華新文苑》第323期，悼念黃雍廉會長專輯（三）

您去了，「汨羅」成絕響

——沉痛悼念黃雍廉師長

《李普》

霹靂眩暈了耳目
噩耗撕裂了心房
我們怒問上蒼
為何拂逆民意
讓我們的心如此淒涼

記得在胡麟蓀老師的追思會場
您對我說　要善待自己
讓生命線盡可能地延長
我說　您身心康健
一定會福壽吉祥

最後一次見到您
是在去年的端陽詩會上
您依舊忙個不停
顧不得填補自己的轆轆饑腸
您說 沒想到有這麼多人參加
笑容還是那樣慈祥

誰料從此您音訊全無

多少人惦念您的安康
文友們呼喚「您在哪裏」
我們祈禱著與您再會於文學的殿堂

人不可能萬壽無疆
但您走得太匆忙
難道急著去會三閭大夫
切磋詩的韻律　道德文章

您去了　「汨羅」成絕響
不再有靜園孕育的詩文
悉尼文壇折了棟樑
我們痛失知音師長

中華文化的紐帶
讓我們結緣於異國他鄉
初次與您相見
是在女兒的詩歌朗誦會上
您稱讚我女兒有大將風度
我在臺下向您仰望

後來　您盛情邀請我加入悉尼作協
卻之不恭啊
我欣然成了您帳下的小卒
跟隨您耕耘在悉尼文壇的疆場
您是傳播華夏文明的海外主將

為其薪火相傳
不辭勞苦　日夜奔忙

我們在酒井園裏同聲吟唱
我又曾朗誦過您的多少激情詩章
每一次文友的聚會
我都像期待節日般的嚮往

然而此刻
想見到您都成了奢望
悲情長過汨羅江
或許您正在天堂俯望
訴說著無言的離恨別腸

您的身影
已融入華夏的山脈
您的英靈
化作了北飛的雁行
您的音容笑貌
永遠與我們同在——
一如既往

　　發表於《澳華新文苑》第323期，悼念黃雍廉會長專輯（三）

招 魂
——紀念悉尼華文作協黃雍廉會長

◀羅定先▶

去年端陽雅集時，
雍廉會長親主持；
今年文友相應約，
雅集卻成追思會。

會長會長你在哪？
為何一去不復回？
千般呼喚無音訊，
我們悲痛化作雨。

會長會長好兄弟，
我們都很敬重你；
許多文友出新書，
需要請你撰寫序；
畫友又辦新畫展，
盼你剪綵作指示；
如今兩岸展新頁，
更盼你來譜新詩。

會長會長你快回，

澳華文壇需要你；
一起傳播中華道，
開創南國新園地。

雍廉會長你快回，
我們都很想念你；
你…快…回……
想…念…你……

注：

2006年4月黃會長曾參加「羅定先畫展」開幕式並吟詩「書畫傳播中華道，古老文章深而精」。

挽住你的微笑

——追思著名詩人、作家、悉尼華文作家協會 會長黃雍廉先生

◀廣海▶

一顆耀眼的文魁星，
悄然隕落。
太空為之失色，
大地為之動容。

這些日子，
南洲的天，
灰濛濛一片，
暴雨狂瀉：
那是你的朋友，
感情的閘門突爆，
揮灑悲痛的淚。

太長的思念，
太多的焦慮，
太不願看到的預測，
現實卻殘酷驟降。

如今，
重讀你優美的詩篇，
重溫一起的合影，
回眸共聚的時光，
最想挽住的，
是你瞇瞇的笑容。

發表於《澳華新文苑》第323期，悼念黃雍廉會長專輯（三）

長明的巨星

──追思黃雍廉（八行組詩十首）

◀巫逖▶

一顆星長明著
在南十字星座
在悉尼的端陽
在詩人的心坎上
您來了，帶著詩的天賦
從汨羅江畔起步
經寶島臺灣中轉
到悉尼城住下

您那小澤征爾般的魄力
把文壇眾多的聲音調動起來
聽從您的揮手
千軍萬馬，向統一的目標奮進
您是文學方陣的司令員
把每一個方塊字的符號
組織起來，使其
博得經久不息的掌聲

發皺的臉
少婦的臉

少女的臉
小夥子的臉
都在悉尼華文作協燦爛著
都在世界詩人大會上燦爛著
從此，每一支筆
都在自己的土地上燃燒

站在藍得透明的天穹下
西裝領
筆挺
筆挺著
您總是風度翩翩
儀表過人
那一副雍容華貴
總是春風

您愛文學
勝過自己的生命
您愛文朋詩友，總是在
逢年過節
杯子與杯子
輕輕地相碰，「親親」
「親親」、「親親」
發出暖人心房的醉音

民族詩人的魂靈
悉尼塔上的旋轉塔燈

您的名字與您的著作亮為一體
很中國化
很澳大利亞
很潮流的華夏新詩
以詩情染綠曾經是新詩的華文沙丘
以方快字為主題燎原愛國愛民族的烈火

二十餘年來以超級旋風的姿態
向澳洲，向世界舉起華文新詩藝術的旗幟
展示民族的聲音
展示屈原的精神
您是──屈原祠中的後學
一而再
再而三
令人敬仰的高風

雪落在文壇的悉尼塔上
凍結著2007年12月的天空
一片暗淡的灰黃
蒙上一層揭不開的迷霧
那天邊疾奔尋蹤的腳印
全城泥濘起來
都披上了土色的憂鬱
人字雁頓時失蹤了方向盤

「扶我一把
用愛跟耐心幫我走完人生……」

您這一呼，是悉尼文壇永遠的痛！
2008年4月26日在E城追思會
黑眼睛、藍眼睛數百雙暴雨啊
用慈愛和淚「埋解」，護送您老人家
走完最後的一程。黃會長啊
九泉之下，安息吧！

詩友們，把您的名字刻在心坎上
把您未完的句子
「愛之火炬」傳承下去。

發表於《澳華新文苑》第323期，悼念黃雍廉會長專輯（三）

思 念
——懷念詩人黃雍廉先生

《立江》

題記：詩人黃雍廉先生的故鄉毗鄰中國古代大詩人屈原放逐投江的汨
　　　羅江畔。據聞，詩人遽然仙逝後，詩人的骨灰和他的全部詩
　　　稿，被其家人投入到與詩人故國家園遠隔萬里之遙的南半球的
　　　大洋之中……

丹心一片
吟出情絲萬千
愛意拳拳
溫馨了澳華文壇

星光燦爛時刻
你卻悄然隱沒
隱沒　漂泊
漂泊在茫茫大洋之間
魂歸故園
與屈子神遊
汨羅江畔……

思念
永遠

就像你永遠的笑臉

永遠
笑臉
留下丹心一片

您的笑容

——懷念黃雍廉會長

◀楊安全▶

您的笑容無邊無沿，
火燒不滅埋在地下也根本不會變，
化作深邃伴奏的不滅的樂曲，
與五千年中華文化同在。

您的笑容在我們客廳的窗外，
當我們思念您時，
您會變成綠草、樹木、微風，也會是藍天、彩虹。
從汨羅江到臺灣；
從卡巴拉馬塔到唐人街，
無論到哪裏，您的笑容是圍繞我們的風景線。

發表於《澳華新文苑》第324期，悼念黃雍廉會長專輯（四）

烏啼花落君何在？

──追悼雍廉兄

◀陳玉明▶

晴天霹靂蓋頭來，
痛失雪梨萬丈才。
瞬息的斗轉星移，
咫尺的海角天涯，
霎時間月沒天黑，
烏啼花落君何在？
恨自己來得太遲，
怨吾兄去得太快；
如今哀歎陰陽隔，
始信文星入夜臺。

蒼天呀把臉睜開，
別不分青紅皂白，
一味地獨斷專行，
一再地不分好歹，
強帶走我的兄長，
硬削去我的期待，
一位傑出的詩人，
一個難得的人才，
悉尼文壇的領袖，

我們自豪的招牌！
你們天上有的是，
著名的各類天才，
不論古代當代，
還是海內海外，
大仲馬泰戈爾馬克吐溫，
莎翁歌德托爾斯泰，
魯迅巴金朱自清，
屈原杜甫李太白……
天堂裏群星薈萃，
擁擠得難以安排，
又何必死拖硬拽，
急煞煞、活生生
搶走我們的最愛。
蒼天啊蒼天，
天理何在？良心何在？

雍廉兄您別見怪，
別急著匆匆離開，
原諒我無意遲到，
別灰心不想等待。
我深知您還惦著，
那封信就是見證，
心有靈犀的關懷。
您在信中一再問，
為何狂飆碎月杜鵑啼？
為何無聲齋主無聲息？

如此真切的關愛，
長時間暖我心懷；
激勵我樂觀熬過，
千餘個慢慢長夜；
熬出了堅毅忍耐，
終獲得自由自在；
經歷了太多寂寞，
才領略稱心開懷。
多麼想面晤黃兄，
表表感激地心態，
敘敘別後的情況，
談談將來的安排。
誰知道突來意外，
我頓覺無比驚駭！
猶如重磅的炸彈，
炸得我目瞪口呆，
那是噩耗的威力，
比炸彈還要強烈，
從靈魂深處炸開。

黃兄背我悄悄去，
弟我低頭默默哀。
祈求宋玉助招魂，
懇請安仁幫作誄，
長夜思兄坐到明，
追尋往事倍傷情。
昔日音容心上見，

今朝回憶眼前來。
兄長才高人自服，
更有德高人自愛。
新朋老友總難忘，
每逢佳節巧安排，
滿腔心血化詩章，
贈予朋友樂開懷。
風度翩翩有風采，
胸襟寬寬如江海，
無畏庸廉好名字，
常樂無求有慈懷。
平生熱衷一件事，
獻給人間都是愛。

無聲齋主於雪梨無聲齋2008年10月16日

思念雍廉兄（回環詩）

◀陳玉明▶

貴雍廉正氣沖天，
正氣沖天廣聚賢，
廣聚賢能容四海，
能容四海貴雍廉。

2004年4月3日

一生豪情留文名（七言古詩）
——緬懷悉尼華文作家協會會長黃雍廉先生

◀何偉勇▶

驚聞汨羅已逝世，
逝世靜園悄無聲。
無聲揮筆曾作詩，
作詩無數度一生。
一生豪情留文名，
文名永存悉尼城。
悉尼城友常追憶，
追憶哀思送故人。

注：

　　汨羅——黃會長的自稱雅號
　　靜園——詩人寫作的地方

鶴去無聲
──悼念黃雍廉會長

《張曉燕》

噩耗
驚呆了一雙雙迷離的淚眼
震碎了一個個文人脆弱的心田
疼痛不舍的心
無不悄然淚出

是名家
卻謙卑了自己
默默的將一個個無名小輩
高高舉起

是牛
在異國的文化沙漠裏開荒拓野
一路汗水換來
一片生機勃勃的文化園地

是燭
燃燒了自己

照亮了眾人
卻沒有為自己留下一絲名利
是鶴
悄然仙去
不讓人知道你生命末途最深的孤寂
只留下一道彩虹
在每個文人心底

黃會長與張曉燕在澳大利亞中華民族文化促進會2007年
元宵聯歡會上（攝於2007年3月2日）

詩 祭
——悼黃雍廉先生

◀勁帆▶

我用詩句編織花圈祭典你，
因為詩歌是你終生膜拜的圖騰。
你出生在另一個詩人殉國投水的地方，
便沐浴了那個詩人愛國愛鄉的靈魂。
你從汨羅江畔出發，
開始你上下求索的人生旅程。

你穿過烽火漫天的歲月，
忍看祖國在苦難中沉淪。
於是你加入以國家命名的軍隊，
筆成為你捍衛國家的利劍和堅盾。
你豐盛的創作如同輝煌的戰果，
軍旅作家是你驕傲的名稱。

然而，命運卻把你拋到一個小島，
國家的分裂使你背井離鄉憂心如焚。
當你所屬的營壘不再能承擔國家統一的大任，
民族大義使你毅然把友誼之手伸向過去的敵人，
就象韓信懷志離楚投漢，
恰如鳳凰涅盤浴火重生。

你的檄文鏗然猛擊數典忘祖的醜類，
你的詩詞縱情謳歌秦關漢月黃河長城。
你以詩人的激情廣交詩朋文友，
像冬天曠野裏的明燈一盞熱火一盆。
你以軍人的姿態為澳洲組建起一支文人的隊伍，
像一個將軍指揮著文學路上的縱橫馳騁。

今天，我們的將軍乘著詩歌的白馬離去了，
離去得像詩歌一樣意境深遠飄渺無痕。
你留下的作品立起一座高聳的墓碑，
我用詩歌的花圈祭典你的詩魂，
雍廉先生，你縱然不是完人，
但是你卻活出了一生的真誠！

發表於《澳華新文苑》第360期

2005年12月27日，黃會長（右五）及眾文友在莊偉傑（右二）主
編的《澳洲華文文學叢書》發佈會上。

致黃雍廉

≪胡仄佳≫

「先生」
一個漢語奇妙的辭彙
先於我，先於你我
的生命
便可以這樣平和的稱呼
於是你先行一步
靜靜地走於我們之前
留下風中的詩句
生命的紅燭，
點點……

2008年4月25日

沉痛的追思　深情的悼念
——獻給黃雍廉會長的追悼詩

《李富祺》

五個月的時間過去了
六個月也已過去
電話在交流
音訊在傳遞
卻還是找不到
您的影跡
黃會長呵黃會長
您究竟去了哪裏
您可知道
多少文友都在
想念您尋找您
我們又是多麼焦急啊
多麼的焦急

不料悶積多時的沉雷
晴天一聲駭人的霹靂
回應了一個
令人萬分悲慟的消息
悉尼殞落了一個非凡的詩翁

文壇紛紛灑下痛惜的淚滴
黃會長呀黃會長
您為什麼不辭而別
竟沒有給我們留下
一句貼心的話語
我們感到更可惜的
就是沒有送你最後一程
而您就這樣違心地無奈地
難捨難分的悄悄離去

難忘呀難忘
您對人那坦蕩的真誠
您對朋友那深厚的情意
難忘啊難忘
您那親切的笑容
您那詼諧的言語
難忘啊難忘
您那平易近人的心儀
您那帶點浪漫的情趣
更難忘的是
您那愛國愛民之熱心和
對文學事業的誠赤

黃會長啊黃會長
您是悉尼華人文壇
作過重大貢獻的著名詩人

為開拓悉尼華人文學事業
建立豐功偉蹟
黃會長啊黃會長
您給悉尼華人文壇
留下美好的懷念
您在悉尼華人文友心中
留下永恆的記憶
「有的人死了
他卻還活著」
黃會長您永遠活著
活在我們的心裏

今天是文友們用愛和淚
悼念您的日子
我卻遠在廣州不能赴會弔唁
只能真誠地說一聲
失敬了對不起
而此刻我擁有的
也是淚
沉痛苦澀的淚
還有無言的沉默和反思
稍後回到悉尼定會
送上一束花和一首詩
然後我會悄悄對您說
您悠然於天堂之上
可千萬別忘了寫詩

注:

　　黃會長生前為我寫過兩首詩,一首是我移居悉尼時,贈我一首歡迎詩,曾在悉尼華文作協歡迎本人的會上朗誦過,後來在《自立快報》副刊發表;另一首是在悉尼華文作協為本人舉辦作品研究會時,也寫過一首祝賀詩,曾在《星島日報》副刊發表。此兩首詩的原稿和樣報,均留廣州居室,無法奉上,深為憾疚,謹此說明。

急就於2008年5月14日

發表於《澳華新文苑》第324期,悼念黃雍廉會長專輯(四)

黃會長與李富祺(右一)等文友在中國駐悉尼總領事館舉行的
一次招待會上。

詩人之死

──2008年端午節想起了詩人汨羅

≺雪陽≻

詩人以水的方式
流回詩行的空隙
因為他看見了火
和引火焚身的鳳凰
在雲端哭泣

一段漂木
曾以受傷的舌頭
詩唱歲月的黃金
在想像的土地上
太陽穴浮出了青山
眉間月亮的彎刀
缺少詩的把柄
而深淵裏的火種
將在死神眼底播種

黃會長與雪陽在文學集會上（攝於2006年1月2日）

2008年端午節想起了詩人汨羅
發表於《澳華新文苑》第360期和《酒井園》詩刊第16期

五月的追思
——悼詩人黃雍廉汨羅兄

◀西彤▶

怎麼也不敢相信
也不願意相信
無聲無息地，你走了
走得那麼突然那麼倉促
沒有如常的告別
也沒有留下任何音訊

可還記得去年陽春三月
我回故國走訪探望親人
臨行前你一再諄諄相約
端午詩會懷屈子
重陽相聚賦登臨
當我匆匆歸來時誰料想
驚見追思成永別只留下
低個哀樂和淚悼詩含悲祭文

從冬到春的掛念
從夏到秋的疑慮
上蒼啊為何就未能眷顧
一生熱忱待人平和樂觀瀟灑的你

到頭來竟然是憂憂鬱鬱淒淒惶惶
令人感慨萬千的無言結局

又是一年一度端陽時節
此時此刻唯獨不見你的身影
魂兮歸來呀歸來
再一次聆聽詩友含淚為你吟誦
曾經迴響在南人洋和海峽兩岸的
〈四海龍舟競鼓聲〉

2008年5月

發表於《澳華新文苑》第360期、《酒井園詩刊》和臺灣《秋水詩刊》

黃會長與西彤（中）等文友在文學集會上（攝於2006年1月2日）

悼念黃雍廉會長：文選

赤子詩心弔先賢
——懷念黃雍廉會長

◆蕭 蔚▶

　　你，一身書卷氣，風塵僕僕，從「屈子祠」來。你悄然離去，未道別再見。

　　「沒有朋友，我寧願去死」，可是你，卻死得那麼悲切淒然。

　　一陣輕風刮向大海，帶著你的遺憾，你說，你不想走，還有很多事情要做。

　　一縷清煙飄向遠方，帶走你沒來得及說的話語，留下大家對你的思念。

　　你，首創澳洲雪梨華文作協，甘作「開荒牛」，一屆澳華文壇的功臣。有目共睹，有口皆碑。你，義務為大家服務，為他人做嫁裳，不辭辛苦，勤勤懇懇十餘年！

　　你，從不以「首創」和「壇主」自居，鼎力支援、參與其他文學組織的活動。你說，「要百川納海」。你不染當會長之霸氣，遇事先商量，虛恭敬人，儒雅風範。

　　你，注重友情，善交善待朋友，開誠心，佈公道，悉心關懷。筆友談天，你耐心傾聽，長者氣度，聽到為止，閒話不亂傳。

　　你，才氣過人，文采四溢，卻又似局外人，寫書序、贈詩句，誠心賞識，崇仰他人才華；你抬舉提掖才子才女，甘當人梯，似伯樂相馬。

　　你，遊雪梨中國花園，賞花不折花。「摘一串星星／夾在你的詩頁裏／存放一百年」，你浪漫的情感，化作泉湧般的文思，融於美麗不朽的愛情詩篇。

你，淡漠名利，婉辭「澳洲傑出華人成就獎」的提名，你說，「不，不必，我已經得到我該得到的東西」。如果你能知道，「湖南名人榜」上有你一名，也一定會遜讓再三。人到無求品自高！

你說：「我從屈子祠來，在年年龍舟聲中，汨羅江的江水，總在我心中迴蕩。我是屈子祠中的後學，謹以赤子的詩心，吊先賢。」你說：「東方的巨星殞落於汨羅江」。你的偶像是屈原。

黃會長在曾凡（後排右三）新書發佈會後與眾文友合照（攝於2005年8月29日）。

「五千年，不是一件可以隨便拍賣的古董，而是一盞會帶來幸福的神燈」。愛國，是你的信念！

遙望大海，那裏是你的歸宿，目極千里兮，傷心悲！那汨羅江，雖曲曲彎彎，終能與大海交匯。只盼，你能與屈原相聚，把酒吟詩，歡哈敘舊緣。

2008年5月8日
發表於《澳華新文苑》第355期

擲地有聲黃雍廉

《張奧列》

終於得知黃雍廉會長走了，心裏一陣傷感，本想即時寫點悼念文字，但萬語千言，不知從何說起。

在追思會上，許多文友送上輓聯、唱詩和悼文，迸出聲淚俱下的肺腑之言，然而我還是沒能寫一字，沒能說一聲。我覺得，此時我怎麼寫都不夠分量，怎麼說都難以表達。當然，和許多人一樣，我是用心去緬懷，用靈去追思，用情去感受著。

那一天，座無虛席，有些人還找不到位置。不巧那天同一時間還有另一個重要的、我也感興趣的文學活動，但我還是放棄了。因為於情、於理、於心，我都不能不送黃會長最後一程。沒參加那個文學活動，我會可惜，會遺憾；但若不出席追思會，我會內疚，會悔恨。

許多文友憶及了黃雍廉會長這位悉尼文壇的良師益友，辛勤耕耘的文學園丁。我身同感受，然而，我還想補充一點，也是想強調一點：黃會長不僅僅是園丁，更是開園人，是澳華文壇的開創者。

記得剛來澳洲的時候，雖然已有一些人在中文報刊上發表東西，但大家還是處於散兵遊勇的狀態。不久，也就是1992年4月，澳洲華文作家協會在墨爾本成立，黃雍廉是創會會長之一。同年10月，雪梨華文作家協會也掛出牌子，黃雍廉出任會長。他把來自中國大陸、臺灣、香港及東南亞的文化人、留學生匯聚一堂，

切磋藝文，組織起雪梨第一個華人文學團體。自此各方寫手聯袂，共同開拓，形成了澳華文壇。

那時我初來乍到，腳跟沒穩，忙於打工，不在文化圈裡，但也從報上知道黃會長及其麾下在澳華文壇的活躍勁頭。後來有一次，剛好有空，應友人之邀，參加了雪梨作協舉辦的端陽詩會，得以認識興致勃勃的黃會長。有感於海外中華文化的承傳，我寫下了詩會的一點感言在報上發表，沒想到卻接到了黃會長問候的電話。雖然才見過一次面，而且當時高朋滿座，他要主持，忙於張羅，我以為他不會記得一個陌生晚輩，誰料他不僅記住了，而且還給予熱情鼓勵，希望我多寫，多與大家交流，促進文壇。慢慢地，我被黃會長詩人氣質的熱情融化了，漸漸地，我也加入了這個文學大家庭。

自從接觸了黃會長，他給了我很多的支持，很多的機會。為我寫序，給我組織作品研討，幫我安排新書發布，讓我出席世界華文作家大會，還推薦作者作品予我主編的副刊。當然，許多文友也同樣得到他這樣那樣的支持和幫助。說實在，我與他的交

黃會長在張奧列（後排六）新書發佈會後與衆文友合照（2002年2月）。

往不是很密切。因為上班，又要顧家，我很少參加作協活動，也很少與他私下來往，而且對文壇的發展，我也有點個人看法。但他全不計較，不圖回報地激勵我。他關心我，完全是為了壯大文壇，也是希望晚輩能更有出色。

黃會長操辦各種活動，結識各方朋友，決非為一己之名利，他也用不著為此沽名釣譽。其實，早在臺灣時，他已出版過詩歌、散文、小說、戲曲等多種著作，多次榮獲全臺灣金銀銅各項大獎，多次代表臺灣作家出席國際會議，也擔當文藝界高職，他的傳記文學《六神傳》，獲得出版界很高評價。退休來澳後，他還寫下膾炙人口的長詩〈飄著龍旗樓船上的英雄〉、〈唐人街〉等，飲譽兩岸三地及海外詩壇。但他對這些看得很淡，很少跟文友提起。對於時下華人社區滿天飛的「著名」帽子，他也很不在意。他不顧年歲願意在社區拋頭露面，無非是「為他人作嫁衣裳」，打造寬鬆熱鬧的文化環境，在海外再續他的中華文化情緣。

正因為如此慷慨的文化情懷，他的眼光並不只盯著自己作協的小圈子小山頭，而是與文化各界廣泛合作，互相支持。所以追思會上，英文作協、韓文作協、新州作協、詩詞協會、酒井園、彩虹鸚、文促會、和統會、書畫函授學院等團體的負責人都前來深情悼念，而遠在中國的詩人，也傳來詩句緬懷，場面感人。我知道，悉尼作協與新州作協曾有過芥蒂，但黃會長對雙方的文友都一視同仁，不分彼此，經常邀請雙方文友一起活動。後來，他甚至率隊參加新州作協舉辦的活動，以壯聲勢。如今，兩個協會經常攜手開展活動，成為文壇一家親的範例。

在弘揚中華文化的理念下，黃會長胸襟開闊，廣納人才，重視友情。我們都笑說黃會長有許多「紅顏知己」。確實，他為許多女性文友幫了不少忙，出了不少力。我以為，只要有志於文

化，有心於寫作，女性朋友都可以成為他關愛的「紅顏知己」。何嘗是女性，受益於黃會長熱情的男性也絕對不少。無論是老中青年齡，無論是大陸、香港、臺灣、東南亞背景，你與黃會長真誠交往，都可以成為他的座上賓。

一向活躍的黃會長，去年下半年突然消失了，各方文友多次尋找，仍無下落。大家揣測，心有不安。倘若病倒了，他也會聯絡文友啊！以他活躍的性格，以他注重的情誼，他絕不會悄悄離去。他曾動情地向一位文友傾訴：若無朋友，我寧願去死！不久前才得知，黃會長已於去年末平安夜仙逝。他上路時，竟沒有一位文友知道，沒有一位文友陪伴，可想而知，他是多麼的痛苦，多麼的遺憾。他一手創下的文壇，他多年結誼的文友，他總會有所交待呀！

黃會長無奈地寂寞地走了，這絕不是他希望的終結方式。文友們心有靈犀，特地以他喜歡的形式，以詩的語言，「聲情並茂」送他上路，了其心願。

現在，黃會長在天之靈，一定不會寂默。當您看到這麼多的文友，這麼真誠地思念您，並繼續活躍於文壇，您在天國，肯定也會按捺不住，把酒賦詩，與紅塵文友高聲唱和。

寫下此文，我終於釋懷，因為黃會長不再寂寞，與我們同在。

在澳華文壇，黃雍廉永遠不會消失，因為他不是一個了無聲息的人物，而是擲地有聲的文傑。他為澳華文學史寫下出色的開篇，為澳華文壇留下一段永垂的史詩。

發表於2008年5月17日

《澳洲新報・澳華新文苑》第324期，悼念黃雍廉會長專輯（四）

心想事成

——憶21屆世界詩人詩會發起人黃雍廉先生

◀羅寧▶

黃雍廉先生去逝了，讓許多愛戴他的人非常悲傷。我與他多年相交，在感情上更是難以接受。我與他的友誼起源於文學與詩，喜歡吟誦他的詩歌，喜歡品味他的散文，他的詩中所抒發的美好理想不是虛無飄渺的海市蜃樓，不是浮辭豔語，而是發自他內心的真實情感，我們感受到詩人立足現實，奮發向上的熱力和火一般炎熱的情思。這股熱力，在詩人的心中燃燒著，並通過熱情洋溢的詩文，點燃起人們心中的火炬；這縷情思，勾通和震動著讀者的心靈，對人們產生了強烈向上的誘發力，鞭策著人們實現理想的勇氣，對於美好明天的憧憬，對於未來的歌唱！

詩人黃雍廉浪跡海外，心繫祖國，他用詩歌串起對古老中華文明的眷戀和對祖國的熱愛。大家都知道黃雍廉先生是悉尼華文作家協會的開創者，悉尼華文新詩的泰斗和巨星，可很少有人瞭解他還是2001年悉尼成功舉辦「第21屆世界詩人詩會」的發起人。

早在1994年臺灣舉辦的「第15屆世界詩人詩會」上，黃雍廉先生結識了悉尼著名女詩人Robyn Ianssen女士，當時黃雍廉先生即提出可否在悉尼舉辦詩人詩會的建議，他殷切的建議令Robyn Ianssen女士非常吃驚，同時也很高興，但他們心裏都沒底，因當時悉尼的文苑還不像今天這樣百花齊放，要舉辦這樣一個世界詩人文壇的盛會難度還是很大的。

　　自1994到2001籌辦悉尼世界詩人詩會的六載歲月裏，傾注著黃雍廉先生滿腔的熱血和辛勤耕耘。1998年在他和Robyn Ianssen女士的組織策劃下成立了由15人參加的籌辦世界詩人詩會的組織委員會，我也榮幸的成為組織委員會中的成員。組織委員會裏有來自中國、韓國、阿拉伯、土耳其等國家移民來澳洲的熱愛詩歌的人。在黃雍廉先生熱情的鼓舞下，在各個委員的大力支持下，悉尼各個文化社團如雨後春筍般成立起來，各個民族豐富的詩會和文藝活動開展的轟轟烈烈，委員們都說，來澳洲多年了，從來沒舉行過這麼令人感動和振奮的活動。通過舉辦這些活動，不僅為在悉尼籌辦「第21屆世界詩人詩會」打下了堅實基礎，而且還募集了資金。

　　黃雍廉先生為籌辦「第21屆世界詩人詩會」真是吃盡了千辛萬苦，他用自己的時間、精力、才力、默默的做著貢獻。從組織策劃到籌集資金，從廣告宣傳到安排活動場地，甚至瑣碎的具體事務他都親力親為一絲不苟，付出了他全部的精力，特別是為中國大陸著名詩人來悉尼參加詩人大會辦理簽證不順未獲簽這一難題費盡周折。他連續在幾個月的時間裏多次跑使館、移民局耐心地做解釋、辦交涉，終於使中國大陸參會代表們獲得簽證順利來悉尼參加了21屆詩人詩會。

　　為辦好21屆世界詩人詩會，組織委員會經常要開會籌畫商量事情，但當時的活動地點紐省作協中心太偏遠，大家去很不方便，為方便各委員來開會，黃雍廉先生跟我商量提出在我家開會，我欣然同意。大約兩年多的時間裏，我家便成了組織委員會的開會場所。比起黃雍廉先生，我這點付出微不足道啊。倒是黃雍廉先生家住卡市，離我家也比較遠，他每次要轉乘好幾趟車才能趕來，可他卻毫無怨言。黃雍廉先生總是默默無聞的奉獻著，最令人感動的是，他不圖功名，在成立委員會之初，眾人都推薦

他做委員會的主席，可他卻邀請Robyn Ianssen女士做主席，土耳其的波克先生做副主席，自己甘當伯樂。

　　澳洲是個多元文化的國家，語言上客觀限制了大家在詩歌上的交流，黃雍廉先生刻苦提高英文水平，他的口袋裏時時揣著有中英文對照的詩歌本，碰到不懂中文而喜愛詩歌的友人，他便用英文朗誦給他聽。他用詩歌把不同文化，不同語言人們的心和友誼連在了一起。「第21屆世界詩人詩會」在悉尼成功舉行，它的影響力之大是世界詩人們有目共睹的，它使各國移民的民族文化得以發揚傳承並源源流長，為澳洲文化的百花齊放，增加了絢麗的色彩。詩是有生命力的，高爾基曾經說過：「詩人是世界的回聲，不要把自己集中在自己身上，而要把全世界集中在自己身上。」黃雍廉先生是當之無愧的面向世界的詩人。

　　黃雍廉先生離我們而去了，巨星殞落，我們失去了一位可親可敬的詩人，但他的作品高山仰止，永遠散發著真正的藝術魅力，他的人品典範千秋，永遠激勵、教育著我們，他慈祥的笑容和美麗的詩篇依然感動著我們，他的精神永遠不會結束。

　　詩人的足跡遍天下，他不斷邁動著前行的步伐，不停地唱著心中的歌，一路走好，我們愛戴和尊敬的黃雍廉先生！

2008年10月於南京

抒愛國心聲　揚民族正氣

——淺談黃雍廉先生詩歌創作

◀潘起生▶

《澳華新文苑》編者按：本文作於黃雍廉會長生前。從去年七月起，黃會長
與外界斷了消息，本想在他重新精神抖擻地露面主
事時發表此文，以為慶賀，不料卻等來一個令人十
分傷感的噩耗。現在只能以潘起生先生這篇力作，
表達我們對黃會長哀悼之情。

　　作為雪梨華文作家協會會長，黃雍廉的名字是很多人都十分
熟悉的。他的名字是與他的詩歌融為一體的，是與雪梨華文文運
和詩運聯繫在一起的。

　　黃雍廉先生自八五年來澳，二十年來他對促進和推動雪梨
華文文學事業的發展和對外交流，都起到了積極作用。於九二年
創建起澳洲第一個雪梨華文作家協會，其間之艱難困苦，如若用
「二十年辛苦不尋常」來形容，還略嫌輕描淡寫了點。鍥而不捨
的堅持，當然是前提，而他超人的承受力、非凡的組織能力，以
及他對雪梨華文文學事業的熱心和耐心，也是取得成功的保證。在
他的努力下，有多少年長和年輕的作家、詩人，都得到了進步和成
長。但他自己卻失去了寶貴的創作時間和精力。如果說世間有多少
遺憾的話，那麼，他卻從這種遺憾中，得到了充實和安慰。

　　如眾所知，黃雍廉先生是以他的漢語詩歌寫作技術和程度，
在澳洲乃至國際上，獲得了較為廣泛的聲譽的。這就給人們一個
單純的印象：他就是一個詩人。

　　不錯。他確確實實是個詩人。但他更是一個作家，而且是一個寫作領域非常廣闊的作家：包括散文、小說、論評、報告文學、傳記文學、電影劇本……體現了黃雍廉先生的全面素質和學養。

　　黃雍廉先生的寫作，如果從他出版的作品來看，應該說是從一九五三年開始的。他自一九六九年出版《燦爛的敦煌》第一本詩集迄今，共出版了小說集《鷹與勳章》（1973年）、散文集《情網》（1974年）、長詩集《長明的巨星》（1976年）、散文集《國土長風》（1977年）、小說集《昆明的四月風暴》（1981年）、人物傳記《是先民之先覺者（陳少自傳）》（1983年）、劇本《背書包的女孩》（1984年）、小說評論集《黃雍廉自選集》（1984年）、傳記文學集《六神傳》（1987年）、傳記文學集《蔡公時傳》（1988年）、小說集《南沙巡航集》（1989年）、長詩《飄著龍旗樓船上的英雄們》（1993年。澳洲）……等十餘種。獲獎的作品有：中篇小說《紅岩谷》（金像獎）、《昆明的四月風暴》（銅像獎）、短篇小說《一零八號尼龍艇》（銅像獎）、《雙環記》（全國徵文首獎）、《第一號沉箱》（銀像獎）、《伊金賀洛騎兵隊》（銀像獎）、《氣正乾坤》（電影劇本銀像獎）、《背書包的女孩》（電影劇本徵稿第一獎）、《守望在中興島》（長詩銀像獎）、《長明的巨星》（長詩金像獎）……

　　從以上這些作品的書目和一些相關的事實中，我們不難看出，黃雍廉先生是一位創作精力旺盛、才華橫溢，受到國內外肯定的詩人、作家和學者，而額外對詩歌創作具有強烈愛好和才情而已。最終還是一位詩人。一切都從詩歌出發，始終都鍾情於詩歌。

　　作為來自臺灣詩人中卓有成就的一位，黃雍廉先生與紀弦、洛夫、瘂弦、羅門等人的詩歌風格不同。他並沒有像那些「瘋

狂」詩人們所特有的那種「英雄主義」情結和對歷史和傳統進行清算的企圖。他的詩歌在臺灣一直是以他自己的寫作方式，開拓他自己的詩歌寫作天地。他的詩格既非「傳統」的「守護者」；亦非「超現實」的「同路」人。而是界於這兩者之間在現實與時代磨洗中的物象與心象、具象與抽象之間的一個現實世界的關注者，和一個精神世界的旅行人。從某種意義上講，他的詩要比他們的詩來得坦直、恢宏、純情、真摯……這也許就是他的詩歌在臺灣年年都能獲得獎項的原因吧。換句話說，他的詩歌表現出他對所生活的土地的熱愛；表現出他對他所處的時代和社會的關注。

我並非無故要這樣說。

因為半個世紀以來，人們祇要一提到臺灣新詩，一般人總會琅琅上口地提起早期那幾個人的響亮名字。以為他們便代表了臺灣的現代新詩。我想這是一個錯覺，多半是傳媒長久以來有意無意誤導所致，正像大陸一提到現代新詩就是舒婷和顧城一樣。事實上，祇要是對臺灣詩壇略有認識的就都知道，無論過去還是現在的臺灣詩壇，都不是那幾個人的名字和幾個詩社所能概括得了的。人們也不會忘記，在五、六十年代，由於臺灣詩壇上的惡性競爭，讓人們紛紛步入虛無晦澀的迷惘，致使個個面目模糊，孤立於傳統與社會大眾之外。後來不又一個個回到了傳統的道路上來了嗎？當然我們也不能全盤否定這一不幸的代價。這段不幸的過程，也使臺灣的詩人們開拓了現代詩歌的創作領域。但是，我們無論如何也不能鼓勵我們的詩人們再重新製造一個那樣的不幸吧？

我為甚麼在這裏插入這樣一個話題呢？我是想以此說明黃雍廉先生的詩歌立場。

在這樣詩歌大環境、大氣候中，黃雍廉先生沒有隨波逐流，毅然卓然地走他自己的詩歌之路。

　　那麼，黃雍廉先生的詩歌立場，是甚麼呢？

　　我認為，祖國和民族，就是深入他詩歌的一條主線。這就使他的視野開闊，熱情洋溢，成為一個富有民族責任感，富有民族精神的優秀詩人；這就能使他有傾不盡的情，寫不盡的詩。所以在當年的臺灣詩歌幾乎到了「山窮水盡疑無路」的地步，他仍能眼亮心明的，短詩接長詩，長詩接短詩：從《燦爛的敦煌》到《長明的巨星》再到《守望在中興堡》……獎項一個接一個。

　　其實，這條主線一直貫穿著古代與現代：從屈原到李白到杜甫……從郭沫若到艾青到李瑛……哪一個不是以詩情點燃淚水與血水？同一的對民族的悲情的沉重憂患與對歷史創痛的沉思與回顧，均貫穿於其中。成為一代一代詩人吟哦的主線與反思的契機，一個個詩人的立場，由此而更清晰；一個個詩人生命指向，由此而益凸顯……這種彌足珍貴的對民族、對文學、對歷史與傳統的嘔血謳歌與切膚的寫作精神，於黃雍廉先生而言，在當年那樣以描紅西方流行於詩人作品為時尚的臺灣詩壇，能夠依然堅持著這一主線，該是何等不易！該是何等令人感動！屹立在他白紙上的文字和精神，沒有辜負流淌在他血管裏的中華民族的血液。我想，這也應該是我們每一個中國寫詩人最起碼的寫作精神吧？

　　也正是這樣的詩歌立場、詩歌路線，而決定了他的詩歌風格。

　　應該說，詩歌的風格是各種各樣的：有的如萬里長風，有的如桃花流水；有的屬於豪放派，有的屬於婉轉派……我寧願將黃雍廉先生的詩歸於豪放派。因為他的詩，不是柳永的曉風殘月，不是李清照的綠肥紅瘦，不是李少遊的山抹微雲，更不是納蘭性德的山一程，水一程，風一更，雪一更……而是東坡的「大江東去」的豪放，艾青的：為甚麼我的眼裏常含有淚水？「因為我對

這土地愛得深沉」的堅摯。他這種赤子之情、民族之愛，想必是因他出生的那塊土地的緣故吧？

黃雍廉先生是湖南湘陰人。少年求讀於湘陰私立汨羅中學，校址靠近汨羅江畔的屈原祠。所以他以「汨羅」為筆名，旨在崇敬屈子的偉大愛國情操。我想這才是他的詩的真正源頭。而源自這裏的詩，能不流淌著我們中華民族的血液嗎？能不烘托出我們中華民族的靈魂嗎？

在我看來，所有的愛國詩人的詩無一不是豪放的。正所謂「理直」才能「氣壯」。有甚麼還能比熱愛自己的祖國和民族的理由更為充足的呢？這就形成了黃雍廉先生詩歌高昂、熱烈、奔放、宏闊基調的根本原因。但又氣高而不怒、力勁而不露、情多而不澀、才贍而不疏。明朗輕快，揮灑自如，伸縮由己。宏為時代立心，旨為民族樹節。長歌短吟，各成聲部。誦其詩，猶如徜徉於詩的十里廣場，豐富多彩。詩若寫得像這般，才不愧為詩……

我第一次讀他的詩，是他的那首〈冬夜宴唐人街〉：

> 這是南太平洋的一個溫暖的／冬夜／窗外的聖誕紅笑紅著臉／達令港輕盈的海鷗／擁一簾海濤的幽夢／把展翅的／雄圖枕在碧海星輝的／舞曲裏／夜／是一首無聲的歌／祗有唐人街披一身彩虹／為一個屬於東方的／屬於中國文化花季的來臨／忙碌著／李白／曾春夜宴桃李園／我們在南半球的唐人街／唱合著同一心曲……

這首詩共六段，這是前三段。這首詩在黃雍廉先生詩作中也並不重要。我為甚麼要選用它呢？因為那時我已有八、九年不讀詩不寫詩了。我厭煩詩。但當我讀到這首詩，好像又重新喚回我對詩

的那種淡淡的依戀，一下子又重新回到詩了。這首詩的副標題是
「寫在九二年華人藝術節籌款晚宴上」。可見這是一首寫實即興
之作。表現出詩人文思敏捷。又是以一種輕描淡寫的筆法，更顯
示出輕快、典雅、隨意之中的那種細微與宏闊的魅力。其物象與
想像的結合、古代與現代相照的運用之嫺熟，一看便知這是一首
成功詩人加成功詩藝的成功的隨意之作。

　　那時我還不認識黃雍廉先生。後來我才知道，他是從湖南到
臺灣，又到澳洲。他在臺灣淡江大學完成了高等學業，經歷了十
餘年的軍旅生活，先後擔任過《軍聲報》、《新中國出版社》、
《青年戰士報》、《華欣文化事業中心》等單位的記者、編輯、
副總編輯、主任等職。曾任臺灣新詩學會秘書長。我的意思是
說，他是一位有實際生活實踐和寫作經驗的詩人。而不是一個活
在象牙塔中的詩人。而且，他的詩也經歷了風風雨雨。

　　我們需要承認，一個詩人的成長，和一種詩潮的湧動，不能
不受到時代的制約，和多種因素的影響，如果從這一角度講，黃
雍廉先生所堅持的詩歌方向和所走過的詩歌道路，就應該說是屬
於他自己的自我要求，自我行動。詩歌的意義，正在這裏。

　　為甚麼？

　　我總是這樣認為：直到今天，我們對臺灣新詩的認識，更多
的都是停留在對它的啟示作用上、停留在對歷史的敘述和藝術的
欣賞層面上，且尚少切入其文化的內涵，乃至教訓。黃雍廉先生
來自臺灣，我們今天談他的詩，不能不談當年的臺灣詩壇。

　　這裏，我想套用人們常說的一句話：疾風識勁草。

　　黃雍廉先生詩歌創作生活，已有四十多年了。他的詩起步
於五十年代。那恰恰是臺灣詩壇爭論最激烈年代。其爭論的焦點
是：「縱」的發展，還是「橫」的移植？當時在臺灣詩壇上以紀

弦為首，包括羅門、瘂弦、洛夫等人提出要移植西方現代詩到中國土地上來，非要打倒傳統不可。他們主張以主知為創作原則。而以覃子豪為首，包括鍾鼎文、高準、周伯乃、古丁、文曉村、王祿松等人，一致反對。他們雖然不以直承中國傳統為己任，但也不願貿然地去作「橫」的移植。他們提出建立「新民族詩型」，主張形象第一，意境至上，喚醒民族靈魂等「新民族型」六項要義。

事實上，無論怎樣爭論，誰也沒能阻止了誰，誰也沒能阻止了臺灣詩歌的逐漸西化。到後來，甚至連藍星社同仁們在現代派最初還比較溫和的，其成員的創作也隨著現代派潮頭的高揚而越加西化，而拋棄了「新民族詩歌型」的本義，而轉為強調「世界性」。有人竟然舉起超現實主義的旗幟，使臺灣詩歌運動出現了第二個高潮，把臺灣詩歌的「西化」推向了極致，使臺灣的詩歌陷入了晦澀、難懂、怪誕，脫離民心、脫離社會、脫離時代的道途。

需要指出的是，即使是在臺灣現代主義潮頭高揚時期，鄉土主義和傳統主義的詩歌精神，也仍然存在和發展著。就在這片噪聲中，黃雍廉先生卻把自己更多的目光投入到時代和社會中去，投入到歷史和中國的大好山河中去。就在這時，他的短詩集《燦爛的敦煌》出版了，可說是疾風中的一株勁草，更加凸顯出它的「燦爛」和亮麗。這本詩集一共包括長短詩五十首，它的寫作時間從1960年到1969年，恰好覆蓋了這段爭論的全過程。應該說它是臺灣新現實主義詩歌的先聲。它的明朗、清新、健康的風格，體現出黃雍廉先生的詩歌路線，含括了黃雍廉先生的詩歌觀和整體詩歌精神。這條路線是與倡導超現實主義《創世紀》相抗衡的另一種流向。堅持這條路線的在臺灣除了餘光中、覃子豪、鍾鼎文還有文曉村、王祿松、古丁、李春生、塗靜怡、高準、周伯

乃、王幻、陳敏華、臺客、賴益成、向明、魯蛟等。這場爭論長達十年之久。它到底說明瞭甚麼呢？

以我之見，無論是橫的移植，還是超現實主義，不啻是臺灣詩歌發展史上的一種風流名詞和精神泡沫，一個語言的烏托邦，是對詩歌文體的一種誤導。甚麼是詩？詩是一個民族文化精髓的沉澱，任何時候都不能離開繼承本民族的優秀文化傳統，同時也不能排除借鑒其他民族文化中有益部份。法國文學家伏爾泰在《論史詩》中曾說過：「我們應讚美古人作品中被公認為美的那一部份，我們應吸取他們語言和風俗習慣中一切美好東西。」他又說：「如果歐洲民族不再互相輕視，而能深入地考察研究自己鄰居的作品和風俗習慣，其目的不是為了嘲笑別人，而是為了從中受益……」（見《西方文論選》5）臺灣大詩人余光中先生也曾說過：「一個作家要是不瞭解傳統，或者更加危險。不瞭解傳統而又要反對傳統，那他必然受到傳統懲罰。」這或許是他有所感而說的。不過，這些人畢竟是詩人，錯了就是錯了，敢於承認。經過七十年代爭論後，一直倡導超現實主義的洛夫也承認：「這時我開始對文學傳統重新作審慎評估，而日漸產生詩觀逆轉，感情與語言風格的回歸」（洛夫：《詩魔之歌》導言）。這些浪子終於回頭。

不是我有失厚道，確確實實為了說明黃雍廉先生詩歌創作背景。我對臺灣詩壇說了這許多話，牽扯到幾個人的名字，是為了說清歷史的本來面目。歷史有時是要說清的。對於一些歷史看客來說，他們總是改不掉這樣一種惡性習慣：造反有理。舉旗的更受矚目。對於那些新墾地上的磨鐮人，視而不見。我說這些「目的不是為了嘲笑，而是為了從中受益」。也許從這徒勞的尋找過程中，尋找出一點點藝術欣賞趣味來呢。

　　我還要重複我前面的話：我們今天研究黃雍廉先生的詩歌創作，仍然不能離開他的詩歌創作背景。因為我們評價一個詩人的詩，不能根據他的一兩首詩，也不能根據他某個時期或某個階段的詩，而要看他整個創作和整個過程。直到今天，黃雍廉先生的詩歌仍然還是那樣：中國風，東方味。不過是更加「老道」了。如他那首被選入大陸版的《港臺抒情文學精品》中的〈唐人街〉一詩：

　　　是一所港灣／專泊中國人的鄉音／無須叩問客從何處來／淺黃的膚色中，亮著／揚州的驛馬／長安的宮闕／湮遠成為一種親切之後／風是歷史的簫聲／傾聽，如／一首夢般柔細的歌／是一所永不屯兵的城堡／匯聚著中國的二十四番花訊／你是不用泥土也能生根的蘭草／飲霜雪的冰寒／綻東方的芬芳／鮮明矗立的牌樓，像／黃河的浪／東流，

黃會長與潘起生（左4）等文友在文學集會上。

> 東流／永遠向著陽光的一面／是一座璀璨的浮雕／亮麗著
> 殷墟仰韶的玄黃釉彩／煙雲變幻／一如西出陽關外的信使
> ／海，便是你心中的歸路／孤帆遠影／故鄉的明月，是仰
> 望北斗的磁場……

這是一首懷鄉詩。詩人以「唐人街」這一歷史文化現象為中心，馳騁想像的翅膀，反覆渲染。在渲染的過程中，形象地抒發出一個身在異鄉、心繫祖國的赤子之情和為五千年燦爛文明而驕傲的民族自豪感。其基調之高昂，在眾多思鄉詩中所罕見。它與其他寫唐人街不同的是不僅僅限於唐人街本身，而是通過具體物象：長安、揚州；風聲、簫聲；蘭花、霜雪；矗立的旗、黃河的浪；殷虛的釉彩、玉門關外的信使……遠的、近的；古的、今的；聽的、看的；動的、靜的……甚麼叫「大風高歌」？這就是。

這就是詩人的胸懷，詩人的氣質。我佩服的是詩歌的「速度」：來得猛，去得快。詩的節奏感和音樂感極強，是詩歌與音樂的完美的統一。因此在前一陣子國內發起的「關於中學語文教材討論」中，著名詩評家毛翰先生曾推薦的港臺文學作品，祇有余光中的〈鄉愁〉和黃雍廉的〈唐人街〉。

我們說，在時下仍然需要黃雍廉先生的這樣詩歌，因為我們現在正處在一個世紀之交的關鍵時期。這個時期的本質特徵是甚麼？誰也沒有吃透。當然，時代的本質也著實不易把握。然而，也往往是那把握了時代本質的詩人，才是大詩人。我並不是說黃雍廉先生是大詩人，而我相信，他是懂得甚麼是大詩人，因為他的詩由始至終地宏揚主旋律；由始至終地貼近時代和社會。吟唱祖國和民族，由始至終地是他詩歌創作的常青主題。他的詩，可以稱之為東方的驪歌，時代的寫真。在他的詩中，有深厚的歷史

和原生文化的積澱，有一種細微與宏闊的魅力：細微，體現出藝術的綿密；宏闊，則展現出詩人的思考深邃。他是追求一種融婉轉與雄健於一體的藝術風格。比如他的〈駝鈴頌〉一詩中：「你以安祥步履朝向前程／是一種信念／一種永不期許的付出／金字塔是一盞古漠長明的霓虹燈／你是一座會走路的金字塔」這是體現他對生命和付出的領悟；比如他的〈弔屈原〉一詩中：「一個人沉下去／千萬顆靈魂浮上來」這是婉轉中寓大氣魄；比如他的〈萬里遊蹤醉雪梨──迎詩人雁翼〉一詩中：「我們有三個母親／天地生我／大氣裏無聲無色的母乳／我們又是胎盤中蒂落的果子／母親是那歷經風雨開滿人間愛的／花朵的樹」這是溶母愛與大愛飲泣啼血之言……甚麼叫思想與藝術的完美結合？這就是。

他的詩，深入，細緻，語言洗練，溢滿靈動。他是在作傳統與現代之間的一種求索。他的詩，常常是以樸實、細小、瑣雜之聲，使你放開眼界，突然之間變成了龐然大物，更增加了詩的感染力。這種「感染」不是「穿透」，而是「滲透」；不是「震動」而是「深入」。比較溫潤、和緩，於不知不覺中融入人心，喚醒沉澱於人們心底的某些共有的人生感受。這也是詩的含蓄，給讀者留下足夠的想像空間。他的詩不設置語言障礙，不趕時髦。他用他自己的步法走路。這在現代與現實的「邯鄲學步」的今天，也該算是一種「獨立獨行」的精神了吧？

他來自高等學府，在他詩的「書卷氣」中，流蕩著一股奔放無羈的豪情，這也許與他那段軍旅生涯有關，也是學繼濂溪、楚韻湘風等諸多因素，造就了這位風格獨特的詩人。一位沉思，而嚴肅的詩人。他以短詩創作為主，長詩更是寫得大氣磅礴，豪放不羈，溢滿著強烈的民族情感和人間正氣，更能顯示出他的詩歌實力，尤以長詩〈飄著龍旗樓船上的英雄們〉為最。

　　這首長達1200餘行長詩，是以詩人豐富的想像力、充沛的激情、淵博的知識，將歷史與現實融為一體的大結構，張揚了我們中華民族的性格和氣質，含括著詩人的民族心、國家愛、時代情，而著墨最多的是對海峽兩岸和平統一的急切渴望。因此，這首長詩的本身也就規範了詩人必須要有排山倒海的政治激情和堅實的文學內涵和思想作補充。就像張起了高高的帆，必須有鼓蕩的風；展開了長長的征途，必須有浩浩蕩蕩的進軍；開拓一條江河，必須有洶湧澎湃的流水……那種小家碧玉，或者缺乏激情的詩人，是駕馭不了這種龐大結構的。況且，它又是一部駁辯性詩作，除了簡明扼要的具有詩性論辯之外，還必須具有一針見血指出事物本質的力據。實際上，這是一種苦澀的跋涉。像這種溶實事與抒情為一體，然以史入詩，兼文質與詩質之秀的長詩，不僅在澳洲，國外也不多見。它有沙漠中的渴望，衝刺中的激烈。黃雍廉先生寫來如行雲流水，全詩沒有絲毫擁塞之感。他是以歷史鑒照現代，以現實反思歷史，架構起全詩，切入題旨。詩的開頭：

　　這是個新的戰國時代／秦國不祇一個／他們都有李斯為相／他們正笑看東方中國的分裂／笑看飄著龍旗樓船上的英雄們／兄弟尋仇／揮刀掛彩／臺北是臨淄／北京是郢

這種以文化批判的眼光切入，就有精微的灼見，而不「宏大述事」之遼闊，舉重若輕，以小見大，以歷史逸事，落視於現實徵候。並能在寫史寫事中，寫出詩的味道來，這是詩人成熟的標誌，顯示出其實力。

　　但是，實力和成功，是不能等量而觀的。我是說，像這樣一部長達1200餘行的巨製，一直都能保持在一個比較穩定的水平線

上，又不落於重複的局面，是他發揮和調動了藝術技巧上所有能動作的各種各樣手段。比如：今昔交疊、內外聯引、兩岸互動、正反印證、前呼後應……達到既概括，又充實；既豐富，又凝練。篇幅雖長而不臃腫；內容雖繁而不紛亂。使人讀後，感以陣痛，沉於深思，直欲擊劍而起。這全賴於詩人以祖國和民族利益為重，時而苦口婆心陳述利害，時而現身說法的指引。

全詩共分七個部份。每個部份都是一個重量級的較量。全詩一直都是在駁辯與論辯、陳述與抒情中深入和發展的。

以下，是這部長詩落幕的尾音：

> 海峽兩岸的英明政治領袖們／歷史在向你們歡呼／時代在向你們招手／還有甚麼比英雄事業／更令人嚮往／昆侖雲靄靄／江漢水湯湯／祇要踏過和平的海峽波濤／我們便握住了東方的／王者之劍／飄著龍旗樓船上的英雄們／你們面對即將擁有的／中國人的偉大光榮／我想／你們一定會「壯懷激烈」地／發出由衷的／豪笑吧

這首長詩最先發表在大陸的《中國詩人》雙月刊上，後又在臺灣的《世界論壇報》、澳洲的《華聲日報》相繼發表。得到了熱烈反響，已得多人多次評論。正如臺灣《世界論壇報》編者按語所言：他從古今歷史長河中撫觸民族被壓迫的歎息，從近百年的烽煙戰火的吶喊聲裏喚人漢雄風之再起。簫聲劍氣，慷慨淋漓。大地鐘聲，喚民族沉睡之靈犀；時乎，時乎，不再來；喚我炎黃子孫看二十一世紀的風雲變幻。

最後，我想要說的是，黃雍廉先生的詩，充分體現出黃雍廉先生的追求：歷史的與現實的、昨天的與今天的，相交融的追

求。在今天，像黃雍廉先生這樣的詩已經越來越少了。對那些在詩歌中真正血脈流動與民族氣質相交融的詩，我們也已經有一種久違的感覺。自「五四」新文化運動開始，中國新詩創作從徐志摩、胡適、魯迅、梁實秋等前輩啟蒙倡導以來，已將近一個世紀，不可否認的，這其中確實誕生出不少傑出詩人，也有不少足可吟詠的優秀作品。但如果要繼承唐宋詩風，自成一家，光耀時代，流傳後世，倡導「明朗、清新、健康、中國」的詩風，是必要的，也是應走的一條陽光大道。

發表於《澳華新文苑》第321-323期

良師益友黃先生

◀于連洋▶

　　那天，在黃雍廉先生的追悼會上，西彤先生心情激動地對我說：「連洋，你是黃先生的老友，上去說幾句話吧，黃會長是澳洲華人文壇的墾荒牛，他就這麼走了，真是想不到……」我悲傷地對他說：「日後我會為黃先生寫文章的。」當時，我雖然人在追悼會，但心裏還是不相信這是事實。在以後的日子裏，那些與黃先生相識、相交的情景不斷地浮現在腦海裏，而且越來越清晰、越來越親切、越來越感受到了黃先生精神上的力量和人格上的魅力……

　　認識黃先生並成為心靈相通的朋友已有十五年多的時間。當年，由於對黃先生在報刊發表的政論散文和抒情詩歌的賞識，於92年初我申請加入了雪梨華文作家協會，並在當年10月被選為作協創會理事。不久，我又因參加了這樣一個協會而心中不安。起因是，作協班子幾次開會的地點是在國民黨悉尼支部的大樓裏。後來我得知，黃先生原來是國民黨軍隊的著名記者、作家。參加一個這樣的協會，會不會有政治風險，黃先生會不會是國民黨的特務？這種猜測曾困擾了我很長時間。後來從黃先生發表的大量詩歌、散文，從黃先生帶領作協舉辦的紀念屈原、孔子的詩歌朗誦會，紀念香港回歸的詩歌朗誦會以及作家作品研討會等，我深深地感受到，黃先生對中華文化的深刻認識和真誠熱愛已達到了比大陸人還大陸人，他對兩岸和平繁榮的期待所展現出的一片赤

子之心比大陸學子還強烈、還鮮明。這不僅感動了我，也征服了我，使我相信，黃先生雖然來自臺灣，但他是一名真正的文人，是一名學識淵博的中華文化的傳播者。

在雪梨華文作家協會分裂的時間裏，產生了兩個協會，即悉尼華文作家協會和新洲華文作家協會。那段時間裏，黃先生非常苦惱，不理解為什麼他曾經傾注了滿腔心血去培養的個別作家卻要如此無理地對待他。在一次次電話交談中，他瞭解了中國的文化大革命，他瞭解了這一代人成長的環境和背景，他開始理解了他們的過激行為。他很快地放下了前嫌，又一如既往地為作協的發展而工作，為作家的成長和作品的出版發表而盡心盡力。

來澳洲最初的時間裏，為了真正地瞭解、認識澳洲的歷史、文化、自然、經濟等狀況，我用了多年的假日時間，遊覽了澳洲眾多的城鎮與牧場、名山和雨林、沙漠與大海，使我對澳洲開始有了一些實際認識和理解。黃先生知道後，就鼓勵我趁著熱情和激情把它變成文字，讓更多的人有機會分享這一切。在黃先生的激勵下，我先後在澳洲、中國報刊發表了散文系列《迷人的風情》和隨筆系列《澳大利亞漫記》。作品發表後，引起了一些反響，很多讀者慕名而至，使我有機會結識到了一些意想不到的讀者和摯友，也經常遇到一些人在路上、在店裏與我談感受，並向我介紹一些他們的奇遇和經歷。這也進一步激發了我的創作熱情。2001年世界華文報告文學徵文時，黃先生又鼓勵我參加徵文競賽，我的報告文學作品〈重築靈魂〉獲得了澳洲優秀報告文學獎，這使我的文學創作又有了新的收穫。我想如果沒有黃先生的指導和鼓勵，也許我現在也不會創作出這些作品。

自92年以來，黃先生不僅為澳洲和悉尼華文作家協會的創建和發展傾注了滿腔熱情和智慧，同時，他還給予了協會的作家以

無私真誠地幫助。作家要出書，他給作序；作家親友來訪，他熱情接待；兄弟協會開作品研討會，他積極支援參加。他的這種寬廣博大的胸懷不知感動過多少人，使這些人成了他的朋友和同路人，也使那些曾經不理解他的人，對他肅然起敬，改變了觀念和態度。

2006年夏天，中國國家籃球隊和澳洲籃球隊在悉尼娛樂中心舉行熱身賽。那天是週六，我接到了黃先生的電話，他說邀請我下午去看籃球比賽，我瞭解了比賽內容就高興地去了。整個比賽雖然中方觀眾群情激昂，但我並不十分激動，因為整個比賽並不激烈。但有一件事讓我永遠都不會忘記。中場休息時，黃先生從包裹拿出了兩份午餐和水，一份遞給了我，那一刻我的心被感動了，這使我感受到了一個文學老前輩對他的朋友無微不至地關心。多少年來，每當我們任何一方有了難事，都願向對方溝通，以交流意見，獲得解決的主意和辦法；當我們遇上了一些喜事，也願意和對方分享，以感受友誼的真誠。在我的家裏，至今還珍藏著很多黃先生贈送給我的寶貴禮物，有他的專著、有精裝的DVD影視作品，還有來自他家鄉的巨幅湘繡。

黃先生走了，走得那麼突然，那麼無聲無息，給很多關心他的人以無限的惋惜和思念。

現在距澳洲和悉尼華文作家協會成立已有十六年多的時間，這些年來華文作家出版的作品越來越多，影響也越來越大，在這些作家中，誰能說得清有多少人不曾受過黃先生的關照和影響。黃先生默默地走了，但黃先生卻給澳洲華人文壇留下了一筆寶貴的精神財富。他不僅是澳洲華人文壇的開拓者，給澳洲文壇帶來了繁榮和發展；他更是華文作協朋友的良師益友，給他們的精神和創作帶來了深遠的影響⋯⋯

為詩為文為中華
——悉尼著名詩人黃雍廉先生

◀張奧列▶

　　記得十年前，黃雍廉先生撮合悉尼一幫文人雅士率先掛起了華文作家協會的牌子，之後便見他忙忙碌碌東張西羅經營著這片清新可人的芳草地。至今，他這個作協會長組織了多少活動，寫下了多少詩文，並為他人作了多少「嫁衣裳」，我記不清了；但我看到了一個華文文壇日漸壯大，看到了各路寫手英豪躊躇滿志。

　　所以，稱黃會長為悉尼文壇的「開創者」、「組織者」並不為過。

　　人們都尊稱黃先生為詩人，其實他的小說（包括長、中、短篇）、散文、傳記文學、電影劇本的數量及成就並不亞於詩歌，那是早年在臺灣的事了，那時他是一位軍旅文人。閒居悉尼後，他繼續以詩言志——言人生大志，以詩傳情——傳文友誼情，軍人的耿直，文人的激情，仍閃現在他的詩文中。

　　他並非不苟言笑的人，但處事為文從來都是一絲不苟，執著認真，且事事親力親為，滿腔熱情。他為許多文友撰文推介或賦詩寄望，也曾為我拙書作序勉勵。在我採訪他的時候，他仍對文壇文友傾注著關愛之情。

　　歲月的印痕毫不留情地烙在他的臉上，而耕耘的成果也同樣無可推擋地回報他的人生。付出和得到，對這位文壇長輩來說，應該是公平的。

記：黃會長，近來常見您出席華人社區有關兩岸和平統一的各種
　　活動，也見您寫過有關詩文。作為文化人，您為何對兩岸的
　　政治問題這麼感興趣？

黃：我旅居悉尼至今年三月，剛好屆滿十五周年，可謂「歲月隨
　　風過，徒然白髮增」。羈旅之中生活大抵是一片空白。如果
　　說有一點鴻爪留痕，那就是我對中華文化以及國家民族的前
　　途，多少懷有著一顆南宋大詩人陸遊憂國傷時的心，而參與
　　一些與文化、時政有關的活動。

　　　　我不敢說我是文化人，但多少沾了一點文化人的邊。文
　　化人有一個共同的特質，就是「身無半畝，心憂天下」。中
　　國歷朝歷代文化人都為國家民族貢獻了居安思危、在艱彌厲
　　的心力與智慧。

　　　　就目前海峽兩岸政治及軍事尖銳對抗的狀態來說，誰都
　　知道「和則利，戰則崩」。中華民族歷經百年的內憂外患，
　　實在再經不起戰火的蹂躪了。處在這一關鍵時刻，作為文化
　　人是不能沒有聲音的。

　　　　所以97年我寫了長詩〈飄著龍旗樓船上的英雄們〉，分別
　　在上海、臺北、悉尼三地發表，廣獲好評。當年悉尼慶香港回
　　歸晚會上，也朗誦了我的長詩〈明珠還祖國〉。最近在你編的
　　副刊上發表的長詩〈請抓住我們等了一百年的機會〉，也在悉
　　尼和統會晚會上朗誦。我為兩岸和平統一而為文、為詩，無非
　　是剖白是非、張明利害，以期喚醒國魂罷了。

記：您是一位充滿愛國情懷的詩人，讀您的詩，總有種大漠荒
　　原、上下五千年、激揚文字的氣勢，更有種愛我中華民族、
　　揚我中華文化的自豪感。這種風骨是否與您的人生及創作道
　　路有關？

黃：我想，凡是真正的詩人，必然是愛國愛鄉的。這不是偏狹的民族主義，而是處於詩人對出生地原始感情的眷戀。也正因為對原始感情的重視，詩人便能推愛於人，推愛於眾生，推愛於世界。

　　我出生在屈原沉江的汨羅江畔，夫子的愛國節操對我的處世和寫作，我想是有明鑒作用的。青年時到臺灣，曾任軍職，後畢業於淡江大學，從事文化工作。先後當過記者、編輯、總編，也出任過臺灣新詩學會秘書長、中華理教總會秘書長，清溪文藝協會理事兼詩歌組評審委員。曾和中國作家代表團出席世界詩人協會大會，中韓、中日作家聯誼會。這些經歷確實有助於我對中華文化的理解。

　　我之所以在詩文中對中華文化、以及中國的歷史與前途引以為自豪充滿信心，就是基於對中國文化內在完美品質的深切認知，深知它不僅有益於中國，亦將有大補於世界。

記：您寫了大量的詩作及詩評，予人一位「詩人」的印象。其實您是個多面手，早年在臺灣，您還發表並出版過不少中篇小說、短篇小說、傳記文學，並多次獲得各類金、銀、銅獎。我讀過您在七十年代寫的並獲獎的中篇小說〈紅色的罌粟花〉和〈昆明的四月風暴〉，我覺得您很有虛構故事的能力和描寫的想像力。您寫小說與寫詩有甚麼不同感受？近年為什麼放棄小說而專攻詩歌呢？

黃：你說得對，現在大家都叫我「詩人」，極少人知道我還會寫小說。七十年代和八十年代，我在臺灣獲新文藝獎的中篇小說有四部，短篇小說有四篇，電影劇本有兩部，比獲三次詩歌獎還多。另外短篇小說〈北迴路第一站〉被選入教育部出版的高中國文課本，電影《揹書包的女孩》曾在臺灣各中

學巡迴放映。不拿獎的著作還有散文集、短篇小說集、短詩集、自選集、電影劇本、傳記文學等。

　　寫詩與寫小說當然很不同。製作一桌滿漢全席，是寫小說的況味；而專門製作一道美味的菜，便是寫詩的景象。詩可速成，小說則必須把握人物性格，故事情節和景物的襯托。更重要的是，小說中的人物必須有生命力，由人物呈現這篇小說的精神價值。

　　來到澳洲，脫離了在臺灣相互爭榮競秀的寫作圈子，心情上好像從戰場上退下來，精神一放鬆，創作小說的勁也就提不起來。

　　創作小說，是一件耗費心力的文學工程，如果偷懶，寫一些流水帳的稿件填版面，那就毫無意義，也非所願。現在寫些詩作，只是應景，談不上專攻。

記：您出版了十餘本著作，您認為那些作品比較滿意，或可在文學史中佔一席之地？

黃：很抱歉，我還沒想到這個問題。現代文人的作品汗牛充棟，而且各吐芳華。文學作品的生命力，還是留待時間去檢驗吧。

　　個人深知才疏學淺，我的那些作品不過是文學大流中的幾片浮萍，飄了一陣就會自然湮滅。如果僥倖還有那麼一片浮萍，能多飄一些時日，可能是《六神傳》這本宣導宗教的著作。

　　這本書1987年由臺灣星光出版社出版，銷行港臺及新加坡等地，目前正洽商中國大陸出版。這部十五萬字的著作，通過神學、史學和文學的筆觸與經營，前後費時五年，閱經百卷，寫東土眾生的保護神觀音大士、道教尊神武聖關公、天后媽祖、宋代佛道雙修的清水祖師，以及明清之際在中國

北方興起的理教鼻祖羊來如祖師的傳略。它以傳統的正史、偏史為經，以道藏和佛經史料為緯，嚴加考證後，以生動的文學筆觸寫成。

　　我比較看好這本書，是因為對上述幾位民間普遍信仰的尊神，將其事跡以經論經、以史論史地小說化、通俗化、系統化、使之彰明易懂，並揭示其與西方之「神」的異同和對當代及後世的影響。

記：很遺憾，我還不知道你在這方面下過這麼大的功夫，有機會拜讀大著，也許可探索到神世界的一些因緣，或對寫作和做人都有裨益。

黃：此書手頭上僅存幾本，下次回臺灣多帶幾本來奉贈你和朋友們。

記：您的詩歌，興之所致，洋洋灑灑，其成就又如何？

黃：至於我的詩作，能否被後世文評家選用一、兩首，摻雜在新詩諸大家的大作中，可以說是「未知數」，這就要看運氣了。

　　由於古典詩詞歷經唐宋諸大家的耕耘，加上諸詩聖詩仙以不世的才華，寫曠古的絕唱，其詩境詞風，已登峰造極，後世詩家很難超越。故專攻古典詩詞的詩風已成過去，這一「詩學擱淺」的空間已由新詩填補。

　　從「五四」時代新月派徐志摩、梁實秋、胡適諸大家的啟蒙開拓，新詩崛起至今也有八、九十年的歷史了。在這漫長的時空裡，我相信百年或二、三百年後，新詩的評論家必然會有一本或多本像唐詩三百首那樣的「精選」新詩集版本產生。屆時我們這一代寫新詩的朋友，或會有不少人的詩作入選。因為這一、二百年不可能留下「詩」的空白。

這是我在思考中的一項發現，對寫詩的詩人朋友，無疑是一樁令人鼓舞的看法。

記：在澳華文壇中，您是位高產作家，出手快，且質量高，您有甚麼秘訣？每當與海內外文友交往時，您總有唱酬詩文，顯示出您的急才和友情。您是否一喝酒，詩興靈感就來？

黃：過獎了，出手快有之，質量高倒談不上。出手快也沒有甚麼秘訣。我的感覺是，水庫中如果有充足的儲水，當你啟開水閘時，才有一瀉千里的水量奔流；如果水庫是乾涸的或存水不多，就很難激起奔騰的浪花。因此，平日多讀書，多省察宇宙萬象，對寫詩是很有幫助的。

至於詩友們相逢聚散的唱酬，這是自古以來一項傳統的表達友情的方式。唐詩三百首中，有相當大份量的作品是在唱酬時完成的。這不僅展示了當代詩人的友誼與風貌，也為文學史留下了珍貴的史料。

我之所以寫一些唱酬的作品，一則是向遠道而來澳洲的詩人朋友，表示出「西出陽關有故人」的溫暖，同時也是讓自己的文思不至完全閉塞。我創作即興詩，與飲酒無關，更沒有李白鬥酒詩百篇的才華，只是表達心中的一份真摯感情而已，詩之工拙非所計。

記：您是澳華文壇的開創者、組織者之一，當年您是怎樣以文會友把作者聚攏起來成立作家協會的？

黃：作為一個在中國出生、成長的文人，我在感情上是無法割捨那份有母乳氣味的鄉土之情。因此很想成立一個文學方面的社團，建立一座文化的「唐人街」。

初旅澳洲，當時只有一份《星島日報》，也沒有文藝版。在文化的感情上，有點像斷奶的孩子，感到茫然無措。

1990年3月，悉尼西區的朋友楊漢勇、莊文藻、楊潤幾位先生，提議辦一份周報。楊漢勇邀我出任總編輯，我因在臺灣長年擔仟報刊編務，對重操舊業，有一種職業上的排斥感。但我極力贊成他們辦這份刊物，並提供大量稿件。

由於缺乏發表作品的園地，當時命名為《華聲報》的華聲副刊上，便期期稿擠。我的中篇小說〈南沙巡航記〉，就是在這個副刊上發表的，大概當時也沒人注意。

後來在《華聲報》慶祝創報周年的聯歡茶會上，認識了劉真大姐，還有胡濤、秀凡、江靜枝、張典姊、李潤輝等幾位作家。再後來又認識了蕭虹博士、趙川、千波、鍾亞章、施國英、石廣淶、湯健、于連洋、梁綺雲、李曉春、梁小萍、張勁帆、程斐雅、黃惟群、陶洛誦、馮石洲、徐虹、樵夫等一班文學愛好者。

1992年春，臺灣的世界華文作家協會秘書長符兆祥先生過悉尼，談及在澳洲成立澳洲華文作協事宜。其後我是以澳洲華文作家協會副會長的名義，在悉尼招兵買馬，於92年10月掛上「悉尼華文作家協會」這塊招牌。而上述這些文友，便成為作協的班底。

後來讀到你的作品認識了你，我也曾請你出任理事並負責創作、評論活動。你說你在廣東作協就是負責組織工作，很想休息一下。我體諒你的心情，便放了你一馬，相信你還記憶猶新。

記：是的，當時我剛來澳忙於打工，沒有太多介入作協活動，但你還是很關注我的寫作。我也看到大家很活躍，並藉著中文園地的逐漸增多而不斷出成果，形成了一個日益興旺的澳華文壇。

黃：時光飛快，今年10月24日，悉尼作協將屆滿十周年。這期間得感謝幾任副會長江靜枝、張典姊、何與懷、李潤輝等文友的通力合作，以及全體會員的熱心會務，奉獻心力，使得作協成為以文會友的溫馨大家庭。這種文學的親情，不唯在創作上相互砥礪，也溫暖了這些離鄉背井的天涯遊子的心。

　　回首走過十年長途的腳步，雖然艱辛但也愉快。可喜的是悉尼文壇已由「陌巷人車少」的清冷，達到現在的「春花映眼來」的文學繁華季節。

　　不是嗎，當年只發表過少量作品的青年朋友，如今都出版了好幾部著作，在國際文壇也頗有名聲。雖然他們的成就與我沒有直接關連，但作家協會的成立，多少鼓舞了他們的創作情緒，也使他們增加許多文學交流互鑒的機會。

　　自然，悉尼文壇的蓬勃發展，也與相繼移民來悉尼的老一輩作家投注心力和熱情是分不開的。尤其是梁羽生、劉渭平、馬白、辛憲錫、冰夫、西彤、潘起生、沙予、蕭虹、徐先樹、胡玲蓀、丁兆璋、劉真、陳光宗、巴頓、徐永年、田廣諸先生女士，參與作協的活動並指導，功不可滅。

記：從您出任悉尼作協會長至今將近十年，您認為澳華文壇有哪些重要發展？有哪幾件重要的文學活動值得載入澳華文學史冊？

黃：關於澳華文壇的發展，剛才已說了不少，值得再一提的有下列幾點：

一、在文學團體的組織上，除了「作協」的團體增多外，其體系也趨健全。全澳各地五個作協，都與世華作協總會取得密切聯繫，並多次派遣代表出席「世華大會」，增進與世界華文作家的友誼及活動領域的擴展。

二、由於報刊的增多，同時增闢作家園地，因此培養出不少年輕一代的作家。他們發而為文或著書立說，對傳承海外的中華文化和對澳華文學的萌芽、成長，起了一定的作用。

三、增加了海外華文文學藝術的交流，使澳華文學與中國的母體文學取得枝幹一體的緊密聯繫。不唯作品的交流密度大，兩地文誼的聯繫亦與日俱增，形成四海一家的大家庭。

單就悉尼作協本身來說，這些年來舉辦了許多具有影響的推動文學發展的活動，簡略言之：

一、悉尼華文作協的成立，並集結一批文友展開文學萌芽期的耕耘，應屬一件值得一書的事。因為在此之前，雖有幾位作者零星寫稿，都屬於散兵遊勇，沒有形成創作群，更談不上負有弘揚中華文化的使命。

二、1994年舉辦「澳華傑出青年作家文學獎」評獎，有九位青年作家分別獲得文學理論、小說、散文、詩歌和藝術表演等獎項，並舉行隆重的頒獎典禮。當時你也是得獎人之一，曾目睹此一盛況。由於這是開風氣之先的一項文學活動，而且這些獲獎的年青作家，日後都成就不凡，相信將來寫澳洲華文文學史的人士，不會忽略這件事。

可惜這次評獎，由於事前的溝通與宣導工作不夠，致引發一場不大不小的風波。隨後有多位青年作家朋友離開悉尼作協另組新州作協。

原擬兩年評獎一次，期以鼓勵文學創作，並向社會推介獲獎者的成就。這一構想原意甚佳，沒想到理想與實際的環境不能配合，為了避免無謂的紛爭，只好停辦。

三、這些年前後四十餘次接待中港臺及國內外西人文友的唱酬

詩文作品，其中不乏佳作。這些作品，既顯其誼，復記其
跡，應是澳華文學史需要的材料。

四、舉辦「香港回歸」、「慶祝千禧」等詩歌朗誦晚會，詩人
們抒發愛國心聲，撰寫長短詩歌數十首，在各報刊發表。
其事其詩，堪入史冊。

五、多次舉辦大型作品研討會及新書發表會，包括：潘起生作
品研討會、張奧列作品研討會、雪陽、巫狄、陳積民作品
研討會、齊家貞作品研討會等。

六、作協與悉尼英語作協共同舉辦在悉尼召開的「第二十一屆
世界詩人大會」。詩人許耀林出資編印了《世界華人詩
粹》一巨冊，呈獻給與會的各國詩人朋友。這是一次世界
性的文學交流，中港臺詩人齊聚一堂意義重大。

七、作協參與香港作聯等主辦的「世界華文報告文學徵文」活
動的協辦工作，評審推薦澳洲作品七篇，結果獲得首獎、
優等獎和佳作獎，成績喜人。

八、舉辦各種學術講座及座談會，包括：紀念孔子座談會、紀
念屈原座談會、《紅樓夢》學術講座、「新儒學」學術講
座、冰心著作研究座談會、洪洋著作研究座談會、雁翼作
品研究座談會、劉湛秋學術演講座談會、「七七」抗戰勝
利五十週年學術座談會等。這些活動本身，並非澳華文學
史的必要史料，但卻是中國固有文化和文學根鬚的伸延，
是文學長流中不可缺少的浪花。

記：談到澳洲華文文學史的編寫，黃會長是最適當的人選之一，
您有沒有考慮著手編寫？

黃：我雖然蒐集了一部份資料，但目前缺乏雄心壯志來支撐這一
理念。你寫過不少澳洲作家的文評與傳略，我想，你是在安

放《澳洲華文文學史》長城的第一塊磚。我倒希望你們年輕
一輩的作家，能肩負這一重任。

記：我個人還沒有這個打算，平日只是留意這方面資訊，或許有
一天會用得著。

文學史是一大工程，除了掌握充分的史料，還要梳理脈
絡、詳為分類、客觀審視及精闢獨到的評析，最好能結合群
力，始能為功。我想，黃會長能否領銜，與文壇前輩籌組一
個編委會來進行這一工程？

黃：你這一建議非常有意義，我會記在心上。

謝謝你的採訪，謝謝你的熱心，在此以茶代酒，敬你
一杯！

記：你的開懷暢談，對我們晚輩很有啟悟，也是一段珍貴的文壇
史料，謝謝！

發表於2002年4月27日《自立快報》

遲到的哀思

◀惇昊▶

　　四月初的一天，我在上海與丘運安先生通了一次電話，通話
將結束時，「告訴你一個很不好的消息，黃雍廉先生過世了。」
電話的那一端，傳來丘先生這句語帶悲沉的聲音。起初，我懷疑
是自己的耳朵出了問題，於是急忙追問了一句：「你說什麼？」
聽筒裡一陣寂靜以後才傳來一句我實在不想聽到的「是真的，我
們的會長黃雍廉先生於去年十二月與世長辭了，過幾天，悉尼的
朋友們還要為他開一場追思會呢。」這句話。即時，腦子「嗡」
的一聲像是響了一聲炸雷，震得我無力的放下話筒，呆呆的站在
電話機前，這突如其來且又遲到了的噩耗，一時間竟使得我感情
與理智發生了錯位，一連串的「這怎麼可能」就像跑馬燈似的在
心際來回不停的轉悠，總也不願承認這是真的現實。

　　雍廉君，那冥冥地宮裡到底發生了什麼事竟讓你走得如此匆
匆、走得如此闃無聲息？你撒手拋開朋友們對你的尊敬與深情，
而你卻給我們留下不盡的哀思與眷念？哎！你，你……一千個，
一萬個不該啊！

　　涮涮涮，窗外才不久還是一抹晴空、熙陽灑暖的迷人春色，
這會兒卻突然拉起了陰沉碩大的天幕，潑灑下一陣陣豪雨，許是
天亦有情，與我同感，聽到這個本不該有的、令人哀傷的消息以
後也揚悲揮淚，與我一起遙祭英靈。

　　哲英駕鶴，逝者已矣。然而，那如煙的往事此刻卻一如潮
湧，件件如昨般的撲向胸際、浮現眼前……。

　　「黃雍廉」這三個字，在我到澳洲後不幾天的中文報紙的副刊中便時有所見，而見到他本人（僅僅是見到而已）則是在1999年當時的《自立快報》舉辦的兔年春節茶話會上。那一次的茶會，悉尼很多文人都參加了，給我印象最深的就是雍廉君的即席發言。他很風趣，沒有半點虛假做作，甚至還一本正經的為投稿文友向當時的「大地」副刊主編張奧列討要稿酬，以致引來在座文友們的哄堂大笑。

　　大約在2000年春節期間，我與雍廉君才有了第一次真正的接觸。那是在「廣東楹聯協會」（即現時的「澳大利亞中華楹聯學會」）春節徵聯活動的頒獎會上，會場設在卡市的金星大酒店。那一次，我有幸獲得優秀獎，受邀參加頒獎儀式，於是，此後幾年，但凡有徵聯活動，我便都會不知深淺的應徵如儀，卻也都能僥倖邀獎，而每次的頒獎典禮差不多又都由雍廉君主持，於是乎我們的交往也就由此多了起來。2003年春，蒙雍廉君不棄，攜我與陳振鐸先生，高攀（不含振鐸兄）加入悉尼華文作家協會，成其麾下一員小卒，此後雖不敢用「過從甚密」這一詞彙來描述，卻也是時有相邀相聚，彼此間不假辭令，互相酬唱，互吐心曲，直至盡歡方散，如今回想起來，真的是「別有一番滋味在心頭」。

　　在澳洲乃至世界華人的詩壇上，雍廉君都應該是一名當仁不讓的積極幹將，一向享有盛名。然而對於名和利，他卻像一個卸俗的高僧，坦坦然淡漠視之。和他交往的這些年來，從未見他顯山露水的在同儕面前張揚炫耀過，由此足以窺見他的修養與美德之一斑。

　　記得在三年前，臺灣還是香港一位王姓女文友撰寫了一副鑲嵌有「雍廉」二字的鶴頂格聯贈他，欣喜之餘便想禮尚往來的回贈一副給這位女文友，一大清早，他便把擬好的聯語傳真給我，

語真意切的要我參與斟酌的修改。試想一下吧，以他如此深厚的文學基礎，竟要讓我這個半吊子來為其聯語潤飾，這種節級紆尊，不恥下問的好學精神，怎能讓我不感動折服得五體投地。

兩年前，是我的七旬賤壽，當雍廉君得知此事後，我的壽辰已過多日，而他卻不肯就此作罷。有一天在一個聚會上，他邀集了蘇珊娜等若干文友，為補賀我的生日而揚歌起舞。最後，他笑容可掬的從背囊裡取出一張用潔白紙張製成的精美賀卡，一副誠摯的神情交給我說：「祝你生日快樂。」賀卡上他親筆為我工整的寫了一首七言賀詩：「賀惇吳詩兄七秩壽慶：心盡忠誠國事多，吾儕何用嘆蹉跎。詩翁自有千秋業，把卷吟哦放豪歌。甲申仲春汨羅黃雍廉」。未曾想，這份禮物如今竟成了雍廉君留給我彌足珍貴的遺贈墨寶。

雍廉君雖長期生活在臺灣，卻始終沒有忘記自己是黃裔帝胄的中華兒女，在他身上有的，是詩人的崢崢傲骨和那份忠貞的愛國赤忱，每當祖國有什麼喜慶消息，他總是在第一時間裡就會以華麗的詩篇來贊頌、來歡慶。如祖國申辦奧運成功、載人飛船成功升空等，他都有佳作傳唱。

兩岸和平統一是全世界炎黃子孫所共同關心的大事，在這個關係到兩岸人民福祉的大是大非問題上，雍廉君始終是反對分裂，提倡和平統一大業的積極支持者。2003年底，他曾以「和平統一，誰與爭雄」為題寫了兩首五言絕句，徵集文友們同聲唱和。其一：「海峽風煙歇，和平兩岸贏。山河真一統，萬事享康寧。」其二：「海峽風煙靖，和平萬事興。春秋尊王業，四海慶昇平。」我當時也湊趣依韻奉和了一首題為「金甌一統頌」的五言詩：「臺海非炊釜，豆箕不自烹。由來炎帝後，離齬罷談兵。麗島神州子，同根抱葉生。捐嫌成一統，孰敢撼長城。」

……音容宛在，往事猶新，回溯去年初春我們同為楹聯學會徵集春聯事宜一起磋商之情，有誰料想得到，自茲一握別，相聚竟無期了。雍廉君啊雍廉君，「君今撤足紅塵外，誰唱陽關第四聲（引冰夫先生句）」啊！

在悲傷氛圍中沉浸了兩天的我，一早起來便將深夜所思整理成輓歌、輓聯、輓幛各一，託友人帶回悉尼並由我女兒轉交給何與懷先生，以供追思會所用，聊盡對故人的一片懷念之情：

> 浦江遙祭
> 陽春日暖一聲雷，姹紫嫣紅轉瞬摧。
> 治酒調羹三揖拜，清香一炷候君回。
> 輓聯
> 冥宮鐘鼓起，屬辛躬迎華埠客；
> 帝殿正門開，閻君俯接靜園公。
> 輓幛
> 笑貌音容永駐；華章妙著長存。

山高水遠，杳渺歸途，雍廉君，願你一路走好，悉尼眾多的文友為你送行來了，謝謝你給我們留下美好的回憶、華麗的詩章以及寶貴的精神財富，還有那無際無涯的思念。待到明年春風送暖，山花爭艷的清明時節，我將會略備薄酒和你再作陰陽兩隔的夢中長談，永別了，雍廉君。

澳華新文苑（第324期）悼念黃雍廉會長專輯（四）

悼念黃會長

◀何偉勇▶

　　一天下午，打開電腦郵件，看到一組文字，是悉尼華文作家協會副會長何與懷先生轉發來的一份〈家屬聲明〉。這份加了黑色框邊的聲明，讓我得知黃雍廉會長已去世。這是我第一次驚駭地得知黃會長去世的不幸消息，說驚駭是因為這個消息發佈的太突然。原諒我社交不廣，原諒我孤陋寡聞，但我知道後卻頓時感到非常難過，在電腦螢幕前足足發呆了好一陣子才緩過神來。回首往事，黃會長的形象似乎還沒有從我的記憶中離去。

　　大概是在2003年下半年吧，為了充實自己的生活，我產生了文學創作的念頭。雖說以前也寫過些零碎的文章，但沒有批量的寫，屬於文學性質的文章更是不多。從這年底開始我覺得應該寫寫自己的生活。於是執筆的時間就比較多了，而且在寫的過程中也發現有不少樂趣，能在報上看到自己的文章甚是喜悅。所以寫作勁頭也就更足。就在這個期間，有一天中午在悉尼唐人街文化社，我參加了一個華人文學愛好者聚會。並且在這個聚會上，我有幸認識了黃雍廉先生。這位來自臺灣的文學前輩擔任悉尼華文作協會長，對我來說是早有所聞卻無緣相見。說早有所聞是指十幾年前我在中國發行量較廣的《讀者》雜誌上看到過一篇署名黃雍廉寫的詩作。印象太深了。事實上黃會長不僅僅是會長而且還是一位著名的詩人。能和著名詩人相識，我就有一種仰視的心理。然沒有想到是，那天黃會長一聽我自報姓名，沒有一點「大人物」的味道，還誇獎我的寫作能力，說我的那篇〈有報天天

讀〉的評論文章寫得好。這篇評論文章當時經著名作家兼編輯張奧列先生之手，刊於2003年7月5日《華人日報》第12版。從中我知道，黃會長非常關注華文動態。其實我心裏非常清楚自己的寫作底子並不豐厚，黃會長的話當有十分之三是肯定百分之七十是鼓勵，我是明白的。可是聽到黃會長的過譽讚美，還是讓我興奮了很久。後來，我參加了悉尼華文作家協會，有什麼文學活動，黃會長也會通知我。我是這麼認為的，參加協會並不重要，重要的是我可以通過與人交流學到點什麼。這是一個文學愛好者的搖籃，也是可以做文學夢的地方。所以我盡可能參加這樣的活動。但有好幾次我有故缺席，心裏有點過意不去。黃會長知道後總是理解的說，你有工作做，掙錢重要，文學活動是業餘的。這種實事求是，充滿著人情味的理解，是暖人心窩的。我出席悉尼華人文學活動的次數雖然不多，可是我每次參加的文學活動，都有一個深切的感受，那就是黃會長年紀雖然大了，可是精神狀態還是很飽滿。只要黃會長在，他總是西裝領帶，而且說話也風趣幽默。從年齡上來說，我們是兩代人，可是他的平易近人，這種代溝就不明顯了。更為難忘的是，有一次，他聽我說喜歡看書，就主動說他家裏有些藏書也沒有人要看，如果喜歡就去拿。有一次，我恰巧路過他家，黃會長果真把部分書籍送給了我，還說有些要整理，整理之後再讓我去取。可是我再也沒有去拿。我想來日方長，不曾想到，黃會長悄然地走了，讓我這個後生向前輩說聲道別都不能。我心中的苦楚和哀傷，黃會長可知道否？

人總是要走的，走向生命的終點，這是自然法則無法抗拒。但是人走了，總會留下一些給人們的記憶，不管這些記憶永久還是短暫，其中珍貴部分確實值得我們活著人的保存。黃會長，你的珍貴部分已經留在了我的心中。安息吧！

我所認識的黃雍廉

◀田　地▶

　　悉尼華文作家協會會長黃雍廉先生仙逝了，文友們都異口同聲說他是個好人，值得所有的文化人都站出來寫文章紀念他。

　　我雖然認識黃先生但與他並無深交，僅限於公共場合的握手寒暄。我是晚輩，尊重這樣的前輩。後來得知他文學功底頗深，大作品不少，而且還得過許多臺灣的大獎，便對他更加一份敬重。他對年青人沒有架子，偶爾也會打電話給我，邀請我參加悉尼華人作協的活動什麼的。可是我卻很少參加黃先生組織的活動，原因是我們不在一個作協（我是新州作協的），他那面的人我不是很熟悉。還有一個原因，那就是我曾經受一個人的影響。悉尼的兩個作協不很合作，我輕信了他的話，就自然和黃先生保持了距離。

　　這樣就到了2000年底，我在《星島日報》上看到一條消息：香港《明報月刊》、香港作家聯會、澳門中華文藝協會、香港文學出版社和明報出版社聯合舉辦規模空前的「世界華文報告文學徵文獎」。消息進一步說，此次徵文得到美洲、歐洲、澳洲及東南亞各國華文傳媒和華文文學團體的支持，在世界範圍內進行初選，然後匯總香港，由主辦機構推舉的專家小組決定獲獎名次。籌委會陣容強大，請來了華語世界的文學名家顧問，如中國大陸的王蒙、臺灣的林海音、香港的曾敏之以及美國的劉再復和聶華苓等；籌委會主任是香港的劉以鬯、蘇樹輝和潘耀明，副主任更

是集中了華語世界各大報章主編和文學團體的領袖，如新加坡作協會長、香港《亞洲週刊》總編、泰國華文作協會長、歐洲華文作協會長、法國《歐洲時報》總編、北美《明報》總編、《澳門日報》社長等21人。名單中也有悉尼華文作家協會會長黃雍廉和澳洲《星島日報》總編黃繼昌的名字。

我知道，這將是一次有水準的徵文，當時很想去試一試，可是苦於手頭沒有好題材，就放了下來。一周後，墨爾本的王曉雨有事來電話，我們聊天中說起徵文，又聊到他原來在《大洋時報》上發表的〈琴殤〉。我們一致認為，這麼有價值的一篇文章只發表在發行量只有一、二千份的本地報紙上實在可惜，如果重新改寫一下，去參加這次徵文，獲獎後就可以讓更多的中國人讀到。王曉雨當即表示願意和我合作。可問題是，改寫行嗎？我於是給黃先生打了個電話，這是我第一次給黃先生打電話，黃先生很熱情，他說了兩點：第一，徵文一般不接受已經發表過的文章，但是如果題材好，而且改動大，組委會也接受；第二，歡迎我和王曉雨參加徵文。

於是，我們開始動手。王曉雨原來的〈琴殤〉寫的是中國大右派儲安平的兒子、鋼琴協奏曲《黃河》的曲作者儲望華的故事。儲望華現居墨爾本，是個成功的新移民。所以，文章的焦點主要放在儲望華如何創作鋼琴協奏曲《黃河》以及移民澳洲後怎樣成為澳洲兩次作曲大獎獲得者上面。我和王曉雨經過認真討論，決定在把儲望華的成長和他的大右派父親儲安平的遭遇融化在一起，在加強時代感的同時，開掘歷史深度，也就是說要用兩代人的遭遇突出一個時代的傷痛。原來的想法是另起爐灶，重新創作，但如果這樣王曉雨原文中的許多好的字句就要割捨，於是還是採取了改寫的方式。最後的成稿表面上看是一萬多字減到

五千字，只是原文的濃縮，但其實側重了中華民族的深重災難，可以說是換了一個主題。為配合新的主題，我們還把題目改為〈黃河的憂傷〉。

我們終於在徵文截止日期之前把稿子寄給黃先生。黃先生很快就打來電話，說他個人認為這是一篇好文章，被深深地感動了。他說澳洲的八位初審專家討論後將投票表決。他還說能否獲獎不是最重要，能讓眾多的人讀到這樣的文章本身就有意義。

接下去，〈黃河的憂傷〉在澳洲八位評委的討論後，以澳洲初選第一名的名義和其他多篇徵文稿一起送交香港評委會終審。幾個月後，從香港傳來消息，我們合作的〈黃河的憂傷〉獲得「世界華文報告文學徵文獎」第一名！

消息傳來時，黃先生興致勃勃地對我說，請王曉雨來悉尼，我們開個慶功會！

可是，這個慶功會一直沒能召開。不是王曉雨沒來悉尼，也不是黃先生忘了，後來的故事，就像小說一樣，突然間就峰迴路轉有了變化。

悉尼有一個女人，竟然去香港告狀。她給主辦方香港《明報月刊》發傳真、寫信，狀告我和王曉雨合作的〈黃河的憂傷〉是抄襲的。主辦方經一番調查，認為〈黃河的憂傷〉的入圍及最後獲獎並無不妥，便回覆了那個女人。沒想到那個女人又惱羞成怒，直接找到香港警察局和廉政公署，不僅告我和王曉雨剽竊罪，還告徵文獎主辦方營私舞弊。想想這個女人真是莫名其妙，王曉雨自己著名發表的東西，又是王曉雨自己找我和他合作，一起修改的作品，何來剽竊之罪？當然，香港警方立案調查後很快覆函我們。可是，這事卻給黃先生帶來不少麻煩。為澄清事實，近七十歲的黃老先生，不得不一次次地在澳洲開會，解釋說明徵文的全過程，還要一次次應香港方面要求覆信說明，甚至把當初

在《澳洲星島日報》上刊登的關於參加徵文比賽規則的報紙複印電傳過去，以證明在澳洲承辦徵文過程的公正無誤和〈黃河的憂傷〉參賽資格的合法。本來是澳華文壇的一件喜事，卻弄得滿城風雨！而且這件事一搞就是一年多。一年多下來，黃先生已經沒有心氣再去搞什麼慶功活動了。

最終，狀告我和王曉雨合作的〈黃河的憂傷〉抄襲案被認定不能成立。此外，鑑於那個女人在給各方的信中明顯的蓄意造謠和人身攻擊，當時香港方面和澳洲的兩家收信單位還建議我們正式在澳洲法庭起訴那個人。我們在收集到足夠的證據後曾一度立案，但最後還是放棄了，因為我們認為把時間花在寫作上更好，作家的名聲和水平是要用作品來表現的。

王曉雨在接下去的第二年即2003年底赴臺灣參加世界華文作家協會的年會，並領取當年的小說年度首獎，他和率悉尼華文作協赴會的黃雍廉先生終於在大會上謀面。黃先生上前祝賀王曉雨再次獲獎，並當面向王曉雨解釋當年的慶祝會沒開成的原因。據王曉雨日前告訴我，這是他和黃會長的唯一一次見面。想到這樣一位熱心文學和公益事業的老人無端地為我倆的一篇徵文被指責舞弊，心裏真有些難過。當時那個女人也在場並一同參加宴席，她當面堆著笑臉，但背後竟然再次返港另找一家媒體告狀。而此時距當年獲獎之事已過了兩年多，我們不知道風燭殘年的黃雍廉老先生後來又為此做出多少解釋。

再後來，我寫了一部電視劇，還出了一本書。王曉雨也陸續出了兩本暢銷書，我們沒被這件事情干擾了寫作，而干擾寫作或放棄正是黃先生生前表示他最擔憂的。

這件事壓了我很多年，一直想寫出來，但又不想和那些人一般見識，就放了下來。聽到黃先生已經仙逝，眾多的澳洲文化人

打算給黃先生開一個追思會，我想到要為黃先生寫點什麼，這件事就又被翻了出來。黃先生為人正直，一心秉公，按他的生前的寬容，一定不會再計較別人對他的打攪。我寫此文也僅僅是表達一下自己對黃先生的歉意。黃先生兢兢業業，坦坦蕩蕩，老邁之年還為推動澳洲華文創作出錢出力，悉心輔佐後人，委實是值得尊敬的。

我以我血薦軒轅

——紀念一個浪漫詩人黃雍廉

◆《鍾亞章》

在十年前，二十年前，在悉尼文壇說起黃雍廉是無人不知，無人不曉。他作為華文文學的一位代表人物，一面旗幟，功在澳洲。他是文學家，在臺灣出了很多著作，但他更是一個詩人，噴薄而出的激情活力，洋溢於他後半生的澳洲移民生活；尤其是詩，如人體之汗如生命之血，伴隨他走過一生。

大手筆的活動堪稱悉尼第一

當我剛來澳洲時，那是一九九〇年，悉尼中文文壇尚未形成。中文報紙幾乎沒有文學版，後來出版的幾家週報開始刊登留學生文學，逐漸出現中文作家詩人，然而能把這些尚未成氣候的文人團結起來，成立一個雪梨華文作家協會是黃雍廉首創，也是他得以成名而一統悉尼天下的資本。

這其中有幾個原因讓他有力量可登寶殿。一是他有臺灣背景，與中國文化同種同根同流，況且他有一定經濟基礎，不用天天忙一頓飯而東奔西走；二是他可借用臺灣駐悉尼的文化中心，在唐人街國民黨黨部，有一個固定的活動場所，這非常重要，許多會議和活動都在那裏舉行；三是他的資歷也驚人，居然在移民前就有很多頭銜，出了很多書，而他的年齡也可稱德高望重，比我們一代高出近二三十歲。

　　可謂時代造就英雄，黃雍廉憑以上三大優勢發力，登高振臂，於是當時悉尼的文人紛之遝來。前幾天我一直在舊書堆裏找黃雍廉留下的什麼詩歌，結果找出一份九四年《星島日報》，還是豎字版的，登了一則消息，有悉尼華文作家協會新選的理事會成員，成員有楊鴻鈞、黃雍廉、張典姊、江靜枝、王曉菁、李潤輝、梁小萍等，赫然還有本人的大名。我記得我一向以落羈孤人自居，不與當時文人騷客相戶，可見黃的召號力非同小可。

　　最他讓得意的無非是他當會長的雪梨華文作家協會居然像模像樣地辦起一次澳洲悉尼文化評獎活動。我說的大手筆無非是褒義的，但是現在看來，此評選至今被人淡忘（除非被評上的人），甚至是一屆而就夭折，與黃雍廉詩人的性格分不開。在那個時期能舉辦涉及文化各個領域的評比，首先需要的是激情，衝動，這是詩人固有的；其次是權威性和廣泛性，那詩人出生的黃雍廉就難駕其馭，雖然評出各項第一名，但他自己事後也往往否定，舉一小例，他一碰到我，老是說一句話，早知道你的〈上海小開在雪梨〉如此轟動如此精采，小說獎應該非你莫屬。這話他一直掛在嘴邊說了近十年，快成了他的心病了（我舉此例僅說明黃雍廉作為活生生的一個人的個性光輝，像一首詩，必須押韻，否則全是不盡的後悔）。

晚年戀棧更顯一生追求完美

　　我說黃雍廉最大的優點是有求必應，沒有文人架子。記得一九九五年我編《雪梨月刊》請他寫一首詩撐撐臺面，他在一個極冷的日子裏親自送上門，鼻尖凍得發紅直流涕水。那時他寫的詩，大起大落，文字燦瑰，高屋建瓴，押韻亮麗。可惜全找遍了也沒找到那首詩，估計在坎培拉的國立圖書館內有藏本。

　　到後來他寫的詩越來越少，也越來越缺少風采。這不是我在貶低他，而是他那追求完美的性格作祟。晚年的他，參加畫展揭幕，參加社區活動，主持者總是請他講幾句，他也總是應邀講幾句。他講的不是白話文，而是詩。他憑他深厚的功力隨意一發念，一首小詩脫就而出。參加會議的人也就一聽而過。唯我參加，總會向他討回寫在一張小紙上或是車票上的小詩，在我發新聞時，往往替他登上。我是為主辦者撐面子，也是為老年的黃會長撐面子。可惜的是主辦者沒有一個要求討回黃會長的墨寶的。

　　人家說，追求完美的一種是越到晚年發現功力不足就不寫，而另一種追求完美是，越到晚年詩路滯澀但有人相求，也盡到吐絲絲方盡之誼。我認為黃雍廉屬於後一種。你看他，每次出席任何會議，不管天再熱，他總是西服畢挺，頭髮梳得溜光。記得在獲知他逝世消息的前一年，在卡市見到他最後一面，那是一個大熱天，我穿T恤短褲，他卻襯衫領帶西裝一件不少。我問他參加什麼會議去啦？他說是什麼社團活動。那時他走路已蹣跚，身子顯得孱弱，依舊西服革履，一絲不苟。

　　黃雍廉追求完美還體現在他擔任會長一職。在我任常務理事的那一年（本人因二千年後主編《星島日報》社區新聞後，亦謝絕擔任社區任何之職，故也多次婉言謝絕黃的邀請），也就是一九九四年吧，雪梨作家協會在理事中選舉會長一職時，有人搞地震和挑戰他的會長之職，結果他們都打電話給我，希望我支持他們投他們一票，我當時對黃還很迷信，自然是投他一票。他自那次以後，再也沒有在會內搞選舉了，會長之職無形之中成了終身制。晚年的他精力江河日下，協會的活動越見枯萎，以至於原來第一大華文作家社團被其他詩社、協會趕上。其實對於一個明人來說，要想把自己創會的協會發揚光大，不是自己戀棧那麼簡單。

我與黃雍廉會長

◆任傳功▶

您悄悄地離開了我們，走的是那樣地急、那樣地突然、那樣的寂靜無聲、那樣地令人驚訝……。

黃會長，您為什麼連一句道別的話都沒有對我們說，或者為什麼沒有留給我們哪怕是一點點的機會向您說再見？

是的，您一聲不吭或一聲不響地悄然地與我們訣別！我們為此而無限傷悲、浮想聯翩、驚歎不已，並因此對您更加懷念異常！

誰也不知道您為什麼是這樣地離去？您這樣做的理由何在？是否您還有許多許多沒來得及或不方便對我們訴說的話語？

憑您詩人的性情、憑您對友誼的珍視、憑您對正義的執著、憑您對民族文化傳統美德的崇尚、憑您對大自然與生活的無限熱愛、憑您對同胞的眷戀、憑您對祖國的摯愛、憑您對生命內涵與意義之感悟……您決不會也不應該就這麼突然地離開您的諸多摯友親朋！我們執著而倔強地堅信這一點並深信不疑！

您看似溫和靜謐，實際內心無時無刻不翻騰著波濤巨浪，那源自太平洋最深之處馬里亞納海溝氣勢沖天的巨浪！

您看似淡泊冷漠，實際內心永遠充盈著熾熱岩漿，那源自世界屋脊喜馬拉雅山最底處可以融化南極洲世紀冰川的地下火山岩漿！

您看似溫文儒雅，實際內心時時刻刻無不激蕩著翻江倒海般的火火激情，那源自屈子故里「長歎掩涕哀民多艱」之對社會最底層人民大眾之無限愛憐的偉大情懷，永遠與日月同朽！

「傳功兒，明天中午我們在『文化社』有活動，你有時間去一下好嗎？」

是邀請、如問候、似約見、若期盼、像要求⋯⋯。

聲音是那樣的和緩、輕細、謙恭、文雅。

知道深夜您還有很多的電話要撥，於是我說：我去！

這樣的邀約，再忙再累再辛苦，我無法不去，哪怕是那麼一小會兒。

自踏上澳洲的土地十多年，我與黃雍廉社長有著不一般的情感與友誼。

我們一起參加「和平統一會」支持祖國的和平統一大業；我們一起參與組織「全球反獨促統大會」在悉尼的召開；我們一起參加「全球詩人大會」；我們一起參加悉尼文化界歡聚一堂的諸多詩會；我們一起歡迎某位文藝界客人光臨悉尼；我們一起傾心長談，我們一起把盞言歡，我們一起漫步悉尼⋯⋯。

黃會長，我們今天雖然在不同的世界、天各一方，但我與所有的您昔日的朋友一樣，將永遠懷念您！

2008年11月10日於悉尼

好人黃雍廉之謎

《林別卓》

著名詩人、作家、悉尼華文作家協會會長黃雍廉先生是去年十二月不幸逝世的，但是不知何故噩耗姍姍來遲，到今年三月才見於報端，我和他的許多生前友好不管是他協會內的還是別的兄弟協會的，都感到突然和悲痛。

此前約有三個月時間大家都在尋找「失蹤」的他，有的說他回臺灣辦事去了，有的說他回湖南老家探望病中的大哥去了，有的說他仍在悉尼只是因病住院去了，等等，沒人能說得準。有些文友急於水落石出，便要我觀察一下他住家週圍有什麼動靜。我家離他家僅有三、四公里遠，而且我的一個表弟就是他家對面的鄰居。我曾好幾次敲過他家的門，都沒人應，又曾請表弟留意打聽過他的下落，也沒消息。現在才知道他原來是病倒了，而當時確實沒想到他會突然病倒。

他雖然已經七十六、七了，但看上去身體還好好的，精神很飽滿，頭髮常常染得烏亮烏亮的。我老是在卡市（Cabramatta）的街上遇見他匆匆趕火車往city跑，這個會議那個活動的閒不住。唯一讓我聯想的徵兆是年前有一次我看見他柱著枴杖散步，這說明他的腿腳已經有些不好，怕摔倒，一不小心也會說走就走的。

大家這麼尋覓他，又這麼懷念和追悼他，說明他的人品和人緣之好。不知多少人得到過他的厚愛。有這麼一件事很能說明問題。上個世紀九十年代中期華文作協活動開始活躍，出現了一個

近似於「拉人入會」的競爭。可能由於這個競爭的緣故，有的人對黃雍廉心懷不滿和出口不遜：「一個臺灣人憑什麼來搶大陸作家？」於是老是散佈他的壞話，然而有趣的是，有些文友反倒是聽了這些壞話後加入他的團隊的。

我沒有加入他的團隊，但是也曾得到過他的厚愛。1997年，《自立快報》舉辦創刊一週年紀念答謝酒會，黃會長和我都應邀出席了。那個時候我寫了一些批評李登輝「兩國論」和臺獨觀點的文章，引起了很大的論爭，也招惹來了圍攻和謾罵。可是黃會長卻敢於在酒會上旗幟鮮明地讚揚了我的愛國主義觀點，使我感到自己並不孤立。九年後的2006年6月3日，他的悉尼作協和「酒井園」詩社舉辦端午節茶話會，這會本與我無關，而他卻硬拉我去參加，並在會上又把我給「吹」了一通。我受寵若驚，也說了一句肺腑之言：「除了黃雍廉會長，沒有人敢請我了。」在座的文友們笑而心領神會了。

當你感到孤立無援的時候，很多人若無其事地走過你的身旁，突然有個強者向你伸出援助之手，此時你會有何感想？當你遭到很多人討伐和厭棄的時候，一般人都多一事不如少一事地躲開了，突然有個德高望重的人為你撐腰打氣，此刻你會有何言語？你一定會說：真是一個好人啊！世上好人多，但是像黃雍廉這樣的好人卻難得一見啊。

好人黃雍廉走了，我感到悲痛和失落，也為自己未能到他的墓地或靈堂送他最後一程而感到內疚。不過，我還是兩次開車到了他家對面的路邊並在車裡向他致了默哀禮，也算是有所彌補了。黃會長，您一路走好和安息吧。

今年（2008）三、四月間，《澳洲新報澳華新文苑》主編何與懷博士來電話邀請我參加一個悼念黃雍廉的座談會並向我約

稿。他說：「你和黃會長關係密切些，你就寫一寫他吧。」我那時正在一家玻璃廠打工，便以忙為由推辭了何博士的邀請和約稿，其實我也想寫一寫，就是一時不知道怎麼寫好，主要是尚不能解釋黃雍廉先生的人生之謎。比如：他這麼一個臺灣背景的人為什麼他的詩會有如此強烈的愛國主義情懷，甚至超過許多大陸作家的同類作品？除了愛國情懷和民族正氣外，還有什麼因素使他受到了大陸文友們如此深情的敬重和愛戴呢？

據潘起生先生研究，黃雍廉先生的赤子之情、民族之愛與他出生的那塊土地有必然的聯繫。原來黃雍廉是湖南湘陰人，少時求讀於湘陰私立汨羅中學，校址靠近汨羅江畔的屈原祠。黃先生從小在此耳濡目染，受到了屈原偉大的愛國精神的薰陶。他那時已經以「汨羅」為筆名寫作愛國詩歌了，這與幾十年後他在悉尼幾乎每年的端午節都帶領文友們創作紀念屈原和歌頌祖國的詩篇，是一脈相承、一以貫之的。潘起生先生認為，對祖國土地的眷戀就是黃雍廉詩歌創作的源頭「源自這裡的詩，能不流淌著我們中華民族的血液嗎？能不烘托出我們中華民族的靈魂嗎？」我認為這樣的分析為揭示黃雍廉之謎的謎底開了個好頭。

讓我們認真地研究黃雍廉其人其詩，力求華文作協建設和文學創作有個新的面貌吧。

2008年10月20日

Willing Hwang

◄*Robyn Ianssen*►

I first met Willing Hwang in 1992 when he saw a poetry book I had written with some translations into Chinese. He asked me to join a function being held by the Chinese Writers Association of which he was the President and somehow he must have decided that I would be a link to Australian writers in English. He believed in stretching out his hand to other writers in Australia.

Ever since, for fifteen years, he invited me to functions of the Australian Chinese Writers Association and arranged for me to ask other writers. So other presidents met the Chinese writers--from the Poets Union,the Australian Society of Authors, the Society of Women Writers NSW,and other independent writers, who were thrilled to join the Chinese writers, inspired by their numbers and honoured to be asked to attend. Most of the functions involved delicious lunches or dinners on auspicious occasions such as the August Moon Festival and soon. Willing always arranged for wonderful character banners by Chinese artists and poetry readings in Chinese and English. All such meetings were reported with photos in the Chinese press through Willing's connections.

He arranged some literary competitions and discussion groups (in Chinese) to which I was often invited also. Someone usually interpreted for me. Willing frequently wrote poetry for important Australian occasions as well as for traditional Chinese dates. It seemed that he was one of the maindriving forces for Chinese writers in Sydney to get together to support each other. There were others, but he always continued.

In 1994 Willing suggested I attend the World Congress of Poets in Taipei which I did, and he put forward to them the idea that I organise a World Congress in Sydney.

We held the XXI World Congress in Sydney in 2001. Willing was one of the three Chinese writers on the organising committee. Together the committee organised a year of preliminary activities—poetry readings with music, a weekend workshop with translation as the theme for many languages, fundraisers and finally the World Congress itself. Many Chinese and Taiwanese poets attended—most invited directly by Willing and the other Chinese committee members. It was a wonderful success.

I found Willing Hwang to a most charming and cheerful, energetic and dedicated man and poet who we will all miss, as he seemed to be the centre of activity for the Chinese writers in Sydney.

Robyn Ianssen
November 2008
(Chair, XXI World Congress of Poets, Sydney 2001)

丹心一片付詩聲

——悼念黃雍廉會長

◀何與懷▶

三月三十號，星期天，上午。

我正在看朋友發來的連貫主題照片《老人的話》。在一張張使人動容的照片上，列印著一行行使人動容的文字。我似乎聽到一些曾似相識的話音，蒼老，微弱，來自身邊，忽而又很隱遠：

> 孩子……哪天你看到我日漸老去，身體也漸漸不行，請耐著性子試著瞭解我……。
>
> 如果我吃得髒兮兮，如果我不會穿衣服……有耐性一點。
>
> 你記得我曾花多久時間教你這些事嗎？
>
> 如果，當我一再重複述說同樣的事情，不要打斷我，聽我說……。你小時候，我必須一遍又一遍地讀著同樣的故事，直到你靜靜睡著。
>
> 當我不想洗澡，不要羞辱我也不要責罵我……。你記得小時候我曾編出多少理由，只為了哄你洗澡……。
>
> 當你看到我對新科技的無知，給我點時間，不要掛著潮弄的微笑看著我。
>
> 我曾教了你多少事情啊……如何好好地吃，好好地穿……如何面對你的生命……
>
> 如果交談中我忽然失憶，不知所云，給我一點時間回

想……。如果我還是無能為力，請不要緊張，對我而言重要的不是對話，而是能跟你在一起，和你的傾聽……。

當我不想吃東西時，不要勉強我，我知道什麼時候我想進食。

當我的腿不聽使喚……扶我一把。如同我曾扶著你踏出你人生的第一步……。

當哪天我告訴你不想再活下去了……請不要生氣，總有一天你會瞭解……。

試著瞭解我已是風燭殘年，來日可數。

有一天你會發現，即使我有許多過錯，我總是盡我所能要給你最好的……。

當我靠近你時不要覺得感傷，生氣或無奈，你要緊挨著我，如同我當初幫著你展開人生一樣地瞭解我，幫我……。

扶我一把，用愛跟耐心幫我走完人生……。

我看著，聽著，想著自己，以及每一個人，都有可能有一天訴說類似的話，不禁淚花盈眶，簡直無法忍住，只好一次又一次拭抹……就在此時，電話響起，是冰夫先生。他帶來噩耗：黃雍廉會長去世了，而且早在去年十二月，是昨天星島日報登的〈家屬聲明〉說的，他剛看到……。

已經去世三個多月了！真是難以相信。但又不過是證實心裏一直不安的預測。那麼，是怎麼去世的？在哪裏？哪一天？還有，從去年十二月回溯到去年六月底或七月初，在長達五個多月的時間中，為什麼竟毫無音影？悉尼文壇的朋友們發現這麼久未見其行蹤，都感到納悶，都非常關心，但都無法直接聯繫。偶然

撥通其家人的電話，所得說法各異：一說出國作半年遊；又說回臺灣辦事，兼訪問故舊；還說回湖南老家，照顧病重的兄長，云云。而黃會長， 位熱愛社交熱愛文學活動的人，在這麼長的時間中，為什麼沒有和他的朋友，哪怕其中任何一個，會會面，要不只通個電話，只要簡單交代一下？究竟發生了什麼事情？或是什麼病痛嚴重到如此程度？按照他的性格，長期與世隔絕，會是多麼痛苦啊！

根據我的記憶，黃會長最後一次在公眾場合露面，是2007年6月22日，星期五。那天中午，他單身一人，不畏勞苦，幾次換車，還要步行，前來參加澳洲中國書畫函授學院院長蔣維廉先生伉儷金婚慶祝會。由於地址不熟悉，又多番轉折，到達時已幾近尾聲，但其深情厚意，當時令蔣先生伉儷很感動；而我今天回想起來，卻萬分傷感。

二

在這之前幾天，2007年6月17日，星期日，黃雍廉會長還親自召開了一個較大的文學活動，這就是自1992年以來悉尼作家協會每年都會舉辦的端陽詩會。

我作為這次詩會的主持人，對其盛況記憶猶新。悉尼幾個文學團體的文友都來了，濟濟一堂，包括大病之後首次在公眾場合露面的著名詩人劉湛秋和英語作協詩人Firitberk。來自臺灣的悉尼僑領趙燕升先生也帶著幾瓶好酒興致勃勃地趕來參加。黃先生以作協會長身份致開幕詞。我印象最深的是他為紀念詩人屈原夫子而作的主題詩〈四海龍舟競鼓聲〉，由悉尼著名電臺節目主持人趙立江先生朗誦：

羅馬皇宮的倒影／染紅了愛琴海的夕照／秦王寒光閃閃的寶劍抖動著／昆侖／詐術／諂媚／讒邪／諜影／成了方形的無煙的黑色火藥／地球的東西兩邊／同時受著烽火的灼炙／希臘的光輝黯淡了／蘇格拉底飲下了最後一杯苦酒／八百年的周鼎沉沒了／東方的巨星殞落於汨羅江……

二千二百七十九年了／洞庭春水流向湘江／悠悠複悠悠／龍舟競渡的鼓聲／恰似懷王一去不返的怒吼／芒鞋竹杖／國難枯槁了您的容顏／漢北沉冤／猶——／望南山而流涕／鳳凰怎能獨立難群／齊楚聯防／終歸容不下蘇秦的蟒袍玉帶／藍田之會／徒然帶來張儀豎子的獰笑

——變白以為黑兮，倒上以為下／您的沉痛亦如楚山的璞玉／遂把孤忠／投入如海浪般搖曳的洞庭／故國山河／春城草木／垂楊漁父何知／「天問」何知／您「懷沙」在東方的十字架上／楚王的宮闕傾頹了千古精忠／哭在賈生賦裏／歲歲／年年／空留龍舟競渡的鼓聲……

黃會長以最真摯的感情，最華美的詩詞，對兩千三百年前楚國三閭大夫屈原表達深深的敬意與無限的哀悼。詩中沉重的悲劇氣氛和歷史思緒，加上趙立江聲情並茂的朗誦，當時使到全場無不正襟危坐，為之動容，感慨萬千。今天，我更是猛然覺得，黃會長以舉辦紀念屈原的端陽詩會，作為他一生文學活動的終結點，是巧合？是冥冥中的什麼安排？這都無從考究了，但其象徵意義，讓人縈繞心頭，久久思索。

　　1953年，屈原被世界和平理事會列為世界四大文化名人之一，成為世界人民共同紀念的偉大詩人。而更從1941年開始，端午節便有了「詩人節」之稱。那年首屆詩人節慶祝大會上，發表

了一個〈詩人節宣言〉，稱：「我們決定詩人節，是要效法屈原
的精神，是要使詩歌成為民族的呼聲，是要瞭解兩千年來中國詩
藝已有的成就……是要向全世界舉起獨立自由的詩藝術的旗幟，
詛咒侵略，謳歌創造，讚揚真理。」來自臺灣的黃先生，在澳洲
也發揚了這個傳統，年年紀念屈原。他以「汨羅」為筆名，其意
自明。他這樣拜祭這位偉大的古代詩人：

> 夫子以忠蓋沉江，浮起的是百代詩魂、萬世敬仰的高風。
> 我從屈子祠來，在年年龍舟聲中，汨羅江的江水，總在我
> 心中回蕩。我是屈子祠中的後學，謹以赤子的詩心，吊先
> 賢。（〈四海龍舟競鼓聲〉「後記」）

雖然楚國覆亡的悲劇早在歲月的流逝中變得輕如鴻毛，但三閭大
夫「沉江之痛」卻因歷史的積沉有如泰山之重。南十字星座下，
作為一名華夏子孫，黃會長每年紀念屈原，為使其精忠愛國精神
千古不朽，這裏面當然含有說不盡的意義。

三

　　黃會長宣稱他是「屈子祠中的後學」，此言千真萬確，而
且完全當之無愧。他對中華民族精神的崇拜，他對中華文化的熱
愛、虔誠，乃至執著，從臺灣文壇到澳華文壇，可謂眾所皆知。
此刻，馬上進入我腦海的，是他膾炙人口的詩篇〈唐人街〉：

> 是一所港灣／專泊中國人的鄉音／無須叩問客從何處來／
> 淺黃的膚色中，亮著／揚州的驛馬／長安的宮闕／湮遠成

為一種親切之後／風是歷史的簫聲／傾聽，如／一首夢般
柔細的歌

是一所永不屯兵的城堡／匯聚著中國的二十四番花訊／你
是不用泥土也能生根的蘭草／飲霜雪的冰寒／綻東方的芬
芳／鮮明矗立的牌樓，像／黃河的浪／東流，東流／永遠
向著陽光的一面

是一座璀璨的浮雕／亮麗著殷墟仰韶的玄黃釉彩／煙雲變
幻／一如西出陽關外的信使／海，便是你心中的絲路／孤
帆遠影／故鄉的明月，是仰望北斗的磁場

你乃成為一位細心的收藏家／曾經也窮困過，典當過手頭
的軟細／就是不肯典當從祖國帶來的家私

五千年，不是一件可以隨便／拍賣的古董／而是一盞會帶
來幸福的神燈

這是多麼美妙的華章啊。唐人街是西方大城市中常見的街景，但
詩人抓住這個歷史文化現象的內在實質，放任想像縱橫馳驟，通
過對其不同凡響的描畫、詠歎，從而抒發對中華五千年燦爛文明
的無限崇敬和讚美之情，充分表達出海外炎黃子孫心系祖國的赤
子情懷，其思想深度和藝術力度，已遠非一般懷鄉詩可比。這一
點可謂是眾多詩評家的定論，絕非僅為筆者一己之見。〈唐人
街〉曾入選中國大陸版的《港臺抒情文學精品》。有人在網上求
中國古今愛國名詩，它也被推薦而赫然名列其中。中國大陸著名
詩評家毛翰教授為中國中學語文教材推薦二十首新詩名作，海外
入選兩首，一首為余光中的〈鄉愁〉，另一首就是黃會長的〈唐
人街〉（見毛翰，〈關於陳年皇曆，答陳年諸公〉，《書屋》
2001年第2期）。

　　毛翰把〈唐人街〉視為表達「文化美」的經典詩作。他說，黃雍廉把一腔懷鄉愛國的情思移向唐人街，並以一副純粹「唐人」的筆墨，構築了一座詩的「唐人街」——一所不凍的華夏鄉音的港灣；一所和平的春蘭秋菊的城堡；一座璀璨的東方文化的浮雕。毛翰認為「以中國調寄中國情，以中國墨寫中國意」是此詩顯著的特點。這裏有盛唐罷相張九齡「少小離家老大回」的歡悅，有南宋遺民鄭所南蘭草根下無土的畫意，有高人王維於朝雨渭城餞別好友西出陽關的悵惘，有詩仙李白立揚子江畔目送故人孤帆遠影的傷感，還有揚州驛馬雄姿、長安宮闕風範、南國二十四番花訊的問候、殷墟仰韶陶釉的召喚……這一系列典型的中國情結的意象群的自然疊印，華美典雅，楚楚動人。一詠三歎中，愈升愈高的是海外炎黃子孫心向祖國的七彩虹橋。（見毛翰，《詩美學創造》，西南師範大學出版社，2002年；網路版）

　　中國大陸詩人兼詩評家趙國泰對〈唐人街〉也有一段精闢的藝術分析。他說：「唐人街是中華歷史文化在西方的一個視窗。要完成這一高度概括與條陳，藝術上非博喻、羅列莫辦。此法的施用，使作品內涵飽滿而不擁塞，典麗而不板滯。臻於此，又有賴於形式結構上取乎多視角掠美，使內蘊層嵌迭呈；廣植東方情調的語象，又間以主客體轉換之法，使情境跳脫空靈，其中以首節尤佳。全詩給人以寬銀幕效果。」（引自《詩美學創造》）

　　〈唐人街〉是標誌黃雍廉會長文學成就的一座豐碑。的確，對他，以及對我們每一個人，中華文明「五千年，不是一件可以隨便／　拍賣的古董／而是一盞會帶來幸福的神燈」！

四

　　黃會長極其熾熱的中華民族情懷，註定他的一些詩作要涉及政治。正是在他所擅長的史詩般的長篇政治抒情詩寫作上，集中表現他的政治理想，他的愛國熱忱。早在1978年蔣經國先生在臺灣出任第六屆總統之際，當時尚為年輕的黃雍廉便受各界所託，以〈繼往開來的擎天者〉為題，撰寫長達百餘行的頌詩一首，作為獻禮。總統府秘書長蔣彥士在總統府接待室與臺灣工商文教各界頭面人物觀賞裱好的頌詩長軸，並代表蔣經國與黃雍廉親切握手致謝。黃先生因此被譽為臺灣的桂冠詩人（黃自己對此還作了這樣的解釋：歐洲的桂冠詩人，多為宮廷詩人，常在皇室大典中獻詩）。比較近期的例如1997年香港回歸前夕，黃會長創作了三百五十餘行的長詩〈明珠還祖國〉。這首詩除在澳洲當年盛大晚會中朗誦並在兩家報刊同時發表外，且由上海著名書法家黃浦先生，以正楷書寫在二丈餘長的宣紙長卷上，由中國駐悉尼總領事館段津總領事專函送香港「慶委會」，以申四海同歡的慶賀之意。他還寫了一首百餘行的長詩：〈請抓住我們等了一百年的機會〉，經北京詩人劉湛秋推薦在廣州《華夏詩報》發表。這是一首呼籲臺海兩岸早日實現和平統一的懇誠懇切之作。至於他在1993年寫的一千二百餘行的長詩〈飄著龍旗樓船上的英雄們〉，更是一時之最。長詩共分七個部份，既陳述又抒情，還有論辯與分析，真可謂曉之以理動之以情，苦口婆心，呼籲臺海兩岸的領導人，把握千載一時的良機，捐棄成見，攜手合作，創造二十一世紀中國人的光榮，重建大漢雄風。這部罕見的長詩的結尾，震動著最強烈的嚮往：

海峽兩岸的英明政治領袖們／歷史在向你們歡呼／時代在向你們招手／還有甚麼比英雄事業／更令人嚮往／昆侖雲靄靄／江漢水湯湯／祇要踏過和平的海峽波濤／我們便握住了東方的／王者之劍／飄著龍旗樓船上的英雄們／你們面對即將擁有的／中國人的偉大光榮／我想／你們一定會「壯懷激烈」地／發出由衷的／豪笑吧

這首長詩最先經中國詩人雁翼推薦，發表在中國上海的《中國詩人》雙月刊上，後又在臺北的《世界論壇報》、澳洲悉尼的《華聲日報》相繼發表，反響熱烈，評論眾多。例如，臺灣《世界論壇報》發表時加了這一段按語：「他從古今歷史長河中撫觸民族被壓迫的歎息，從近百年的烽煙戰火的吶喊聲裏喚大漢雄風之再起。簫聲劍氣，慷慨淋漓。大地鐘聲，喚民族沉睡之靈犀；時乎，時乎，不再來；喚我炎黃子孫看二十一世紀的風雲變幻。」

正如〈飄著龍旗樓船上的英雄們〉等詩篇的主題所示，在臺海兩岸問題上，黃會長是堅定的「統派」。他生命最後幾年，看到臺灣少數知識份子喊出「臺灣不是中國的一部分」之類的胡言亂語，極其憤慨。他懇請這些所謂「早熟自覺」者多讀讀《離騷》，甚至再讀讀臺灣連雅堂先生在臺灣淪為異族統治時代的血淚詩篇。他說：「我們沒理由不愛自己的國家，而異想天開地想把臺灣從血脈親緣溶成的偉大中華的大家族中分割出去。」（〈四海龍舟競鼓聲〉「後記」）

詩人關懷國事，可謂中國詩歌偉大傳統。孔老夫子早已有言：「小子何莫學夫《詩》？《詩》可以興，可以觀，可以群，可以怨。邇之事父，遠之事君。多識於鳥獸草木之名。」（《論語•陽貨》）詩歌能感發精神，引動聯想，陶冶情操，增長見識，

能互相交流思想感情，協調人際關係；詩歌也可以觀察世風盛衰，考證政治得失，可以怨刺上政，批評時弊，干預現實，為民代言。許多論者都指出，屈原是一位偉大的榜樣。他心憂天下，魂系蒼生，堅守「上下而求索」的理想追求。我們還有杜甫「致君堯舜上，再使風俗淳」的社會祈盼，有文天祥的成仁取義的浩然正氣，有龔自珍「我勸天公重抖擻」的救國熱忱……民族興亡、民生疾苦、政治清濁、時代風雲變幻，當然絕對是詩人關懷所在，絕對不能排除在其視野之外。

這裏，有一點甚具意義：孔夫子只說詩「可以怨」，不說詩「可以頌」。在筆者看來，此為極其英明偉大正確之見。如不少論者指出，從學理來說，與詩「可以怨」相對應，詩當然「可以頌」（《詩經》裏就有「頌」，與「風」、「雅」並列）。但孔老先生不說。顯然他洞察人性，警戒後人以詩作「頌」時要特別謹慎。一般而言，我是不贊成詩人輕易甚至熱衷於以自己華麗的詩章去為政治人物，特別是在位的政治權貴歌功頌德樹碑立傳的。看到中國一些詩人大寫某種政治詩，我常常在一邊捏著一把汗。毋庸諱言，這也包括我所尊敬的黃會長。我曾不時對他說，許多歷史真相，一般人所知畢竟有限，甚至並不準確。在政治風雲變幻無窮的當代中國，寫作能經得起時間考驗的政治抒情詩真是難上之難。君不見郭小川和賀敬之，在毛澤東時代，偌大一個中國，似乎他們兩位最負盛名了，但他們一些曾經廣為傳誦的名篇，今天已經難以卒讀。不幸的是，黃會長看來也碰到類似難題。例如他在詩中曾真誠地幻想鄧小平和李登輝兩位「偉人」互相握手，相逢一笑泯恩仇。確實，李上臺後曾一度積極推動兩岸走向統一。「汪辜會談」和北京認為是最後底線的「九二」共識是他任職時的重要成果；李在1991年還主持制定了「國家統一綱

領」，成立「國家統一委員會」並親任主任委員。不料如今「國統綱領」、「國統會」均已成為昨日黃花，李登輝早已成了北京所痛罵的「臺獨」教父，自然也成了黃會長詩中的污點。

儘管如此，話說回來，黃會長寫這些充滿歷史感、政治感的詩章，可謂「長歌貫日，慷慨淋漓」（中國詩評家古遠清教授語），愛國之情，無時或已，正如他一向自白：「萬里雲天懷國事，丹心一片付詩聲。」對國家的大愛是屈原夫子樹立的光輝榜樣和流傳下來的偉大傳統。黃會長顯然深受其誨，以此作為自己為人為文的最高準則。

五

怎樣寫又政治又抒情的詩章？應該講究什麼藝術技巧？無獨有偶，欣賞黃會長〈唐人街〉的毛翰教授，在1996年也寫了一首題為〈釣魚島〉的政治抒情詩，後來並榮獲臺灣《葡萄園詩刊》創刊四十周年新詩創作獎。其之所以獲獎，就是此詩以李白逸事，從歷史典故上著墨，文辭優雅，曲折有致。詩評家沈健點出毛翰所選用的「重建古典性這一抒情策略」，認為是〈釣魚島〉成功之所在。他說，「古典性，即古典美學風格、感情模式、華語載體、風格範式等等，如何在當代轉換與衍生為一種與西方現代詩歌異質性相融通的可能性空間？比如吟詠性、意境化、本土意象化、和諧優美等特徵，在斷裂之後的重建承傳與補課，從而展開現代性與古典性的再生開闊地。」（沈健，〈從毛翰《釣魚島》看政治抒情詩的發展空間〉，《當代文壇》2005年第5期）黃會長也深諳此道。他借助歷史文化的鋪陳，以歷史鑒照現代，以現實反思歷史，行雲流水，溶實事與抒情為一體，兼文質與詩質

之秀。顯然這是寫政治抒情詩的一個成功的經驗。（見潘起生，〈抒愛國心聲揚民族正氣──淺談黃雍廉先生詩歌創作〉，《澳洲新報・澳華新文苑》323期，2008年5月10／11日）

但是，以筆者拙見，似乎不應該把黃雍廉會長列為政治詩人。他感情豐富、待友如親、又帶有強烈浪漫氣息，對眾多文友來說，大家感到最親切的是他那些非常重情的抒情短詩，包括臨時酬唱贈答的急就章。這些短詩，情深意長，華章燦然，教人愛不釋手。

例如，我於1999年遷居時，黃會長就帶來一首詩作以賀「喬遷之喜」：

從巴拉瑪達遷到／洛克悌兒／無非是想靠近唐人街一點／唐人街原是一個流浪的名詞／但能慰藉你心靈的無限牽掛／從威靈頓遷到／雪梨／無非是想多聽一點鄉音／鄉音同淡淡的月色一樣／能使你睡得更加安穩／從騎牛放歌的牧童／到執大學教鞭的儒者／該趕過的路都趕過了／能捕捉的希望都捉住了／只剩下祖國的容顏／是一首永遠唱不完的戀歌／且在唐人街的裙邊／築一個小小的香巢／聽乳燕呢喃／看春花秋月／不再蓬車驛馬／不再夢裏關河／唐人街原是一個流浪的名詞／但是冒險者旅程中／相聚的／樂園

當時我與黃會長相識不過兩年，但在這樣短短的一首贈詩中，竟然濃縮了我的「身世」，還嘗試捕捉我的心境並給以慰藉，濃重的友情，洋溢其中，絕不是一般應酬敷衍之作。

黃會長這種情誼，在分別寫給劉湛秋和麥琪（李瑛）的兩首

短詩中表現得最為突出了。有些人對劉湛秋和麥琪既真摯又曲折更穿插了巨大悲劇的愛情故事偶有所聞，但不明底細，因而略有微詞。而黃會長從一開始，就毫不猶豫地毫無保留地給他們兩人以極人的同情、相助與讚美。黃會長並把他真誠的友情銘刻在華美的詩章中。早期的一首題為〈萬縷情思系海濤〉，極其纏綿婉轉，親切動人：

> 萬里南飛／來赴海濤的約會／海濤卷起雪白的裙裾／迎你以相逢的喜悅／年年潮汐／歲歲濤聲／你只是想瞻仰那白色的潔淨／一如一位朝聖的使者／海濤是你夢境的一口綠窗／綠窗中有燦爛的雲彩／沒有什麼比這景象更值得你惦念／那是由淚水訴不完的故事／晚妝初罷／詩篇就從那流光如霽的眼神中流出／那織夢的日子／花香月影鋪滿心痕／天旋地轉／落英繽紛／海濤始終是你唯一的牽掛／慕情生彩翼／你又南來／是尋夢／是訪友／萬縷情思訴不盡離愁別緒／杜牧十年始覺揚州夢／你緊握貼心的千重依念／醉在／海濤卷起的雪白雲車之中

這首詩的副標題是，「迎詩人劉湛秋雪梨尋夢訪友」。所謂「訪友」，就是「萬里南飛」來與麥琪相會續夢，「一如一位朝聖的使者」。此詩寫作之時，麥琪雖然已在悉尼居住了好幾年，但並不為外界知道。2002年，麥琪隱居八年之後，第一次在悉尼文壇公開露面。這是在悉尼作家協會為她自傳體、書信體（伊妹兒）長篇小說《愛情伊妹兒》在悉尼市中心「文華社」舉行的新書發佈會上。黃會長利用這個場合，專為麥琪寫了〈愛的歌聲〉，這不單單是讚頌她的作品，更是讚頌她「心靈中永不熄滅的火種」：

在感覺上／人生有三種永恆的旖旎／當你出生後第一眼仰
視天宇的蔚藍／太陽的光耀／當你第一眼看到海洋的浩瀚
／高山的青翠／當你第一次踏入愛情的漩渦／這旖旎／這
欣喜／無可替代纏綿地／緊貼在你的心扉／宇宙之大／無
非是天地人的融和／依戀／讚歎／愛情伊妹兒穿著紅繡鞋
的雙腳／是在初戀的漩渦中追尋／追尋莊子在逍遙篇中找
不到的東西／天地有窮盡／愛是心靈中永不熄滅的火種

　　黃雍廉會長以拳拳的愛，溫暖朋友的心。他一生充滿愛。他
生前，還交給我一組20首近700行的詩作，自己定名為《汨
羅情詩選》，極其寶貴。所謂「情詩」，一般來講，自然是異性之間傾
訴仰慕情愛的詩章，亦多少具有私密的性質，不宜公開讓眾人展
示。但黃會長認為他這些詩篇是文學作品，叫我全部公開發表。
很明顯，他相信自己的詩心，更相信每一位文友、讀者的眼光。
　　如他寫於2000年10月2日題為〈遊雪梨中國花園〉的小詩：

池中那片盛開的睡蓮／與妳默默地相映著／妳觀蓮／蓮觀
妳／淡妝雅素兩相依／而我／是那賞蓮人／柳線隨風／錦
鯉雙雙戲清波／一池清水／漾開一個小千世界／心塵無染
羨魚游／疊石如雲／回廊筆幽閣／覽帝子衣冠／何處覓秦
淮風月／拱橋流水／牽動著／許仙和白素貞的故事／寸寸
相思未了情／狀元拜塔／怎能醫治那愛的傷痕／紫竹／清
風／低回無語／天際白雲悠悠／攜手在鴛鴦池畔同坐／任
園外／紅塵萬丈

如他寫於2002年4月28日的〈寄語〉：

> 今夜／將心靈的天空完全典當／給你／不管海上的風／雲中的月／如何暗戀／讓詩／坐在感情的翅膀上／飛越重洋／駐在秋水的江渚上／數你心中詩的／陰晴圓缺／摘一串星星／夾在你的詩頁裏／存放一百年／仍然會發光／有了星星　餘事便不重要了／情思千日／不如深深一吻／千與一之比／就是傳統與現在

又如〈愛之旅〉組詩第一首：

> 妳來自瓊樓玉宇／天河外／星辰閃爍／我們的光輝曾編織成一彎虹影／一曲纏綿／心花的樹燃燒著碧海／相思的微笑／抖動銀河／妳的多情／為寧靜的天國帶來一季風暴／就這樣／我們墜降在萬丈紅塵裏／不是再生緣／只是重相見／妳是天上的謫仙／我們也都是
> …………

閱讀這些美麗的詩章，你不禁感覺到，黃會長以其豐富的浪漫主義的詩情，完全超越世俗之心，將這些「情詩」非常文學地昇華為如幻似夢的對美的讚歎。

六

如今，對於黃雍廉會長，這一切均成永不復回的過去。天人相隔，從此永無消息。此情何堪！此情何堪！

4月26日，星期六，下午二時，悉尼的文友以黃雍廉會長生前最喜歡形式，為黃會長開一個情深意重的追思會，以獻給黃會長

的挽詩、挽聯和發自心靈的話語；還以黃會長自己的膾炙人口的詩章。

　　大家深情地緬懷黃雍廉會長，回顧他一生中的一些精彩片斷。

　　黃會長於1932年12月出生，湖南湘陰人。1949年參加青年軍，隨國民黨到了臺灣。他在臺北淡江大學完成了高等學業，經歷了十餘年的軍旅生活，先後擔任過《軍聲報》、《新中國出版社》、《青年戰士報》、《華欣文化事業中心》等單位的記者、編輯、副總編輯、主任等職。曾任臺灣中華民國新詩學會秘書長。

　　1953年，黃會長開始寫作。他第一本詩集《燦爛的敦煌》於1969年出版。之後，出版或發表了許多佳作，其中不少獲獎，而且涉及各種文學體裁，除詩歌外，還包括散文、小說、報告文學、傳記文學、電影劇本、評論等。如：小說集《鷹與勳章》（1973年出版）、電影劇本《氣正乾坤》（1974年獲銀像獎）、散文集《情網》（1974年出版）、長詩集《長明的巨星》（1976年出版）、長詩〈長明的巨星〉（獲金像獎）、長詩〈守望在中興島〉（獲銀像獎）、中篇小說〈紅岩谷〉（1976年獲金像獎）、散文集《國土長風》（1977年出版）、長詩〈繼往開來的擎天者〉（1978年發表）、小說集《昆明的四月風暴》（1981年出版，獲銅像獎）、人物傳記《是先民之先覺者（陳少自傳）》（1983年出版）、短篇小說〈一零八號尼龍艇〉（獲銅像獎）、〈雙環記〉（獲全國徵文首獎）、〈第一號沉箱〉（獲銀像獎）、〈伊金賀洛騎兵隊〉（獲銀像獎）、劇本《背書包的女孩》（1984年出版，獲電影劇本徵稿第一獎）、小說評論集《黃雍廉自選集》（1984年出版）、傳記文學集《六神傳》（1987年出版）、傳記文學集《蔡公時傳》（1988年出版）、小說集《南

沙巡航集》（1989年出版）、長詩〈飄著龍旗樓船上的英雄們〉
（1993年發表）……等等。

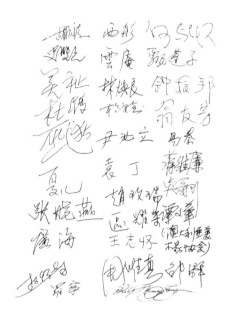

黃雍廉會長追思會部分參會者簽名。

　　黃會長的詩歌創作起步於二十世紀五十年代的臺灣，那時及
此後好些年，恰恰是臺灣詩壇論爭激烈的年代。爭論的焦點是：
「縱」的發展，還是「橫」的移植？論爭起源於紀弦于1953年成
立現代詩社後，於1956年2月在《現代詩》第十三期高揚現代派旗
幟，以「領導新詩再革命，推行新詩現代化」為文藝綱領，提出
「現代派六大信條」，其中第二條赫然為：「新詩乃橫的移植，
而非縱的繼承」。以紀弦為首的一些詩人傾向全盤西化，傾向現
代主義，主張把詩的「知性」和「詩的純粹性」作為創作原則和
追求目標，受到另外一些詩人如覃子豪、鍾鼎文、高准、周伯

乃、古丁、文曉村、王祿松等人的反對。黃雍廉也明確站在反對的一邊，堅決追隨和提倡「健康、明朗、中國」的詩學主張。此後幾十年，他和臺灣《葡萄園》、《秋水》等詩刊建立了深厚的感情，和王祿松、文曉村、涂靜怡等詩人成了莫逆之交。

　　黃雍廉先生於1985年移民澳洲，此後一直在這裏開墾文苑詩地，筆耕不輟，並勇當文壇帶頭人，創辦澳洲華文作家協會，並任悉尼華文作家協會會長和澳洲酒井園詩社顧問。他熱情鼓勵文友，提攜後進，除了自己的詩歌創作外，還為大家寫了不少評論或序言，為促進悉尼文壇的發展繁榮嘔心瀝血，為其每一點成果感到由衷的高興。他於2001年在中國江蘇《世界華文文學論壇》發表的〈新詩是海外華文文學的重要一環〉一文中，欣喜地指出，澳洲詩壇近年由於彼此觀摩切磋，在創作上大致已呈現健康、明朗、抒情的風格，呈現在傳統土壤中吸取養分以豐富新詩創作的可喜現象。他用「海外燦文心，詩魂系故國」來形容澳洲詩壇。而這一切的得來都是與他分不開的。他在悉尼度過的生命中最後的二十二年，充滿無私的奉獻。他是澳華文壇的功臣，其功績有目共睹，有口皆碑！

　　這位可敬的開荒牛式的帶頭人如今霍然長逝，令眾文友無限惆悵和痛惜。「誰唱陽關第四聲？」悉尼詩壇另一位老詩人冰夫在獲知噩耗之前，曾悵然向天發問，並悲切地幻想「再一次文朋詩友相聚」：

> 詩人，你在哪裏啊／你在哪裏／我們發自心靈的呼喚／你是否躺在那裏靜靜地傾聽／但願再一次文朋詩友相聚／我能為你敬上一杯／聽到你吟誦白居易／用濃濃的湖南鄉音：／「相逢且莫推辭醉／聽唱陽關第四聲」

2004年11月27日，黃會長（後左二）及眾文友參加王世彥和陳明的婚禮。陳明當時已身患重病，一個星期後去世。

蔣維廉先生扶病和老伴出席了追思會。他在講話中悲痛地回憶去年黃會長參加他們金婚慶祝會的情況。最有紀念意義的，是他帶來的黃會長去年所寫的親筆賀詩，標題是「賀蔣維廉院長吳愛珍教授賢伉儷五十金婚大慶」，落款是「汨羅黃雍廉題贈」，這可能是黃會長的絕筆了：

> 五十個春華秋月／多少往事在心頭／愛是唯一的嚮往／不歎年華逐水流／樂田園枕書香／經世變歷滄桑／萬里遊蹤長相守／金石鴛盟／五十秋／筆硯傳薪忘年老／桃李春風／／今夕／書齋添美酒／重話少年游／鶼鰈情深世為寶／人間美眷／屬天酬

在追思會上，文友們不禁想起黃會長寫於2005年5月25日那首紀念他老友王祿松逝世周年的詩章。詩中他悲歎道：

> ……我是在孤峰頂上／伴你吟哦的吟者／　日月星辰／乃為我友／　白雲煮酒／　共醉詩魂／遂撫伯牙的古琴／聽高山流水在腳底回蕩／如今／你走了／　我真的孤獨／真的孤獨／清風明月夜／誰來聽我的／琴音

文友們又想到黃會長前幾年為悉尼作協顧問辛憲錫教授而作的悼念詩。他當年深深的哀悼之情正也表達了我們今天每個人要對他訴說的話語：

……你是文壇一面／高風亮節的旗幟／文光德業正風華／上帝／卻把你／從我們的祈禱聲中／接走／天涯夜雨／誰是知音／春城晚宴／誰譜長歌／我們的嘆息／永遠喚不回往昔／煮酒吟詩／雄談論道的歡樂時光／想到莊子鼓盆而歌／也許天國／是你遲早必須歸去的地方／老友／你就踏著大化流行的雲車／步上天梯吧／佛說／修身就是修道／天國遠比人間逍遙／老友／你該帶著微笑／直上仙山叩九天

黃會長與辛憲錫（右一）等文友在文學集會上。

今天，黃會長，你也「該帶著微笑／直上仙山叩九天」。正如在追思會上，女詩人羅甯祝願黃會長在天堂安息：

一顆碩星墜落著／被冉冉升起的陽光托起／海風奏起送行的詩歌／雲霧駕起你通往天堂的路／黃會長您一路走好／別思念那留在人間的詩句／文友們在酒井園相遇／祝您的博愛在天堂中／得到更多的自由空氣

不過我又猜想，黃雍廉會長在天堂得到更多的自由空氣，也許便會更加思念那留在人間的詩句。他——「丹心一片付詩聲」，此情綿綿無窮盡，不管是在人間，是在天上……

2008年4月27日——黃雍廉會長追思會次日——定稿，並作如下後記：好幾年了，都想著為黃會長寫一篇詩評，沒想到會長溘然長逝，詩評成了悼念。世間多少事，竟是無可奈何，無從挽回。但願黃會長天上有靈，看到這篇遲到的文字，亦能舒懷，報以一笑。

後 記

　　承蒙大家的熱情幫助，《丹心一片付詩聲——黃雍廉會長紀念集》得以編輯出版。

　　在剛剛確實知道黃會長已經逝世之後，我們幾個人便開始商討籌畫這部文集的收集和整理工作。黃會長生前惜才愛才，極力推舉他人，似伯樂識馬，曾為不少朋友寫過感人的詩歌，為不少出書的文友們寫過有價值的書評書序，還為畫家藝術家們寫過認真的評論，他大多不留底稿，也未集結成冊，我們覺得這些詩文如果任其散落而不收集起來實在可惜！我們因而決定出錢出力，要為黃會長出一本紀念文集，供大家分享！

　　黃會長無私地義務為文友服務，奉獻了自己生命中的最後十餘年。他是澳華文壇的功臣，他的功績有目共睹，有口皆碑。黃會長生前為人師表，君子風範，也是一位社會活動家，特別在生前最後幾年裏，積極參與和組織了許許多多有意義的社會活動，所以在大家的心目中，他是悉尼文化界的龍頭領隊人。正因為如此，當我們在網路和報刊上發出《黃雍廉會長紀念集》徵文啟事後，文友們積極回應，紛紛發來自己珍藏的詩文和鼓勵感謝的話語。不過，因為時間關係未能逐個致電發信約文催稿，相信集中還會漏缺黃會長生前的一些舊雨新知。遺憾不周之處，懇請諸位原諒！

　　本書的收集、整理和編輯純粹是義務工作。收入本書中無論黃會長的文章還是大家的紀念文章均無稿費。按徵文啟事所定，

本書中的所有詩文在交稿之前均經過作者自行校對，文責自負；
但編委會也對一些文章作過刪減取捨與文字修飾。

在此，編委會對MCM Home Loans的贊助，謹致謝忱！對各
位尊師和文友的大力支持表示由衷的感謝；感謝各報刊老編安排
版面發佈消息；感謝所有獻計獻策、關心和幫助編輯出版本書的
朋友們！

「丹心一片付詩聲」！終於能夠得到這樣一個機會來回報黃
會長。現在，我們可以通過這本紀念文集，通過大家的詩文，把
我們的思念和感激之情一同遙寄到天堂。黃會長仍然與我們心心
相印，相信他是會有感知的！

《丹心一片付詩聲——黃雍廉會長紀念集》編輯委員會

羅寗、胡濤、蕭蔚、何與懷

2009年2月於澳洲悉尼

國家圖書館出版品預行編目

丹心一片付詩聲：黃雍廉會長紀念集 / 何與懷主編.--
一版. -- 臺北市：秀威資訊科技, 2009.08
面， 公分 .--(語言文學類；PG0261)

BOD版
ISBN 978-986-221-272-1(平裝)

830.86   98012811

語言文學類　PG0261

丹心一片付詩聲──黃雍廉會長紀念集

主　　　編 / 何與懷
發　行　人 / 宋政坤
執 行 編 輯 / 賴敬暉、林泰宏
圖 文 排 版 / 郭雅雯
封 面 設 計 / 蕭玉蘋
數 位 轉 譯 / 徐真玉、沈裕閔
圖 書 銷 售 / 林怡君
法 律 顧 問 / 毛國樑　律師
出 版 印 製 / 秀威資訊科技股份有限公司
　　　　　　台北市內湖區瑞光路583巷25號1樓
　　　　　　電話：02-2657-9211　傳真：02-2657-9106
　　　　　　E-mail：service@showwe.com.tw
經　銷　商 / 紅螞蟻圖書有限公司
　　　　　　台北市內湖區舊宗路二段121巷28、32號4樓
　　　　　　電話：02-2795-3656　傳真：02-2795-4100
　　　　　　http://www.e-redant.com

2009 年 8 月　BOD 一版
定價：430 元

讀　者　回　函　卡

感謝您購買本書，為提升服務品質，煩請填寫以下問卷，收到您的寶貴意見後，我們會仔細收藏記錄並回贈紀念品，謝謝！

1. 您購買的書名：＿＿＿＿＿＿＿＿＿＿＿＿＿＿＿＿＿

2. 您從何得知本書的消息？

　　□網路書店　□部落格　□資料庫搜尋　□書訊　□電子報　□書店

　　□平面媒體　□ 朋友推薦　□網站推薦　□其他＿＿＿＿＿＿

3. 您對本書的評價：(請填代號　1.非常滿意 2.滿意 3.尚可 4.再改進)

　　封面設計＿＿　版面編排＿＿　內容＿＿　文/譯筆＿＿　價格＿＿

4. 讀完書後您覺得：

　　□很有收獲　□有收獲　□收獲不多　□沒收獲

5. 您會推薦本書給朋友嗎？

　　□會　□不會，為什麼？＿＿＿＿＿＿＿＿＿＿＿＿＿＿＿＿＿

6. 其他寶貴的意見：＿＿＿＿＿＿＿＿＿＿＿＿＿＿＿＿＿＿＿＿＿

　　＿＿＿＿＿＿＿＿＿＿＿＿＿＿＿＿＿＿＿＿＿＿＿＿＿＿＿＿＿

　　＿＿＿＿＿＿＿＿＿＿＿＿＿＿＿＿＿＿＿＿＿＿＿＿＿＿＿＿＿

　　＿＿＿＿＿＿＿＿＿＿＿＿＿＿＿＿＿＿＿＿＿＿＿＿＿＿＿＿＿

讀者基本資料

姓名：＿＿＿＿＿＿＿＿＿＿＿　年齡：＿＿＿＿　性別：□女 □男

聯絡電話：＿＿＿＿＿＿＿＿＿　E-mail：＿＿＿＿＿＿＿＿＿＿＿

地址：＿＿＿＿＿＿＿＿＿＿＿＿＿＿＿＿＿＿＿＿＿＿＿＿＿＿＿

學歷：□高中(含)以下　　□高中　　□專科學校　　□大學

　　　□研究所(含)以上 □其他＿＿＿＿＿＿＿＿

職業：□製造業 □金融業 □資訊業 □軍警 □傳播業 □自由業

　　　□服務業 □公務員 □教職　 □學生 □其他＿＿＿＿＿＿

To：114

台北市內湖區瑞光路 583 巷 25 號 1 樓

秀威資訊科技股份有限公司　　　收

寄件人姓名：

寄件人地址：□□□

- -

(請沿線對摺寄回,謝謝!)

秀威與 BOD

BOD（Books On Demand）是數位出版的大趨勢，秀威資訊率先運用 POD 數位印刷設備來生產書籍，並提供作者全程數位出版服務，致使書籍產銷零庫存，知識傳承不絕版，目前已開闢以下書系：

一、BOD 學術著作—專業論述的閱讀延伸
二、BOD 個人著作—分享生命的心路歷程
三、BOD 旅遊著作—個人深度旅遊文學創作
四、BOD 大陸學者—大陸專業學者學術出版
五、POD 獨家經銷—數位產製的代發行書籍

BOD 秀威網路書店：www.showwe.com.tw
政府出版品網路書店：www.govbooks.com.tw

永不絕版的故事‧自己寫‧永不休止的音符‧自己唱